Anhui Sanwen
2024 Qiu Dong Juan

2024 秋 冬 卷

主　编 ◎ 潘小平　许泽夫

执行主编 ◎ 马丽春

时代出版传媒股份有限公司
安徽文艺出版社

图书在版编目（CIP）数据

安徽散文. 2024. 秋冬卷 / 潘小平，许泽夫主编. -- 合肥：安徽文艺出版社, 2025. 3. -- ISBN 978-7-5396-8288-4

Ⅰ. I267

中国国家版本馆CIP数据核字第2024X50Q05号

ANHUI SANWEN 2024 QIU DONG JUAN

出 版 人：姚　巍
责任编辑：宋潇婧　　　　装帧设计：许含章　张诚鑫

出版发行：安徽文艺出版社　　www.awpub.com
地　　址：合肥市翡翠路1118号　邮政编码：230071
营 销 部：(0551)63533889
印　　制：安徽乡愁文化产业科技发展有限公司　(0551)67689980

开本：787×1092　1/16　印张：13　字数：237千字
版次：2025年3月第1版
印次：2025年3月第1次印刷
定价：68.00元

(如发现印装质量问题，影响阅读，请与出版社联系调换)
版权所有，侵权必究

编 委 会

编委会主任：章玉政

编委会副主任：程　浩　马婵娟

特约编审：沈天鸿　赵　昂

主　　编：潘小平　许泽夫

执行主编：马丽春

副 主 编：陈巨飞

编委会成员：赵　凯　徐　迅　钞金萍　苏　北

　　　　　　　马丽春　钱红丽　郭翠华　刘政屏

　　　　　　　程保平　徐艾平　贾鸿彬　张建春

　　　　　　　罗光成　赵　阳　宋同文

写在前面
散文是写自己，小说是写别人

这个话题，之前在不同的语境下，我曾用不同的方式，重复表达过好多次。散文和小说最大的区别在哪里？不在什么小说重在写人物、写故事，散文重在写思想、写情感，也不在什么"形散神不散"，而在于散文是写自己，小说是写别人。

所谓"写自己"，是说散文中所有的人和事、景和物、思与想、情与境，都是从"自我"出发，并以"自我"为中心。散文是个体的体验和感受，最好是一次性的体验和感受，哪怕是资料的运用，也要经过情感的氤染或浸润。抒情就更不用说了，难道你在自己的散文中，抒发的是别人的感情？但我们看到的实际情形是，很多散文的抒情文字，无感而发，或是无感硬发，不见自我，人云亦云。史料的抄录，资料的堆砌，充斥着今天的散文写作，现在又来了DeepSeek，写作进入了"无我"时代，我在这里提什么"散文是写自己"，是不是有点逆历史潮流而动？

但我不相信网上万能的DeepSeek能够代替人类，更不相信它能代替个人。

所以我们才需要石砚"以我为中心"的四野狂奔。在《程营：古战场与花草》中,红花草、油菜花、蒿草、野兔、野鸡、灰喜鹊,都在"尽情撒欢",当然,是在作家的注视下,流露出作者的欢欣。那股"青涩微辛的味道",也只有彼时彼地才会出现,嗅到"夹杂着野生鱼、河蚌和水草湿漉漉的淡淡咸腥"的"芦苇荡的气味",需要平心静气,身临其境。文中不是没有资料的运用,"程营坐落在安徽西南边陲的宿松汇口镇,位于皖、鄂、赣三省接合部,因此处系长江主流、支流和鄱阳湖三水汇合之口而得名'汇口'"就是资料,但是接着就有"大雁飞过","它们自鸣得意的鸣叫声","与我擦身而去"。

"擦身而去"这个词用得好,让"擦身而过"起死回生。

遗留在《史记》里的战争,出现在作者的笔下时,已经不再是史料的重复,而是个体的感触和心情。"每一朵小花小草都有一段寂寞坚忍的早春故事",它们在程营的四月里生长,和作者一起。胡望江的《空白》,同样有很细微的感知,像"孤身上路,雪远比人走得快"这样的感受,真的稍纵即逝,非常个人。也喜欢"一个衣衫单薄的少年,就这样落入了雪的核心"这样的描述,什么叫"一次性"体验?这就叫"一次性"体验!

相对于小说来说,散文更是一种文字历险。安庆的散文作家,常常让我感到意外,像"雪峰推拥"这样的表述,实在是"很个人"。文字鲜明和情绪鲜明的,还有思之青的《追索》和王小梅的《风吹,不散》,所以说散文的特性不在于"散",而在于"集":集一切的一切于自我的感知、自我的情绪之中。

方维保的《鸡鸣之前,由家宅飘向远方》,题目起得非常好,散文要有一个好题目,不仅要看上去很美,还要有文字的错落,不要太工整了。卓照的《生命的起落》,三个小标题中,除了"外婆家门前那棵树"落入俗套之外,其余"母亲听到了蛙声里的故乡"和"生活让我们无法脱去内心的长衫"两个都非常好。余世磊的《数数青山叠几层》,也很有韵味。唐诗宋词为现代写作,提供了无尽的蕴藏,我们为什么不去挖掘?还有魏振强的《山中何所有》,起笔就让人意外:"已是午夜,老叶的鼾声在床的另一头轻轻地吹,像猫的呼吸。我一直睁着眼睛,双手放在胸前,木乃伊一样仰面朝天。"这有点像小说的笔法,但它显然不是小说,因为紧接着作者就冒出来了,这时候开始左右我们的,不是小说人物,而是作者的主观情绪和主观视角。散文的开头很重要,是不是散文的语境,找不找得到散文的语感,很大一部分取决于开头。章宪法的《剩下的人》中"我娘在电话里跟我说,大古树下的小客前几天走了",就是很好的开头,直接将读者带入特定的情景,切口很小。小切口是对抗宏大叙事的武器,这几年不仅在纪录片创作中流行,个人认为,文学中的很多门类:散文、小说、报告文学等,都应该是小切口。

一般认为,我在谈论写作时偏重理性,喜欢在抽象的层面上运作。早年叙事学的研究方向,让我不自觉地关注"文本"本身,关注叙事的技术和技巧。所以才说到诸如标题、开头、切口等一些写作技术的运用,希望对写作者有所帮助。

现在来说一说潘军的《壬寅年的最后一场雪》。潘军是小说家,并且是名小说家,很少写散文,而名小说家的散文,一般都是应情或应景之作。所以对这篇散文,我一开始并不打算去读,更不打算去说。文章所写的人和事,都很平常,文字也基本上是平铺直叙的,但是文字简洁、坚定,有清晰而强烈的"内节奏"。这样一来,我就打算多说几句了。"内节奏"这个东西,就像气韵和意味一样,只可意会,不可言传,但它一定存在。我读一篇散文,首先就是看它有没有"内节奏"。但是"内节奏"又是什么呢?太难解释了!如果让我说,"内节奏"就是不散,文字中始终有一种气息和气韵,覆盖和笼罩全文。这又回到了开头,散文是写自己,写自我。这个还是去慢慢体会吧,就像我经常说的,散文是一种"内敛"的文体,但什么是"内敛"啊?我一下也很难解释清楚,但写的时间长了,你就能慢慢体会到。

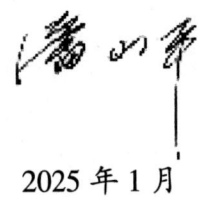

2025 年 1 月

目 录

写在前面

散文是写自己,小说是写别人 ……………… 潘小平 / 001

当代散文家

程营:古战场与花草(外一篇) ……………… 石　砚 / 002

迷途之光——我与散文 ……………… 石　砚 / 011

石砚散文的内与外 ……………… 沈天鸿 / 014

最先锋

空白(外三篇) ……………… 胡望江 / 017

追索 ……………… 思之青 / 023

不染尘

鸡鸣之前,由家宅飘向远方 ……………… 方维保 / 026

山中何所有 ·············· 魏振强 / 033

生命的起落(外三篇) ·············· 卓　照 / 039

潜在潜山 ·············· 海饼干 / 043

数数青山叠几层(外一篇) ·············· 余世磊 / 047

风吹,不散 ·············· 王小梅 / 052

寂寞的爱好(外一篇) ·············· 程耀恺 / 059

木芙蓉的霜气 ·············· 那时青荷 / 063

人间世

壬寅年的最后一场雪(外一篇) ·············· 潘　军 / 067

一个人与一个湖 ·············· 周　旗 / 072

剩下的人 ·············· 章宪法 / 078

乡事三章 ·············· 张建春 / 088

小麦喊着我的小名(外一篇) ·············· 叶　静 / 094

小镇(外一篇) ·············· 一　禾 / 099

归去来兮 ·············· 有　光 / 104

赤水河左岸 ·············· 高　众 / 109

六尺巷的宽度(外二篇) ·············· 东方煜晓 / 113

皖地风

南湖笔意(外一篇) ·············· 张旭光 / 120

匠人街(外一篇) ·············· 苗秀侠 / 126

大通印象 ·············· 高岳山 / 132

剔银灯

中国现代文学馆(外四篇) ············ 江耀进 / 139

金蔷薇

把镜像搬到现场 ············ 陈旭明 / 147

老北河(外二篇) ············ 景艳玲 / 154

千古风流是柠檬 ············ 王贞虎 / 157

八斗岭

走在沙溪 ············ 张道德 / 162

撮镇的春天到了 ············ 黄永健 / 167

在撮镇 ············ 胡松夏 / 173

撮街簪花 ············ 俞晓华 / 178

撮镇行 ············ 张　玲 / 182

撮镇,我心中的山 ············ 杨文保 / 187

变迁的撮镇 ············ 胡庆军 / 191

石砚

作者简介

石砚,本名张宜。20世纪60年代初出生于安徽安庆,祖籍河南开封。曾在海军陆战队服役,同时开始文学创作。1982年诗歌处女作在《人民海军报》公开发表。2002年开始以散文写作为主。作品主要发表于《安庆日报》,散见于《人民文学》《中西诗歌》《青春》《安徽文学》等刊物。散文作品四次获得安徽省年度报纸副刊好作品一、二等奖,《安徽文学》2015年度文学奖散文奖。2012年出版散文集《雪原之狼》。

当代散文家

程营：古战场与花草（外一篇）

石 砚

一到程营，脚往下一陷。我一惊，跳起来挪几步，到处都是软绵绵的青沙土，又陷了下去。

抬眼望去，原来无边的长江冲积平原是不能看的，一看目光就收不回来，整个人也会慢慢陷进去。

现在，我发现自己已经站在程营精心布置的四月里，大色块的色彩肆意泼洒，把这里的春天弄得已经不是春天了。

一幅尚未完成的巨幅油画，重金属般的色彩像是谁刚刚涂上去的，油彩未干，正在慢慢流淌，大片红花草、油菜花、蒿草占据的世界，以我为中心向四野狂奔而去，偶尔几只野兔、野鸡也跟着尽情撒欢，灰喜鹊、杜鹃鸟和从湖边飞过的水鸟在天空中拼命地飞，我夹在它们之间，惶惶不知所措。

程营坐落在安徽西南边陲的宿松汇口镇，位于皖、鄂、赣三省接合部，因此处系长江主流、支流和鄱阳湖三水汇合之口而得名"汇口"，素有"皖江上游第一镇"之称。

程营是史上发生过著名战役的古战场。

天上不用看，听声音就知道肯定有成排的大雁飞过，因为它们自鸣得意的鸣叫声已经与我擦身而去。

从附近江边和湖边吹来的风肯定也是不一样的,它们在我这里汇合,又转向别处,混合着一股青涩微辛的味道。我还是极力分辨出芦苇荡的气味,夹杂着野生鱼、河蚌和水草湿漉漉的淡淡咸腥。

我站在程营这个地名上,江风迎面吹来,贴在红花草和油菜花上方轻轻抚摸,我眼前很快出现透明的丝绸,大幅大幅的,微微起伏。湖上的风却似乎像我一样不安分,有点鲁莽慌张地小小的激动,空气中突然出现大量的蜻蜓,上下翻飞,搅和得油菜花粉乱舞,蓬头垢面的青蒿草烦不胜烦。

花香迷乱。我发现身边许多野菜,在红花草、蒿草和油菜花之间潜伏着,悄无声息。它们像极了散落在这片平原上的小小村落,形散神不散地聚集在一起。四月初,这里的村子静得让我惊讶,好多房子里似乎早已无人居住,偶尔听到小孩啼哭和老人的一两声咳嗽,屋后草丛里时隐时现几只芦花鸡,趴着的小黄狗半天动一下,或者不动。

一大蓬枸杞冒出水灵灵的嫩芽,我看一眼,迅速避开,似乎多看一会就会融化。这时我又看到了一大丛马兰,紫亮亮的,一股夕阳中才有的紫气云雾慢慢环绕,升腾,弥漫开来。

开满像六月雪一样小花的竟是老了的荠菜,急匆匆走在田埂上,酷似刚刚放学的小学生在田野上奔跑、撒野,气喘吁吁地一直跑着,没有停下来的意思。

这个春天走得太匆忙了吧?本来这时荠菜是不开花的,它为什么这样慌张,开得急不可待?

红花草的花开得娇柔带水,焦黄得有些沧桑感的油菜花也不能用黄色来形容了,更不能从我的脑子里找出叙述青蒿草和马兰的合适词语。

我感觉这些一再呈现的植物在拼命地掩饰着什么,这一片无声的喧嚣又分明在暗示我,这里的沙地与众不同。

一再迷失,我一再提醒自己,这里是程营。

卡在皖鄂赣三角地,穿过一个村子可能就不小心跨越了省界,隔了几十米,说话就不一样了。我似乎明白了,连这里的植物都一直在暗示我,不同的颜色可能就是不同的方言俚语吧。

我进入另一个时空。

一瞬间,九江、湖口、龙感湖、汇口、洲头、彭泽,这些地名纷纷涌向我,如同长江汛期的洪水般迅速把我淹没。

一条狭窄的公路横穿小村，路上几乎没有人，空荡荡的。我站了一会，发现经过的货车和出租车的车牌号都不同，一会湖北，一会江西，当地的车反而很少。

公路很寂寞地在黄昏中无限延伸着，我无论朝哪边看去，都是惆怅，很远很长的惆怅被江边平原无休止地放大。

夜幕降临，原来程营的黑夜不过是拉上一层幕布。

今晚没有太多星星，夜的幕布破旧了，从破烂不堪的烂布里，那些油菜花、红花草、枸杞头、马兰仍然在生长，也许现在正探出脑袋，在盯着我看呢。

它们的身下，埋着大量兵勇横七竖八的尸骨，还有锈蚀斑斑的铠甲箭矢，它们一直在这里，没有离开。

脚下就是古战场，我努力提醒着自己。

我曾经听到过关于陈友谅几个版本的史事，现在瞬间被眼前这些红花草和油菜花淹没了。眼前到处是触手可及的色彩，是活灵活现表现欲超强的四月。

我突然有一个奇怪的想法，稍大一点的战争，最好不要发生在春天里，也不要再发生在这个三省交界的地点。因为春天会淹没一切，因为多种方言会让我听不懂的那段史实被无限放大，虚化，夸张，变形。

现在，我无论走到哪里，都走不出红花草、油菜花、马兰、枸杞的目光。只是，在四月涣散的意识里，它们占据并统领着这片无限空间，并且掀起另一场轰轰烈烈的仪式，在这片长江冲积平原上悄悄登场，拉开或者撕裂时间的序幕。远远比千百年才偶尔发生几次的鏖战更加长久、剧烈。

沙洲上占据地盘的花花草草比春天更长，比古战场更大。

在长江北岸，以我脚下的程营为原点，纵横东西有一大片湖泊群。绵延近一百公里，南北宽度约二十公里，与长江南岸的鄱阳湖隔江相对。自西向东依次被称作龙感湖、龙湖、大官湖、黄湖、泊湖等。最西端的龙感湖有一小部分属于湖北黄梅县。江北湖群是一个独立水系，向东缓缓流动，最终通过望江县的华阳河流入长江。

我的目光被慢慢收回，拉近，在一朵细小、微弱的小花上定格，被无限放大的红艳艳的小花占据了程营的四野，远远大于那无数场鏖战，大于历史的循环往复。耳畔传来呼呼的风声，犹如千军万马呼啸而来，驰骋而去，从来没有开始，没有结束。

我不知道当年陈友谅在鏖战朱元璋时它们在不在。残花乱舞，倒地的勇士和惨遭铁蹄战靴践踏的花枝、草汁混合在一起，湿漉漉的血和残阳交相映衬，从沙地上卑微软顺的草本植物看过去,那次遗留在《史记》里的战争似乎已经微乎其微。

入夜的村庄静谧得令我感到一种空茫,落寞,冷冽。

我一直站在窗前,外面漆黑一片,怎么都不能相信程营会如此清凉,空蒙,寂寥。偶尔经过的夜行货车,由远及近,仿佛等待了好久,忽然又一闪而过,把窗棂和房间里的玻璃杯震得哗啦啦、噗噗直响。雪亮的车灯就是一把利剑,刺破天空。只有这一刻,才让我真切感受到曾经发生的场景,使我相信这片土地上曾经发生过无数次的鏖战和杀戮,只是这里的红花草和油菜花在拼命掩饰,让我忘记,也记起一切。

一朵,十几朵,成千上万朵红色和黄色花绽开着,膨胀,胀痛,就要撑破程营寂静庞大的夜,它们安逸而自足的长梦把程营这个地名带到很远,也把我带进程营的深处。

那一场场战争在程营的红花草和油菜花的时间里是一种慢,慢得到达我这里需要几千年时光。

现在,我可以反反复复地把《史记》里的村庄随意翻阅,来回细读,从唐宋明清到民国,就像江风随意翻乱树叶一样,把发生在这里的周瑜、陈友谅、朱元璋、曾国藩的故事读得面目全非,直到混淆混乱,直到血液回到当年罹难的士兵身体里,丢弃的马蹄铁回到战死的汗马脚上,烧焦的锦旗、令旗回到春天的大营里迎风而不招展,让当年的战火回到村庄各家各户的炉灶里,所有的草籽回到沙土深处。

"长江万里此封喉,吴楚分疆第一州。"这是我们桐城诗人钱澄之眼中的程营,这是一种不可替代的绝句,独属于程营。

遥想当年,周瑜鏖战赤壁的大营也曾在这里,更遥远的东晋的那些日子,这一带作为交通咽喉,东晋要求驻军"毋过雷池一步"的典故也发生在这附近。之后,古安庆在南宋因战略位置显要而新建城池之后,这里的战乱一直没有停止,从明末朱元璋和陈友谅的鄱阳湖—泾江口决战,到曾国藩、彭玉麟与太平军在鄱阳湖、小孤山和安庆一带反复争夺,到抗战时期的武汉会战……自始至终的见证者,就是满地生长的红花草和油菜花,它们来了,从来没有打算离开。

程营,一个典型军事化的地名,在千年苍穹下威严矗立,剑戟林立,狼烟喧腾。此刻,我感觉黑暗四野里潜伏着百万大军,箭在弦上,整装待发……直到解放战争的渡江战役发生,程营卡死在那个瞬间,颤抖、惊觉、挣扎、戛然而止,然后新生。

一种象征?清晨,我眼前无边无际的油菜花和红花草站在自己的梦幻里,在四月阳光照射下,正凭着一种军令如山的意志,无声无息地纠集,变换队形,急速地秘密潜行,浩浩荡荡,不可阻挡!

仿佛吹响的古铜号,漫天席卷,铺天盖地,震耳欲聋。

晚上,我躺在乡干部庆华家的二楼客房里,难以入眠,感觉被周围无边无际的花草慢慢托起,飘浮起来。无眠的程营,是一种慢,慢得使所有远古发生的一切最终在时间、死亡和史书面前打了一个平手,获得了公平。周瑜和陈友谅去了,曾国藩也去了,包括曾经说起和记述这些故事的人,也包括今夜暂时的我,都会统统远去。但是,没有走远的,是程营此刻弥漫着青草花香气息的夜晚和夜晚里那些漫无边际的开花以及不开花的植物,它们年年都会来到这里,从种子到种子,从春天到春天,慢得比几十年几百年几万年还要慢。它们不关心发生过什么,只记得年年岁岁来到这里。

为什么岁岁枯荣的植物比显赫的史实更加长久?长久到时光凝固,江水倒流?

人们总是对卑微、弱小的事物和群体一直保持着一种天然的怜悯同情,甚至忽略。现在,大片大片的红花草、油菜花让我感到内心强烈的震撼,惊叹,敬重。也许和曾经发生在它们脚下的一切有关,或者无关。

强烈的直觉,使我发现这一切似乎都是一种掩饰!越刻意的掩藏,却暴露得越多。因为我突然感到这片土地上渗透出如此鲜艳的汁液,浓烈,滚烫,源源不断。

空荡荡的程营缓缓上升,在长江北岸的一望无边的平原上,孤独而突兀。

我一个人漫无目地走着,久久端详娇柔的油菜花瓣,俯下身盯着一朵红花草的花瓣,它们是不是因为生在古战场之上,长在三省交会的三角地,而因此不同?与程营这个地名静静厮守,不弃不绝,一起吃力地举起,让我一次次地看,目不转睛地看。我到底看见了什么?

我发现一起从安庆出发的延绵群山,丘陵起伏的长江北岸,一到这里突然变成了泱泱平原。

平原是一种空,不是空荡荡空洞的空,而是让我感受到一种巨大无边的陷阱。因为有了红花草和油菜花的参照物,那场远古的战争也渐渐在我眼前具有了雏形,有了逼真的呐喊和尸横遍野的原貌,它们不过是模仿了这些花草,演出各自的春天而已——那也许是我今生永远也无法进入的四月,不能返回的程营,终日流浪。

重要的是,这些貌似汹涌澎湃、喧哗喧嚣的庞大花草家族,既不争春,更不争宠。

古战场也有春天,比想象的更多的春天占据了我。

桑落洲——突然,一个熟悉又陌生的名字跳出来,如同一把青龙古剑破空而出,寒光暴闪。据史料记载,扼守江岸,背靠古彭蠡泽,面向长江和赣江的桑落洲就属于程营一带,最早是在三国时代作为周瑜部的大本营。

原来的洲大部分已崩陷于江心,留下程营村,成为江北冲积平原的一部分。"程营"这个古老的地名相传就是三国东吴大将程普的屯垦军营之地。遥想当年雄姿英发、羽扇纶巾的周瑜死后,就葬在洲上,沉入水中,在另一个地界也要与程营日夜厮守,沉默相伴。1363年,陈友谅大军和朱元璋在湖口大决战,陈将军从鄱阳湖口突围之后,逃往泾江口,不幸在泾江口又遇到埋伏的明军,最终在此地中箭阵亡。

在这里,每一朵小花小草都有一段寂寞坚忍的早春故事,很长很长。

程营空了,现在,它像大地上所有村落一样只剩下孤老寡幼,像平原所有夜晚一样空虚寂寥。谁会相信这里曾经发生过无数次壮怀激越、名传千古的战役呢?

宿松,洲头,程营,像四月里一级级覆满青苔的潮湿台阶,我慢慢沿阶而行,下到春天幽暗的深处。

俯身在遍地油菜花、蒿草和红花草的根部,我慢慢听到震耳欲聋的厮杀声由远及近地传来。

四月的程营依然宁静。

在村头小杂货店,我听到一个老人说起陈友谅、三国、渡江战役,因为我听得入神,他说得投入,我突然感觉离史书越来越远,史书上的大都不是信史。我宁愿相信老人夸张的手势和眉飞色舞神色里的程营,这个程营瞬间变得生动,富有生气。老人说书一样信口开河,随意发挥,也陡然使我看到越来越多的程营。

环顾四周,那一场场远远近近的战役对于我,就像漫山遍野的油菜花和红花草,只不过是一种种植物,只不过是一种种颜色。

不会因为年代久远而慢慢褪色,也不会因为史书和传说而添增光彩,春天依然会悄悄来到程营,也像村里涌向北上广打工的人潮,走得很远,也走不出程营。

我从不相信宿命阴阳轮回,但是,在这里我暂时相信了。20世纪90年代初的一个秋天,我第一次来到距此不远的邻村,同属铜马大堤险要地段。刚刚发生过长江特大水患,大量房屋被水浸泡,静悄悄地、不断地塌陷,一位大领导来慰问灾民,许多老人、妇女跪地不起,哭号震天,他泪水止不住扑簌簌直掉,当场拍板拨款给村里灾后重建。

我现在来到程营做一次小小的逗留,就像那些发生过无数次的战役,比起那些年年都如期而至的油菜花和红花草,真的不算什么,发生后,就会消失,消隐。

现在,程营的颜色在我眼里更加鲜艳、鲜活一点,到底为什么,我无法说出,红花草和油菜花也都保持了集体缄默。它们或许压根也不知道这片土地上出现过周瑜、陈友谅、太平军和刘邓渡江部队,只是记得松软肥沃的青沙土,自己在这里土生土长,心里永远只记得漫不经心的农家四月谚语。

我的目光慢慢扫过空荡寂寥的程营上空,良久,慢慢转回江滩下大片长满的红花草、芦苇和油菜花上,它们和我一样,相对无言。

程营和我站在四月里,在一眼望不到边的长江滩涂上,被大片的红花草和油菜花轻轻地托举,慢慢生长,慢慢延伸着,随风摇曳。

现在,我慢慢地走着,无论走到哪里,都是红花草和油菜花的世界,都是程营漫长而寻常的春天。

陶辛:荷花的时间

一踏进陶辛,瞬间变成荷花的时间。初夏的陶辛用力举起雨中的万亩荷花田,把突然闯入的我从头到尾淋湿。我在雨中的荷花田里行走,就像一个迷路的浪子,内心滋生出一种寻找一道出口的强烈渴望。

在空蒙的雨中,荷花一路为我举起无数盏灯,把整个陶辛照得通亮透明。我想,如果每一朵莲花都是一盏宝莲灯,足以照亮我的整个人生,如果有一盏灯陪伴余生,就永没有黑夜。

望不到边的荷花直抵青安江大堤天空的上方,那里通向长江,流向大海,我只能把眼光收回,静静打量着离我最近的一朵。现在,这里的荷花不是那里的荷花,更不同于几百公里之外我居住地的荷花,我甚至突然感觉到它们不是站在现代这个时间观念上。我的眼前不断涌现的花束如同远古某个年代身披铠甲的士兵方阵,他们潜伏,在紧张地等待着一声号角吹响,然后一跃而起,刹那间刀光剑影,撼天动地。而此刻他们仍在等待着,周围在寂静中慢慢沦陷,荷花与荷花保持着彻底的静,形成一种默契,我明显感到所有的荷花充满着一种视死如归,一种壮士一去不复返的凛然正气。

青绿发黑的荷叶如同密密麻麻的盾牌,正在缓缓举起,大量锋利无比的花苞、花瓣犹如箭矢,直指现在陶辛的上空。我似乎感觉到号角在吹响之前的紧张屏息,压抑而焦虑,随时在七月的陶辛上空吹响。又一阵雨落下,我小心翼翼地在千年不变的雨中行走,在荷花与荷花之间的陶辛,不敢发出任何声息。

眼前的荷花完全颠覆了我词典里的所有词语,那些妩媚的娇弱的阴性形容词瞬间消失无影。甚至一下抹去我对荷花的印象和记忆。我极力地企图为陶辛荷花重新命名,很快我发现这是一种徒劳,眼前的荷花反对一切的描述和形容,它不同于所有其他地点的荷花。那么,现在,我看见的荷花到底是什么?

我随着同伴又来到一座拱形木桥上,其实我们刚刚绕了一大圈又回到桥上。如同整个上午都围绕着一朵荷花,时间变成了柔和而尖锐的曲线,上上下下反反复复,在雨中时隐时现。这座木桥名叫赏荷桥。站在桥顶,顿时感觉站在荷花在这里形成的静静波涛的顶端,熏天的荷香直接把我抛向云间,再慢慢降落。我陷入一个巨大的陷阱,一个疾速旋转的透明的荷花花瓣打开的深渊。

这个上午,这是独属于陶辛和荷花的世界,让我无知无觉,不可感知。现在,我在一条不知名的小河上泛舟。这条小河属于陶辛纵横交错小河中的一条,这里有十条同样的人工开凿的河,不涝不旱,堪称江南水利史上的奇迹——我暂时没有到达,也不想离开,人不可能同时出现在两条河上。木船的船头不断刻意地划开雨中灰蒙蒙的幕布,忽暗忽明,我依然感觉到自己在一大片莲花的内部行驶,似乎缓缓进入了荷花的中心。在千千万万荷花布下的迷局中,我感到一种恍如隔世的迷蒙、混沌和惆怅,我甚至忘记在哪里,在何方。我担心一辈子也走不出今日的陶辛。

眼前的荷花突然消失。小河两岸长满了菖蒲、蒿草、野菱角、红蓼、芦苇、水蜡烛,水岸边湿地上大片荷叶中只有零星的几株荷花,仿佛是刚刚演奏的一部荷花交响曲的尾声,余音缭绕低回,绵绵不绝。木船终于到了胭脂渡口,传说周瑜死后,小乔一直躲藏在这里,临水梳妆,染红一池春水,夜夜落泪,滴滴化成素洁凄婉的白莲。这时我看见渡口边一朵红莲花格外刺眼夺目,就像我不经意间出现在这里。在长江北岸那座城里,荷花只是一种点缀,它在修辞性意义里完全不为自己活着。我一直怀疑自己,那个刚刚穿行在荷花之中的是不是真的我,我看见的荷花是不是真正的荷花?陶辛无语,荷花无语。

我相信,我一生再也见不到这么多荷花了。这里的荷花走出了我多年坚信不疑的《爱莲说》中的荷花,或者说它现在展现在我眼前的就是《爱莲说》的真迹!这里的荷花刚刚从千古名士心中流淌出来,墨迹未干。

我想说的是,荷花赋予这个世上太多太多的东西,已知的,未知的。传说种荷人是陶渊明的后人,他从千里之外的异乡到这里种下第一朵荷花的时候,一定和我现在一样想着，每一朵莲花都是心中一片桃花源，打开或者关闭。

雨停了，一滴，一滴又一滴雨水滚落在荷叶上，它们像我此刻一样来到一个陌生全新的地方，小心、犹豫、试探地在荷叶上轻轻移动。我发现所有的荷叶上都聚集着大量雨珠，迅速在我这里汇集，在又一阵雷雨中形成一道又一道惊雷，它们轰隆隆地就要发出震耳欲聋的声响，仿佛在整个荷花田半空，整个陶辛瞬时破空而起，直冲云端。

我看见荷花一动不动。一只青色小蜻蜓飞来，停在一株荷花秆上，荷花似乎根本没有察觉，时间凝固了一般。我发现内心突然获得一种源源不断的力，一种紧紧抓牢不放松的定力，仿佛不是那个小蜻蜓，而是现在的我，愿意就这样永远停留在一株荷秆上，从此不再离去。荷花、蜻蜓，包括芦苇、水草以它们亘古不变的样子活在自己的天地里，活出原来的自己，而我仍然会离它们远去，回到那个烟尘迷蒙的化工城里，还要继续活下去，活在不断寻找和迷失之中。但是，我喜欢在这里在荷花中迷失，我愿永生永世地在陶辛的荷花里不再走出。

百鸟滩，其实是另一种在荷花中迷失的延续。现在的滩涂上一只鸟都没有。无就是有。我仍然看见许许多多的鸟、白鹳、鹭鸶、水葫芦、斑鸠、野鸭和翠绿水鸟，当然少不了乌鸦、麻雀，就像我刚刚置身在荷花之中看不到荷花一样，它们飞来飞去，总是在那里、这里，不会消失。

站在大江的江堤上，天色放晴，江水犹自流淌，千万年不曾改变。而我现在站在这里，只不过是暂时性的出现，我想了许多，也许什么都没想。就在我离去的一瞬间，我看见江对面江堤上一道动车的白色光影一闪，商合杭高铁线穿境而过。我终于看见一只硕大的白色飞鸟，一片羽毛划过天际，消失在万亩荷花田的上方。

紧接着我又走进一座千年古镇，在雨中无人的麻石条铺成的小街上，我心中不禁一阵惊叹，我看见了一朵最古老的莲花原来的样子。

古朴、落寞、幽静的小镇在我眼里迅速成为一颗黝黑的古莲子，在现在温热潮红的气息中就要绽芽，我似乎就要听到它破壳而出的爆裂声。仿佛我从来没有来过，从来没有离去。

龙尾张村静悄悄地出现也是我意料中的情境，那也是荷花原汁原味的古老样子。矮矮的土墙，泥巴和稻草合成的土屋，木槿花似开未开，年代久远的标语、邮筒、水车，时光源源不断，逆流成河，穿过百鸟滩、古莲子，最终汇入无边无际荷花的花海中。

现在，一切都是陶辛，都是荷花。

迷途之光
——我与散文

石 砚

一走进散文,我仿佛回到 30 多年前木塔村的那个晚上。

那里真正是云端上的小山村,地处皖赣边界的东至利安。

我是临近黄昏时分走出村子的,各家各户都在忙着炒制新茶,晚饭还早。我走下山坡,走到一座稍低一点的山顶,又爬上另一座山坡。

我被那一边余晖穿过大片山林的光芒所吸引,它不停移动,不停变化,从山顶,从黛蓝黯黑的天空直射而下。

当时,在我眼中简直就是万丈金光,在我眼前突然出现一座圣殿,一座远古的高耸入云的城堡。

我不知不觉地跟随着那一片天光越走越远,或许不是我在行走,我此刻已经完全成为山林光线的一部分。

直到最后的余光消失不见,我已不知道走了多远。

我迷路了,在没有路的山林里,多少次试图走向来时的路已经是不可能的事情。

就在刚刚,那大片的夕光穿过高大树林的缝隙,真的就像无声无息的古代的兵马呼啸而过,旌旗、金戈、铠甲,还有千万匹战马奋蹄疾驰,仅仅一瞬间,突然消失得无踪无影。

这是我第一次在山林里迷途。

几乎看不见的天空也从头顶上消失了,整个山林变成慢慢闭合的巨大铁门,密不透风,从四面八方向我围拢,挤压过来。

不知道走了多长时间,发现绕来绕去,又回到原地。

肯定是因为光的变化,山形、树林、岩壁和此刻的时间统统发生了变形,我在瞬间变形的空间里变得混沌、浑噩,似乎对越来越近的险境毫无感知。

不远处的灌木丛里出现悄悄移动的光亮。

几只不知什么时候出现的野兽已经悄悄盯上了我,和不停行走中的我保持着警觉的距离,十分奇怪的光亮像小灯笼一样,竟然硬生生地捅破了四周的黑暗。

神秘,警觉,飘忽,诡谲,它们时隐时现,一直和我保持着同步的距离,我不知道什么动物,或许是野山羊、狗獾、麂子,或许是豺狼、野狗,甚至是什么大型猫科动物。

现在,这一切都变得无关紧要,最重要的是我又看见了光。

现在,因为周围没有路,瞬间给我打开了四面八方的路。

在海军陆战队从军时的野外求生训练终于帮到了我,意志,技能,体魄,让我暂时可以义无反顾地朝向任何方向走去。

忘记了四月夜晚山林里的阴冷、饥饿,甚至随时坠入山谷的危险,只是不停在山林中走着,转着,机械地、漫无目地走着,最后忘记了身处何时、何地、何方。

后来,我才突然醒悟,帮助我最终走出黑夜山林的,一直都是再次出现的光,那些陌生的、凶残的、友善的、好奇的光把我一下子照亮,一直把我视作猎物的野兽,一直陪伴左右,陪我穿过密密蒺藜,深陷松软的腐叶,尖利的石片,在悬崖边有转身返回的山林之路。

我之所以在山上走了很久很久,没有停下脚步,完全没有进入一种所谓超验的、悬疑的、混乱的幻觉的和臆想之境,因为我看见了光,时刻保持着一种坚定和清醒!

我的意识里伸出无数只手指,紧紧攥住不离不弃的光线,这时的光线也一直紧紧拽住我。我看见四周游动着无数的小小火把,一下子把我拉回黄昏那个时刻,我又看见从森林间泄露出的道道强光,看见当年千军万马过境时的恢宏气势,此时此刻,排山倒海地向我涌来。

我进入另一种光圈,不一样的光环。

现在,我坚信不疑地认为,那道光就是来自散文感悟的自身。

一旦我又一次不小心进入散文的黑夜丛林,就如同立即进入那个陌生的、充满变数的绝境与迷途,在充满陌生危险的山林中,始终能够看见光,看见形形色色的光。无论来自哪里,那都是来自散文内部的光,总是在不远的地方,为我打开黑暗的山谷悬崖,打开密不透风的藤蔓荆棘,直到走进一轮明晃晃的皎月悬挂在头顶,把所有黑色山林照得通亮透明。

难以想象的是，在那个阴冷黢黑的大山夜晚，我不敢有一丝松懈，神经绷得像一把生锈腐烂的军刀，手里紧握着一根又粗又长的树棍，在灌木丛密集的蒺藜中，慢慢地移动，一刻不停地行进。一旦停下，瘫坐树下，可能再也站不起来。那些越来越亮的野兽眼中发出的光就会立刻变成千万把利刃，把我伤害。

每一次走进真正的散文，都是文本意义上的绝处逢生。

我只有不停地走，艰难地走着，唯有心底始终保存着一道光线，无论怎么变换，始终都是清澈、圣洁、明亮的，最终才有可能走出所有日子里的虚幻与真实的黑暗山林，冲破所有自我的迷途和迷宫。

一步一步地走进散文明亮的内部！

石砚散文的内与外

沈天鸿

读石砚的散文,我感觉到一种飞,这种飞轻盈、自如,又艰难、沉重,有时甚至碰到或者撞到某种东西,不得不落到地面,再次一步一步地行走。

前者,即飞得轻盈、自如,来自他散文思维摆脱常规的发散和技艺的驾轻就熟;后者,则是因为他的散文是飞行或者穿行于人与物,每每触及生活坚硬的核,显示出生活,也就是人的生存的本质和真相。

生活中的确有莺歌燕舞,即所谓风景,但那只是表象的一部分,甚至可以看成只是假象。只要你在生活着,那么,无论你是一个思想者还是一个没有思想者,都会感到,生活着是艰难的。而人的伟大,正是因为在这艰难中一代代地生存下来了,并且能够面带微笑。所以,那类只因为充满生活气息而被某些伪评论家赞美的散文,从来不能让我满足——生活中的生活气息已经够浓的了,不需要而且也不应该将散文当作一个复制它的工具,制造大量的"生活气息"的赝品,何况还在复制时过滤掉了真实生活中那些呛人的甚至令人窒息的气息。

《程营:古战场与花草》《陶辛:荷花的时间》都保持着他的散文这种飞的特性和质地,因此,这样的散文既是轻盈如优美的舞蹈的,也是厚重如程营那样的大地的。

总之,石砚的散文不回避呛人的甚至令人窒息的东西,也不回避坚硬得让人头破血流甚至丧命的东西。他不回避这些是因为只有如此,才能更强有力地显示出人固然是生只能带来死,但绝不是可以打败的英雄气概。他的散文集《雪原之狼》中那充满着野性的"荒野上奔跑的狼群"自然是这样的象征:"面对人类的枪口,流露出的不是恐惧,只是一种深沉的悲伤、怜悯和深深的同情。"其他写平淡生活场景的篇章中也仍然隐含着这样的精神和气概,例如"无论走向哪里,都是走向宁静"的《舅舅的榨油坊》,明白"所有季节的变化不过是颜色的变化"的《经过水田》,《程营:古战场与花草》中的人和花草,甚至陶辛的荷花在石砚的笔下也是如此。

——从容和宁静,是英雄气概的常态表现,这种英雄气概具有非常强的现实价值和意义。

当然,石砚的散文绝不仅仅是表现了不被认为是英雄的普通人的英雄气概。他的笔之所触,几乎都有值得读者品味的感悟和思考,而这些感悟和思考,都与人生的生死歌哭紧密相关。石砚散文的主题,借用石砚《雪原之狼》中的一句话来概括,就是:"分辨远方、天空和命运的不归之旅。"

在散文的艺术性上,石砚的散文也颇可欣赏。本文开头我用了一个"飞"字来比喻他散文技巧运用的自如程度。这种自如,最明显的例证是他的散文的转,即性质或者意义不同的上下文之间的衔接。比如《程营:古战场与花草》开头三个自然段,第二段一转,第三段又一转,这每一转所写与上文在性质和意义上都不相同(只有不同才成为转),转得虽然突兀却又自然,毫无违和之感。又如《雪原之狼》的开头平淡无奇,几乎就是一篇目前大量充斥于报刊的所谓"生活散文"的文字。但是很快,以"我看见了他""顺着他的目光"自然、简捷地转入了北极圈和狼群,并且使想象无痕迹地成为真实。其他的例子不赘,有兴趣的自己在石砚散文集《雪原之狼》中去找吧。这种自如也体现在散文的开头和结尾。《程营:古战场与花草》的前三段,读到后面才知道原来都是伏笔,才知道陷人的其实不是沙滩,才知道程营花草美丽的四月覆盖的是古战场,等等。结尾则呼应开头和正文,并且暗示程营的花草终究覆盖了古战场。《雪原之狼》的开头本平淡无奇,但接着读下去,就知道它仅仅是看似平淡无奇,实际上,"冬末""异常寒冷""江南古城"都是伏笔,与下文联系而对照。他的散文的结尾基本都是简洁到只是一句话,但这一句话,既能总结全文,又向无文字处荡开去,富有意味。另外能见出这种自如的,是议论和写实(描写)的杂糅或交错的自然。

此外,比较善于以虚为实,化实为虚,营造空白的艺术空间,也是石砚散文的一个突出的艺术特色。这在《陶辛:荷花的时间》中有尤其突出的表现,甚至就是因为这个,陶辛的荷花才非同一般——而究其实,陶辛的荷花与其他地方的荷花并没有两样。

善于以虚为实,化实为虚,营造"空白"的艺术空间,还有一个很重要的作用,这就是使石砚的散文形成了表层结构下面的深层结构,产生了言有尽而意无穷的形而上的意味。从而保证了石砚的散文是文学的散文,而不是那种实际是记叙文的所谓散文。

如果要挑毛病,那么,《程营:古战场与花草》前半部分中有些段落稍嫌原地踏步,即在意义上没有推进,只是在横向烘托,不如我读过的石砚的其他散文处理得那么干净。

偶尔的瑕自不掩瑜,石砚的散文在当前中国散文中是独特的、少有的优秀散文。

(沈天鸿,中国作协会员,高级编辑。曾任安徽省作协第四、五届副主席。著有诗集《沈天鸿抒情诗选》《另一种阳光》,文学理论集《现代诗学》,散文集《梦的叫喊》等。)

最先锋

空白(外三篇)

胡望江

冬天从江上漂来,北方,雪夹风声向南推进。一只孤飞的鸟击破长空,呈现出飞翔的速度。

初尝空白是在读乡村小学时,因家境贫寒,买不起稿纸,只好到卫生院拣些废弃的处方笺装订成册,利用背面那空白。名列前茅却不能阻止我向生活空白处滑落:兄弟几个,我最大,这注定我得从父学习祖传的雕刻,开始那吃百家饭做百家事的漂泊。

那年冬天,我随父亲在后山,寒潮来了雪就来了。我衣着单薄,在外怕熬不过严冬,父亲命我趁大雪还未封住香茗山先行回家,他继续留下做东家的活儿。

孤身上路,雪远比人走得快,它在半道上等待已久。北风狂啸里大雪漫天,上下一派迷蒙,道路渐渐被封住,进退维"雪"。

雪愈积愈厚,深可没膝。眼前一片孤寂茫茫。四顾无人,万物坠入白色的纯粹,找不到道路和方向。一个衣衫单薄的少年,就这样落入了雪的核心,具有不知所措的一种迷茫的空白。

北风不停地呜咽,掀起无情的雪粒,漫无目标地打击。啸声奔驰回旋在荒凉的旷野,极为凄厉,如同鬼哭狼嚎。我不由得想起惯于在雪中出没的饥饿的狼。恐惧,胜过了寒冷,袭得我背脊发麻。我周身汗毛倒竖,手颤抖着从怀中摸出那把雕刀,攥得掌心渗汗。那刀虽比我比现在使用的笔大不了多少,却是我当时唯一可用于抵抗的武器。

跌倒又爬起,深深浅浅,雪不关心眼泪,它无动于衷地抹去我画在雪地上的痕迹。高高的香茗山被深深地埋藏。

雪野没有昼夜,只有迷茫、寒冷、恐惧和悲伤……但我记住了家在向阳的山坡上,逼迫双脚不停地伸入那悬生死于一线的、没有脚印的空白。

那场雪中的苦难,或许是被当时只是少年的我夸大了,但被夸大的苦难却成了砥砺心灵的恰当的磨石。此后我不断地重临生命的空白,不断地从雪样的困境中走出,但直到面对一份份等待我写出答案的试卷,才真正认识到它的意义。面对试卷,虽然心有余悸,但仍须去填充它。对或错,上升或下降,结果只有两种。谁甘于沉沦？我获得的全部经验是:除了挺住和在挺住中行动,没有任何方式可以帮助自己。

正是空白教会了存在者存在。

多年以后的冬天,我坐在都市的一间房子里沉思和写作,眼前又出现一片巨大的空白。雪正从窗外经过,我想起寒冷的雪原上那个手持雕刀的孤独少年。他正在我体内行走。

西谒阳关

古阳关渐渐向我逼来。过往的守关者怀抱汉月唐风,悲壮地沉入那辽阔而苍茫的大漠。

1992年6月,不远千里,我从盛产丝绸的江南悄然来袭。出敦煌西南,行约74公里,通往阳关的大道与道边平铺的戈壁一样,没有任何阻碍物,我略显沉重的思绪是孤独展翅的鹰隼,围绕雄关在大漠上空翱翔——唯一的阻力就是逝去的时空。

一望无际的戈壁,偶尔能遇见的是红柳林、沙枣树或骆驼刺,你会对它们那顽强的生命力感到惊诧,而那些星散塞漠的残垣断壁无异于一座座伸向历史的路标。我猛然想起王维"西出阳关无故人"的诗句,出塞的窘迫被暂时悬搁。

率先破目而出的是阳关烽燧遗址。它傲立在北面墩的墩山之上,只是烽火早已熄灭。谁知道它究竟在这儿守护了多久？我爬上山梁,爬过血红、洁白、金黄、铅灰、乌亮交织的五色土。那巨大的土墩气势宏伟而威严,冷冷地在沙梁最高处漠视着一切。它是否在等待我的到来？风蚀雨化,斑驳的身躯古朴而苍劲,残存的高度仅4.7米,我知道被我此刻仰视的并非它的实际高度。穿过无数朝代的漫漫黄沙,那高度我们永远无法企及。

站在沙梁上极目四望,我努力搜寻着古今无数诗人吟咏过的阳关,那座形而上的西部城池。我不禁万分失望。天地悠悠,前后除了沙丘还是沙丘,别无关隘。阳关在哪儿?脚下这个大沙丘就是吗?有关史籍并无它确切位置的记载,而遗址又隐去多年。沙上隐约暴露出的墙基的痕迹,你肯出来为阳关曾经在这里存在做证吗?

阳关的一切,我仅从文史中得来。它因位居玉门关之南而得名。早在汉代已设置了阳关都尉,魏晋时在此建立了阳关县,至唐以后渐被废弃。它曾是汉唐对外通商的咽喉要地之一,著名的"丝绸之路"南道中必经的要塞重关,具有相当规模的繁华边城。中国丝绸中的一部分就是从这里远抵欧洲而惊羡了罗马的凯撒大帝。我不止一次凭借从历史中得来的知识虚构过阳关那塞外风景的奇异,此刻如此靠近它,却找不到任何一点证实和证伪的凭据。一无遮蔽之处,黄沙成了唯一的遮蔽,看不见一支满载丝绸的驼队,听不到阵阵悠扬的驼铃,遇不上一位可能来自江南故乡的客商和守关的将士……触目惊心的只是这样一个废墟,苍凉而孤寂,静卧在大漠深处。一种对面无缘的感慨油然而生。

废墟之上,苍穹依旧伤心地呈青碧色,那轮存在千古的太阳残酷地在六月释放着足以摧毁一切的能量。我兀立在这被称作"古董滩"的沙丘之上。这就是古阳关的遗址。一切已悄然隐去。只有大风吹过之后,这儿偶尔还能捡到箭头或铜钱,这似乎是在暗示着什么,可是我不曾捡到。我一直想驱散阳关是如何消逝的这团压在心头的疑云。是天灾抑或人祸?这沙坡在沙梁和远山对峙之间,自然地形成了一道宽阔的沟壑。是否来自一场猛烈的洪水意外地冲刷?是否来自塔克拉玛干沙漠的沙粒年年无情地侵蚀与掩埋?是否来自那个月黑风高之夜一场突发战火的焚烧?我无法叩开关门,找到一个准确的答案。一页一页沉默的历史就这样谜一般轻轻翻过。

离开古阳关,脑海里一片空白,恍惚间似曾到过又未曾到过,我远远地落在时间后面,我又因此得以走在它脱离了时间被称为"遗址"的空间之中,而多少人曾从这儿进进出出!千年以后的我显然已无法再打开它的时间之门,沙地上浅浅的几行脚印,只能显示我——一个追忆者此刻的经过。无边的岁月,浩渺的沙海,大风依旧将塔克拉玛干的沙粒吹来,它将继续掩埋已被掩埋的一切。

阳关为谁紧锁?《三叠》又将为谁传唱?

阳关,千古之谜。一座刚刚打开又旋即关闭的城堡。

红尘中的雪山

左侧,祁连山缓缓向东滑行。白雪在高峰上远远地迎我以沁人的寒意。

西行列车步履维艰,走走停停,在风沙之中,在自身的烟尘和煤味之中。这是1992年6月。

车厢十分拥挤,必须紧守自己的位置。气温随高原渐升。缺水,人人都感到一种前所未有的干渴。我一动不动,力图减少渗汗。其实我知道,踏过了月台,已身不由己。你不动,列车会动,大地会动。谁也无法阻止。我忍着炎热与干渴的煎熬,开始寻找朋友,陌生环境逼迫我去寻找朋友。我开始用温柔的目光打量旅途中的同伴。他们看上去有八分幸福。相遇真是三生有幸。卧铺早就冰冷地拒绝了我,唯一不会拒绝我的是自己的生日。不断有人在该下的地方下去,接着,车内又闪现一些新的面孔,这样更迭——我知道,在某个小站我也会下去,永远告别这个关照过我的座位。这是一个过程。

窗外,星星点点的绿洲次第掠过。扑面而来的是干燥的戈壁,间或一两棵骆驼刺在风中摇曳,映入瞳仁。这时,人们都感觉到静寂多么难能可贵,拥有一扇窗子又是多么幸运——只要愿意动动手,去打开,就能吸进新鲜空气,就能引入一丝凉风,尽管滚滚红尘迷蒙了视线,但隐约还能辨认出一些新的天地,或者触及些许心旷神怡的生机。它们离你不远。

大风起兮沙飞扬。一袭红尘漫漫向西,我就在这红尘的包裹之中怀想冰雪和水,以此来对抗戈壁上仲夏惨痛的阳光。就在这时,我看见了雪山,它在飞扬的尘土之中时隐时现,无欲无怨,静谧而安详——这就是祁连山吗?横亘在我的左侧,连绵不断。阳光下,峰巅的终年积雪闪着晶莹的光芒,分外扎眼。一面是酷夏,一面是严冬,对立统一的景观,多么奇妙!

雪峰推拥,身着几千年的白色裙裾翩翩起舞,她一直在那儿引诱着暑热中的路人。我知道历来望见她的人不少,梦想抵达她的人更多,而真正爬上雪山的人很少很少。雪在雪线之上绝对孤独地低语。

雪山滋润。沐浴风沙的干枯思绪渐萌鹅黄,虚梦的飞翔成为一种绝妙的解脱。

列车不停地挣扎,人欲静风偏不息,沙偏不息。众多生命的过客对抗风沙向西奔去,夜色渐渐合拢,由黑转深。道路上回声不息。明目醒脑的雪山依旧在凡尘之外闪烁绝世的风韵。纯粹的处子,银装素裹,若即若离,引导我在红尘中穿梭。悠远的旅途从此不再孤寂。

雪山。我自惭形秽地圣洁。

在宇宙中

在浩渺的宇宙中,每个人都是孤独的行者,探寻着生命的真谛。怀疑,这最初的思想火花,在我内心深处悄然绽放,成为批判精神的萌芽。我常常扪心自问后自我作答,这种内心的对话构成了我最早的哲学思考。此后,便流浪在追问与求解的路上,用思想的脚步丈量着未知的边界。

每当深入探索生活的本质时,不难发现,许多所谓的"必然"其实都是由一连串"偶然"堆砌而成。看似必然的结果都隐藏着无数偶然因素,如同一部复杂机器,由无数微小零件组成,每个零件都是一个偶然的存在,但它们的组合却构成了必然的运转。这种必然与偶然的关系,让人们对命运有了新的理解。居易俟命,或许是人面对命运时最初的态度,但当我们深入了解生活的本质后,就会发现,逆天改命才是人类真正的使命。

在生命旅途中,我们不断地奔赴各种目的地。这些目的地,或者是物质的盛宴,可能是精神的苦难,抑或是与某个人的约会,也许是梦想中的未来。无论目的地为何,我们都在不断地奔赴着。奔赴不仅仅是一种行动,更是一种态度,一种对生命的热爱和对未来的追寻。然而,奔赴过程少不了要学会允许。允许相遇和离别,允许诞生和死亡,允许负数和虚数,允许真理和谎言。这些允许,让我们更加深刻地理解生命的多样性和复杂性。我们放下了各式各样的执着和偏见,用更加开放的心态去面对生活的种种可能。

今夜,学会允许一切。我允许星星在夜空中闪烁,允许月亮在云层后露出微笑,允许风儿在耳边低语,允许跳跃的雨点敲打窗棂。我允许过去的回忆在脑海中浮现,允许未来的梦想在心中燃烧,允许自己感受孤独和寂寞,也允许自己享受欢笑和温暖。在允许的过程中,感受到了生命的自由和美好,也体验到了生命的脆弱和无常。

接受和包容,让我能够更加深刻地理解生命的本质和意义,同时,更需要保持一颗怀疑和批判的心。在允许的过程中,我们不应该盲目地接受一切,而是要用怀疑和批判的眼光去看待周围的世界。怀疑和批判,不是对世界的否定和排斥,而是对世界的深入探索和理解。无此,我们何以发现更多的真相和价值?又何以更加清晰地认识世界的多元和复杂?

　　唯愿生命之花绽放得更加绚烂。

　　(胡望江,原名胡振华,安徽望江人,1964年生。曾任深圳市城市管理科学研究所所长、深圳市公园管理中心副主任等职,现居深圳。1986年开始发表文学作品。作品散见于《安庆日报》《深圳特区报》《诗刊》《中华诗词》《星星》《诗歌报》等报刊,并被收入《中国当代诗库》[2007年卷]、《深圳30年新诗选》等多种选集,出版诗集《望江诗选》。)

追　　索
思之青

2023 年 3 月 27 日下午四点三十分：大雨

我撑着一把绿色的雨伞走下陡峭的台阶，硕大的雨滴坠落到我的脚尖上。

隔壁是那间白色的房子，在这样光线黯淡的雨天，从窗口透出里面白色的灯光与晃动的人影。

还有那些正在成排的机器里沸腾的药液，这一切都让我觉得安稳。

它们将我与路边的一棵榕树联系到一起，将我与脚下正在踩踏的黑色果子联系到一起。

我抬头看到了雨伞边缘坠落的雨滴，生活正在向我涌来。

如此确切而庞大的气势让我想到了你，你在汹涌的浪潮中向我缓慢地诉说。

如一粒在冬天播下的种子，在春天缓慢而用力地拱动泥土。

你的语言如此明快，煽动着枝头的新叶，云朵向我们集聚而来。

我们就这样密谋了一个春天。

2024 年 6 月 8 日下午三点四十分：晴

这只是一个过程，穿破黑暗的过程。

多年以后，我依旧记得那些夜晚，我的周身被柳条鞭打的过程。而这一切被包裹在一个透明的茧壳之中。

冲破黑暗，我们看到的不一定非得是确定的光明。但是在那里，必定会有某种广阔的豁达与安宁。

我站在顶楼的玻璃窗前，面对夏日的暑热与遥远的来自市中心的喧嚣，我的内心仿佛有一股寂静的力量，正在平坦的河床上流过。

这是属于我们的生命共创的某一时刻，也属于绝对的自我。

在白昼的某个间隙，黄昏正从另一端悄然滑至。我的掌心空空如也，又如此丰盈。

我静静地注视着窗外，命运也隔着一层玻璃在窥视着我。这是多么奇特的感觉。

在我们可以如实触碰的事物之外，还有另一层含义。它裹挟着爱，或者疼痛，如潮水般翻涌。

多年以前，一座陌生的城市带给我的冲击力正在逐渐减弱，取而代之的是在内心逐渐叠加的从不同的生活中截取到的共振。

我期待着每一个瞬间，未曾发生过的瞬间，它们如花朵一般鲜艳，等待黎明之光的俘获。

保持缄默是必要的。更换不同的审视角度去观望生命。偶尔，我们可以侧身而卧，倾注于一片浓密的绿意之中。

某些预言也可由您证实。在您发生的那些瞬间里。

2024年7月16日凌晨一点：多云

这一刻，我只是我自己。

我在黑夜里拨开深沉的迷雾，走向我自己。

盛夏是热烈的。在盛夏的雨季里，潮湿泛着蓝色的光。

我多么庆幸，在这一刻，我可以拥有我自己。

我拥有自由的灵魂与广袤的黑夜。

我无须回答任何人的疑问。无须注视那破败不堪的黄昏。

黄昏，在我转身的刹那，像花朵一般凋谢。

我背向一切，面对我自己。

从混沌中浮上来。踩着厚厚的一层白，走向对岸。

所有的声响在这一刻沉落下去。悲伤沉落下去。

我看见我的眼中闪耀着蓝色的光，它穿透急切的雨水，把即将陨落的讯息传递给赶路的木船。

我用薄纱,用盛夏的绿,用悲伤包裹住自己。

那孱弱的身躯在黑夜中浮动,辨别方向。

爱让忧愁变得稀疏起来。风徐徐地吹着。对岸的哨音如此薄弱。

我渴望强烈的绽放之力,像烈火炙烤着果实。像果实在阳光下爆裂。

然后归于永恒的寂静。

这样的寂静仿佛来自遥远的天际,乘风而来,乘风而去。

当这样的时刻来临,我便可像花朵一般沉睡,或者觉醒。

(思之青,1982年出生于安徽省肥东县。目前在一所中医院从事宣传工作。2014年开始文学创作,在《清明》《安徽文学》《散文诗》等刊物发表作品多篇。安徽省作家协会会员、安徽省散文随笔协会理事。)

不染尘

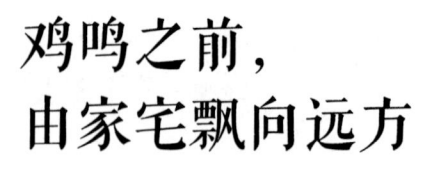

鸡鸣之前，由家宅飘向远方

方维保

前天大雨，很闷。晚上昏昏沉沉看了一会儿书，就趴在书桌上睡着了。从来不做梦的我，却突然做起梦来了。我家的老宅正被拆掉，巨大的钩机伸出颀长的手臂，插在房脊上，一拉，房子就倒了。我和父亲母亲以及亲戚的照片还挂在堂屋的墙上，我要冲进去拿出来。一激灵，就醒了。大汗淋漓，衣衫湿透。缘由是最近听说合肥到河南某地的高速公路的引桥，要从我们那个村庄的中间过，我家的老宅正在拆迁的范围内。在家的哥哥和弟弟都很兴奋，出嫁的妹妹也打来电话，要我关注这件事。

现在的这座房子，是我父母在20世纪70年代末建造的。房子位于江淮分水岭的西侧。整个村庄大体呈现为菱形，整体随地形朝向西南，东西各开一个口子。这个菱形东南西北向终年懒散地躺卧在岗上。我家的老宅在菱形朝南的东边。房屋也就为东北西南向。房屋的南边斜对着一片很开阔的冲，房屋的后面正是岗的脊背。一条水渠将我家老宅、左右堂兄弟的房屋与菱形的另两条边隔开。这条水渠本来是用土堆出来的，用来从村子东边的水库引水，但后来废弃了，填实后就成了一条村子通往外面的路。水渠靠我家这边，长满了茅草，茅草在黄土地上疯长，像剑，更像锯齿，路人经过，稍不注意碰着了，立马出血。似乎它们就是卫兵。我曾在水渠坡上种过黄花菜。黄花草开黄花，黄毛丫头给婆家。还没等妹妹嫁人，黄花菜就都被茅草欺死了。茅草埂的下面，原本挖了一个正方形的小水宕，里面种了菱角，还放养了几条小鱼，但后来不但菱角都枯死了，小鱼儿更是不见踪影。逢到大旱年景，水就被用来浇园子。夏天暴雨过后，脏水夹带着黄浊的泥巴以及枯叶和树枝，将小水宕埋得个严严实实。家人都懒得管，这个小水宕终于不知哪一天就消失了。我有一年过年回家，发现四哥在水宕的原址上盖了一排矮小的猪圈。

老宅一共六间，大门开在左手第三间。后来兄弟分家另过，又在右手第二间开了一扇门。我离家上学一去不复还，四哥就将两面合在了一起，西边那扇门就又堵上了。门前种植了榆树，所谓"开门榆"。据说榆树皮和榆钱曾经救过人命。榆树招虫子，后来就挖了，改种法国梧桐。梧桐树冠很大，夏天乘凉好。我母亲活着的时候，喜欢在傍晚的时候将竹凉床放在树下，命我给她挠背。但梧桐春夏之际好掉毛，飘落在人的身上很不舒服。梧桐木质很硬、很脆，没有什么用，后来就改种椿树。椿树分两种，一种是香椿，春天的嫩芽可食用。另一种是臭椿，嫩芽不能吃，但木材笔直，可以打家具。我家门前所种的是臭椿。改种臭椿的时候，我父亲和我母亲都先后去世了。我父亲是在我上高一的时候去世的，我母亲是在我研究生毕业工作的第一年去世的。房屋的后面，从房屋到水渠中间，是一片正方形的院子。院子里种植了若干株水杉。水杉是房屋建好不久种上的。水杉喜水，而我家的房屋在岗上缺水。之所以种水杉，是因为那年隔壁白果岗出了一个贩卖树苗的能人。在他的鼓动下，村里青年就到合肥环城河割了枝条回来育苗，然后卖出去赚钱。后来那个能人因为贩卖黄桃树苗而被逮起来了。黄桃树苗其实就是毛桃树苗。开水浇过的毛桃树苗，来年都死了，于是案发。连水杉树苗也不能卖了。无法卖了，就栽在自己的院子里。我家的房子虽然在岗上，但东边有两口地势略高于房子的水塘，所以，水杉树长势还可以。水杉树后来都长得有几丈高，成材了。那年我弟弟在城里谈恋爱了，要在城郊盖房子。我和妹妹就将几棵杉树砍了，用老牛驾着平板车拉去了。我们那儿，离合肥城南大约五十华里，中间经过一座桥，那桥建在一条很深的水渠的 V 字底部。当时真担心板车、老牛、杉树和我们兄妹会翻掉到水渠里去。好险！

现在要拆迁的房子，虽然我住的时间最长，回忆也最多，但其实并不是我家的第一座老宅。我家的第一座老宅，在现在房子北面的冲里。我们村原来就是一个自然村，位于一个东西向的大冲的南坡。房子零零碎碎地散落着，毫无规则。村的西边，大多是姓方的；村的东边，大多是姓童的；村的中间是一户姓张的。我们村的名字既不姓方，也不姓童,更不姓张,而是姓胡。姓张人家的房子最好,格子窗的那种。他家的儿子,一个在中学教书,一个在粮站上班。村子西边没有出过人,村子西边只是到我堂哥才出了一个"公家人"。整个村子搬迁的那年,我才七八岁,到张家的房子里去看热闹,有人从房子的砖头缝里,找到一卷一卷的民国时期的钞票。真是可惜了。可见张家确实阔过。

我家的房子处于村子的最西边。我祖父母活着的时候,面南建了大约两进房屋。前面是五间,后面是三间(也可能是两间),面朝南边的三间带大门,由我的老爷(幺叔,老六)顶了门头。我四爷(四叔)先是抗美援朝,复员以后到合肥的某工业大学当门卫。后来听说农村可以分到地了,就回乡了。于是就在朝南五间的东头另开了一扇门,独立了出来。我父亲排行老三,是家里男孩子中的老大。父亲年轻时在南京某盐业公司扛大包,回来后没有地方住,就在第二进的房子里安家。先是门朝北开,正对着他堂侄儿家的后门(他家正门朝北)。在我家的正门和我堂兄的后门之间,靠东的一点,我堂兄搭了一间茅厕。实在受不了臭气熏天,后来我父亲就在房子的山墙上开了一扇门,朝西。不管春夏秋冬,总是下午的时候最亮堂。我家的茅厕、猪圈以及我老爷家的茅厕、猪圈,都位于新门的右手坡上,西风之时,味道扑面而来。原来的大门堵上了。我家正门对面,就是一条南北向的大埂,记得埂上有梨子树、柿子树、茅草和杂树之类,大略都是属于我老爷家的。我大姐在我小的时候,专职带我,她经常扛着我,念叨什么月亮粑粑之类。我母亲生我的时候,奶水不够。我家对门的堂嫂生得爽朗大气,就经常给我喂奶。我的堂侄子唤作三宝,跟我同年,但我比较乖,他比较皮。我堂兄当年做过桂军将领刘阿明的马弁,脾气相当暴躁。早上正在门口托碗吃早饭,不知为何就生了气,拎起我侄儿的两条腿,就扔到了门前的水塘里了。我侄儿的水性后来一直比我好,算得上是一个浪里白条,死里逃生的高手。等到我侄儿长到十二三岁的时候,我堂兄就吃了不少苦。我侄儿跟我感情一直比较好,有次我回乡,他还特地送了我一条腌狗腿。我堂嫂在我大了以后,还经常跟我开玩笑,要我再吃一回她的奶,搞得我面红耳赤,又毫无办法。有一年冬天她在水塘边洗衣服,栽倒在水里,没了。

大约因为房子太狭窄,或者因为小孩子太多,在我父亲做生产队长的时候,就想着在附近另外选址建房了。我对我父亲建的第二座房子,一本清楚。房子的选址就在原房子正门对面的大埂上。这样说也不确切,实际上是将原来的大埂铲平了,另占用了埂西边的一块长方形的稻田的一半。新造的房子,乃东西向,坐北朝南。整个房子朝向岗的北坡,在岗和我家新房之间,是一口水塘。我家的房子就位于水塘北埂的下方,这水塘如同挂在我家房子的额头。后门朝北,正对冲里,视野相当开阔,冲里的庄稼、往来人等,以及对面岗上邻村的房屋,一目了然。新宅是四间,土坯垒成。相对于原来的房子显得相当高大,也许并不高大明亮,只是原来的房子太矮小阴暗。房子上梁的时候,好几床大红的床单挂到梁上,鞭炮齐鸣,好不热闹。房子落成,并未马上搬进去,而是选择良辰吉日,早晨鸡叫之时,父母兄弟姐妹穿上新衣,洗脸焚香,人手一件锅碗瓢盆,喜气洋洋走向新房。但仪式并不如此一蹴而就。父亲先在新屋堂屋正中挖了一个小坑,将几件神秘之物置于瓦罐之中,埋入,盖好,压实,方才一切如仪。我家的茅厕、猪圈和我老爷家的茅厕、猪圈,一切照旧,不过正处于老房和新房中间靠北(后)地带,"享受"多年的气味一扫而光。猪圈、茅厕后面,是一个面包卷似的水塘,水塘中间是一个小岛,属于我堂兄家的自留地,称作"转沟"。弯形水塘的外埂上,长着很多的杂树,有柳树、梨树、糖瘤树、栗树以及茅草之类。栗树很高大,有好几丈高。喜鹊在高高的树尖上面做窝。春夏秋冬,喜鹊叽叽喳喳叫。我侄儿三宝不但善于游泳,还擅长爬树,春末夏初之时,悄悄猴上树去,掏喜鹊的蛋。结果被喜鹊发现,被众多喜鹊围攻,掉下树来。好在有树下的茅草窝接着,身体无大碍,只是头、脸、胳膊没有一块好地方。转沟四周的草窟,马蜂就喜欢在那里面做窝。三宝对此充满了好奇。有一年夏天,他刚从水塘里爬上来,就光着屁股去摘,马蜂乍然而起,将他叮了个实在。后面好几天,原来的三宝不见了,村里多了一个满身是包的小人,笑容都是肿的。那棵高大的栗树,就靠近我家的后门。栗子很小,不可吃,但可以捡回来,将壳子剥了,做弹子玩。最可喜的是蘑菇。夏天,雷雨过后,栗树下的草丛里,紧贴树根部的土里,就长出洁白、肥厚的蘑菇。摘回来,蘑菇和鸡蛋一起蒸着吃,好吃,鲜。新房子住着舒服,但正处于村西头的风口。夏天起龙卷风,就时刻担心房顶被吹走。每当此时,父亲就取来一把镰刀,扎到屋檐下的草中,每每见效,房子得以安然无恙。大概龙也怕镰刀割尾巴。

　　大概是我上小学的时候,村子要整体移到岗上了。村子为什么要迁址到岗上呢?大略就是岗上的地都是旱地,只能种黄豆和山芋之类耐旱作物,产量又低。种水稻,水上不去。后来村东七八里处,修建了一座规模很大的水库,但从水库中抽出的水,经过一段水渠,渗漏和截流,到我们村子里已经所剩无几。现在将位于冲坡上的村子搬迁到岗上,原来的村址就变成良田了。大队和公社都很支持,好像还给了不少的补助。于是说干就干。村子里话语权小的人家,就住到了前排,一栋东北西南向,一栋东南西北向,组成了菱形的前两条边。姓张的、姓方的为主体。后面一排,一栋东北西南向,一栋东南西北向。东南西北向的一排,都是姓童的人家,而且大多是爹爹(爷爷)的胞兄弟。西南东北向的一排,为姓方的三兄弟。住在后排的人家,大多男劳力比较多。为什么他们要住到后排呢?原因是生产队的打谷场,就在岗的北边。住后排的人家离打谷场比较近,近水楼台先得月。但不久包产到户就到来了,打谷场也被分了,变成了种山芋的地。打谷场的优势也没有了。我四爷住到了前排东南西北向的一条边的中间,我幺叔住到了东南西北向的最西边,我家则住到了前排东北西南向的东边第二家。

我要讲一下前排的若干人家,张家兄弟俩。老大在中学当老师,据说做到了校长。老二是公社粮站的正式工人。至于为什么只有他兄弟两人都成了"公家人",不清楚。张家老二在粮站任公职,可以说是相当风光,娶的老婆也相当漂亮。也许是物极必反,后来他在粮站被蜈蚣咬了,在公社医院救治,用氨水浸泡药棉,再用塑料布裹扎起来。本以为药到病除,结果竟弄成了半身不遂,长年躺在床上,老婆、孩子跟着受罪。张家老大的儿子跟我关系要好,他家有很多小说,像《西游记》《红楼梦》,我还在上小学五年级的时候就借来看过,毛估带猜地看完,知道了大致情节。我要特别介绍一下我四爷。他老人家回乡以后,就与一位湖南还是云南到我们这儿的女子结了婚。我的四婶带来两个孩子,老大是男孩,老二是女孩,四爷还收养了一个男孩,送他上了学,我家写信、读信都由他负责。后来,他回到了自己的父亲家里去了。四婶的两个孩子,老大回到他父亲家里去了,离我们村三十几华里。老二也嫁出去了。我四爷和四婶经常吵架,我每次回家,他俩就凭(土话,意为让)我说理。两个不清头的老人,吵架就是日常生活,哪能搞清楚谁对谁错。后来,我四婶被大儿子接走了。直到前几年,我四爷以八十多岁的高龄去世,两人都没有再见面。

我父亲在我上高一的那年去世了。似乎得的是胃癌,这是公社医院的医生估计的。当时,公社医院也没有什么设备,我们又没钱到合肥大医院去瞧。至于父亲为什么会得病,我倒是有自己的主张。那年家里养了两头很大的肥猪,到收购站卖了,得了一笔款子。父亲踌躇满志,决定再去买两头猪仔来养。我小姑姑家在全椒古河镇,父亲去买猪,在小姑姑家喝酒后,跟当地人推起了牌九,结果钱输了个精光。父亲回来后,从此一蹶不振。再加上他嗜酒如命,很快就病倒了。在公社医院住了一段时间,只好回家等死,在堂屋用稻草搭了床铺。父亲相当痛苦,我完全无能为力。在父亲昏睡的时候,我就看书。父亲忽然醒来,看我在看书,就说养儿子真没用。父亲死在一个下半夜,我由于连续多天陪护,那天睡着了,直到我大姐的哭声将我唤醒,我知道已经晚了。将父亲送上山,回到家中,忽然有种空空荡荡的感觉。我大姐说,我好像突然长大了。那时大姐已经出嫁。

我母亲死在我到某大学工作不久。前一年的年底,我弟弟到我工作的城市玩,闲来无事,就到学校后面的寺里去闲逛,他突发奇想要去抽签。我是反对抽签打卦之类的,但那天我没有吱声。结果,连抽了三签,都是下下签。是年春节,我回家过年。本来一切都很顺利,年初一起床放爆竹开门,刷牙的时候,牙刷无来由地断成了三截。那年夏天,我二哥杀猪,在从合肥回家的路上,从三轮车的顶棚上被甩了下来,突然变傻了(他喝酒后趴在车顶上,睡着了手松了)。我弟弟到武汉去做生意,结果不知去向。我母亲就在这个时候生病了,她与她的大儿子一同住在省立医院。我们向她封锁了大儿子的消息,也封锁了小儿子的消息,但我估计她不可能不知道。母亲的病越来越重,几乎无药可治,后来就一天一天在家里挨着。我在两百里外的工作单位,好像都能听到她痛苦的号叫。我的一个学生在医疗部门工作,我求他弄了点镇痛的药,维持了一段时间。母亲去世的时候,我不在她身边,我在武汉。等我回来的时候,母亲已经下葬。人们常说,父母在家便在,父亲不在了,母亲也不在了,家也就不在了。话是这么说,但当别人问起我来,我还是要吹嘘一下,我在老家还有一座房子。逢年过节的时候,还是想尽办法去看看,一是要回去给父母上坟,二就是带几棵大白菜回来吃。

去年听说老家的房子可能要拆了,竟然莫名地有点兴奋。几经折腾,房子最终真是要拆了,而且几乎与我无关。这时候,倒真是有几分舍不得,甚至有点儿愤懑,于是三番五次悠然入梦,纠缠不已。六月中旬,在老宅拆迁前的最后时日,我独自开车回去,在村口碰到一辆大货车在拉货物,好像是棉被之类,两个小伙在搬运,我一个也不认得。车子开到老宅后面,路两边蒿草茂盛,高过人头,几可淹没房屋。这里已然是蒿草的世界了。隔壁的远房侄儿媳妇独自站在巷子口,看我倒车困难,就站在边上指挥。我问她还认不认得我,她说认得。但我看她感到特别的陌生,满脸写着沧桑,没有一点年轻时候的影子。我下了车,在房前来回张望了大约五分钟,再次倒车,掉头,开出了蒿草和杂树的怀抱。

我想,家宅真的老了,已然陌生,失了人气,也失了和气。从此也就无所谓"曾经"或"有关"了。其实,有关如何?无关又如何?从车的前挡风玻璃望出去,离家宅不远的城郊,拥挤的高耸入云的大厦扑面映入眼帘,惊叹之余,了然觉悟,拆是早晚的事情。如此而已。

当晚住宿在离老家十几里地的县城,同学张将好多初中同学找来了,在一个叫作某某"农场"的地方聚餐。我喝得东倒西歪,被同学张送到了宾馆。睡到半夜,口渴醒了。扒开窗帘,外面依然一片漆黑,倒下又沉沉睡去。隐约间,鸡叫声由远及近飘来,我赶紧起床,冲进了夜气中,暗褐色的夜气缓缓地将我托了起来,越过门前的椿树尖,在老宅的上空缭绕了两圈,在我家祖坟上空和我母亲、婶婶的坟的上空各绕了一圈,然后飘向了不可知的远方。

(方维保,安徽肥东人,安徽师范大学教授,博士生导师。主要从事中国现当代文学、比较文学与世界文学研究。中国作家协会会员,中国文艺评论家协会会员,中国现代文学研究会理事,中国当代文学研究会理事,曾任安徽省文艺评论家协会副主席、安徽省作家协会副主席。曾出版《红色意义的生成:20世纪中国左翼文学研究》《消费时代的情感印象》以及学术随笔集《文明的鸡零狗碎》等。)

山中何所有

魏振强

已是午夜,老叶的鼾声在床的另一头轻轻地吹,像猫的呼吸。我一直睁着眼睛,双手放在胸前,木乃伊一样仰面朝天。床太老了,稍一侧身,就吱吱呀呀地预警。和男人同卧一张床,还是四十多年前读高中的时候,我们几个要好的同学经常相互串门,遇到农忙时节,就会卷起裤脚,和父母们一道下田,割油菜,割小麦,割稻子。吃饭时,我们像家人一样围坐在方桌子前,有的人家凳子不够,我们就端着碗,立着吃。晚上,两三个人躺在一张床上,像兄弟一样。那时的我们头发乌亮,满怀激情,而今已至生命的尾梢,"鬓已星星也",多了几分沧桑。人生真是诡异、奇妙,当年使出浑身解数跳出"农门",可现在只要有机会,就想钻乡村、山野,看鸡鸭扑腾,看炊烟袅娜,看草木疯长,觉得喝一口山泉、淋一场山雨的快意和吃一顿海鲜大餐、看一场音乐会并无分别。兜兜转转几十年之后终于知道,人,尤其是我们这些来自乡下的人,终究是离不开草木,离不开泥土的。

现在,这座空旷而繁复的山中只有两粒微如尘埃的人——老叶和我。房子的墙角有蛐蛐在叫,房子边上的草丛有蛐蛐在应和,它们藏在视线之外,似乎在相互安慰、陪伴。房子东侧的溪水,哗哗,哗哗,不知疲倦。月色倒是悄无声息,从石墙的窗户外扑进来,跌落,碎成一个个小水坑,亮汪汪的。这样的月色真是久违——这么轻,这么亮,这么古老而又新鲜。

房子孤零零地落在山坳间,又老又破。主人多年前迁往山下,石头垒砌的房子就像一块抹布被丢下了。一位喜欢在山野游走的朋友花了点钱,租下来,搬来被子,但也只是心血来潮时才光顾一回,用柴锅煮煮饭、烧烧菜,独自喝点酒,喝多了就住上一晚。因为少人打理,房前蒿草长得有半人高,那棵孤独的柿子树立在坡下,像是立了五百年,浑身长满了墨黑的疙瘩,每年依然会结出繁星般的新果子。熟透的时候,一盏盏小灯笼挂在树梢,鸟雀们飞过来,在树上叽叽喳喳饱食一顿,又扑扇翅膀飞走。我曾摘过一些青果子,装在布袋里背下山,放家中的阳台上晒熟,轻轻撕去皮,吸溜一下,凉意和甜味就在口腔里弥漫、盘旋,心也瞬间安静下来。

  安静是多么难得。现在我安静地睁着眼睛,闻到了一股霉味,被子上的,很冲,又有些潮气,摸上去滑腻腻的。被子盖在身上有些热,掀开的话,寒气又往毛孔里钻。我本没心没肺,头挨上枕头就会睡过去,但今夜不行,小心翼翼地换个姿势往左侧,过了个把钟头又小心翼翼地朝右卧,像一个举棋不定的棋手,怎么也安放不好一粒棋子。房顶上的老鼠也不安宁,它们在瓦片和竹席之间穿梭、奔跑,哗啦啦,哗啦啦,像是大鱼在浅水里翻腾。小时候,夜间的房顶上常有这样的声响,间或有叽叽的叫声,这些在黑漆漆的夜里被放大的声音曾令我头皮发麻、心有余悸,以致年轻时对贼眉鼠眼的人生出极度厌恶。而今这种厌恶感却在慢慢减轻,对曾经"咬"过我的人也不再抱有愤怒,最多只是叹息。时光有着神奇的力量,它像细雨渗透进生活的泥土,给予每一个人以滋养,引领他们走向圆融、达观。

  进入山里是头天下午。头天中午,老叶突发奇想,提议去山中住一晚。虽是周末,但我还像老鼠一样在忙碌,我说,稍等一会,干完了活,就到加油站集合。匆忙处理完手上的事情,直奔超市,买一瓶二锅头,又买一些卤干子、花生米。每次进到山里,我都这样准备,不同的是,这一回我们要在山里住一晚,又多买了两把牙刷。

  通往郊区的公交车驶了十几分钟,老叶正好上了这趟车。无边的田野里,三三两两的人在忙着收割麦子,俯向大地的身影淹没在滚滚麦浪之中。看到在田间辛苦劳作的人,总会觉得亲切,总会心怀敬意。很小的时候就去田地、山野里干活,劳作者的孤独、辛苦我饱尝过,劳作者的专注和沉默我目睹过,大地上的劳作者只会感恩,永远不会抱怨。天灾袭来,所有的收成被一卷而空,他们最多只是默默地流几滴泪水,这是泥土里长出的敦厚、隐忍。路边,是一棵棵葱绿的果树,枝杈间缀满枇杷、桃子,让静默的乡村多了几分生机和气韵。一条黑狗在闲逛,车子来了也不惊,淡定地踱着步。依我的观察,城里的很多人走着走着就忘记了自己的前身,转过身来时对乡下人有些看低,而乡下的狗对城里的人、城里的车,也有些不以为然,见了他们或它们,常常懒洋洋地叫上几声,丢下几粒意味深长的眼神,才慢腾腾地走开。

下车后,在一个卤菜摊买一些鸭膀爪,在深山里喝酒,慢慢地啃,时光就会走得更慢。走完一段机耕路,就到了田间小路。路边野草蓬勃,一些白鹭在田间优雅地迈着步,不慌不忙,一有风吹草动,它们又扇着翅膀,仍然不疾不徐。乡野的人走得慢,乡野的狗走得慢,乡野的鸟儿也飞得慢。慢是乡村特有的气质和秉性。我们走在田间小路上,也不由得慢了下来。田埂边的草丛里冒出很多覆盆子,摘一颗,丢嘴里,酸甜的味道真是好极了,索性一路走,一路摘,一路吃,这些在过去的课本里出现过的果子也是久违了,我疑心天下最好吃的果子都不是人工种出来的,而是自己从泥土中冒出来的。走到另一块田地边,弯腰摘下一枚果子,蓦然瞥见一个熟悉的身影,是江老!他惊喜,我们也惊喜,旋即又有些惊讶——平时我们见到他,总是在他山中的老房子里,今天他怎么到了田里?走过去递给他一根烟,他接过,指着旁边的一栋两层小楼,说是他女婿的房子,他们一家子都外出打工去了,他现在帮着看房子。我便脱口而出:"老伴呢?"江老的嘴唇哆嗦了几下,眼眶立刻湿漉漉的:"贲门癌,确诊后四个月就走了……"一记重拳一下子击晕了我,我呆立着,不知如何接话。老叶望了一眼我,又望了望江老:"你女婿的房子多好啊,在这个村子里是最好看的房子……"老叶笑着说,江老也笑了,眼睛里还有泪光在闪烁。

老叶翻了一下身,鼾声仍然轻微。我忍不住往前方的窗子上望。虽然啥也看不见,但我知道30米开外是个高坡,下午路过的时候,看到树丛里厝着一副灵柩,旁边还有新鲜的纸幡和祭品,不用说,躺着的是陈老太。晚上和老叶在屋外的空地上喝酒,我多次朝那里张望。正是农历十六,初升的月亮像个黄澄澄的圆饼子,贴在山尖上,慢慢地,像被一双手往空中拖。喝了几杯酒之后,蓦然发现月亮已被拖到半空中,"黄饼子"成了清亮的"春卷皮",似乎一伸手就可以戳得破。看身边,树叶正泛着油光。侧过头,高坡上,那个灵柩也更清晰了。

我喝了一口酒,说:"我一闭眼,就会想起陈老太可爱的样子。"

老叶说:"我也记得她的样子,可爱极了。"

我说:"明天一早,我们就去祭奠陈老太。"

老叶说:"好啊。"

就这样有一搭没一搭地说着、喝着,老叶突然站起来,朝山下长吼几声,如同魏晋名士长啸山林。我也站起来,张口唱:"在每一天太阳升起的地方,银色的神鹰来到了古老村庄……"这是我最喜欢的《向往神鹰》,喜欢它的高亢、辽越、苍茫和梦幻。唱出第一句歌词时,就觉得自己开始飞起来;唱到第二句,已飞到云端;唱到第三句,我已不再是那个庸常的我,而是一个崭新的我,正在俯瞰大地……明月在天,我对着天空唱,对着群山唱,对着四周高高低低、葱茏蓬勃的树木唱,对着那些歌唱着的虫子和溪水唱。唱完最后一句,内心被荡涤了一遍,周身通泰而敞亮,多么畅快、痛快!这是酒力的加持,是这座大山的草木赋予我勇气,是古老而新鲜的明月给予我冲动和激情。今夜,我把澄净归还给溪水,把豪迈归还给青山,把一个崭新的我还给四十多年前的我。

坐下来继续喝酒,再啃一根鸭翅,浓郁的香味在唇齿间盘旋,一回头,又瞥见陈老太的那副灵柩。"老太太听到我的歌声,会不会发笑?"老叶说:"她一定会笑,开心地笑,笑你唱得好,笑你这么开心。"我被老叶说得更开心,把瓶子中最后一点酒倒到两只杯子中,与老叶执杯相碰,一饮而尽。

杯子空了,酒瓶也空了,明月正在走向广阔而深邃的天空。我们把桌子抬进屋子,喝水、聊天。

这是我和老叶第一次进到深山里的这座屋子。屋子的主人我没见过,据说男主人四十岁左右,外出打工去了,女主人带着孩子搬到了山下。房子离山下的公路有个把小时的路程,与最近的另一座房子相距也有几百米。四周是密不透风的杂树和灌木,把房子抱在怀中。方圆五六公里的山坳中,原先散落着几十户人家,陆续搬走了,只剩下几户,都是倔强的老人,他们衰老的手脚被故土的树木绊住了,任凭山下的儿女们怎么劝,也不肯离开。"活着看屋,死后看山。"陈老太就曾这么解释。现在她躺下了,躺在她家房子前面的坡地上,"看"着山。

我来过山里不下二十趟,不分季节,不分阴晴,兴致来了,就两三个人一道往这里跑。坐公交,再步行,经过稻田或麦地,爬上一段高坡,一座蓝幽幽的水库在旁边卧着,群山的倒影在水底晃晃悠悠。再往前走,是一条溪水,从没有断流过的溪水,雨天时,山涧里的水争相涌进这条溪,轰轰隆隆,长时间不下雨,溪水便是浅浅的,裸露的沙地上停满清一色的黑蝴蝶。再往里走,会不时听到一两声"口哨",那是树林里的鸟儿在故意显摆。我有时突发童心,逗它们玩,应上一声"你好!"或者也学着它们吹口哨,但怎么学也都是东施效颦。

七零八落的几十座房子,大多早就废弃,门口长满野草。一些房子老态龙钟的,随时都可能倒下去,但它们前面的李树、杏树、枇杷树、桃子树,还在年复一年地挂果。成熟时,没人采摘,一颗一颗地往下跳,地上满是还没烂掉的果子。还有一棵巨大的桂花树,上百岁,枝干仍然遒劲,在一座房子前寂然立着。花开时节,一树的香气几十米外就能闻到。两年前的夏天,我和老叶等人在山中转悠,循着浓浓的香气走了过去。隔着老远,一个大嗓门传过来:"过来坐一会儿!"我们爬上坡,一位胖胖的老人立在门后朝我们笑。老妇人就是陈老太。她的老伴江老在侧屋的门口编竹篮子,光着上身,浅浅地笑,牙齿白白的。让我吃惊的是,70多岁的江老,胳膊和胸口的肌肉还是一坨一坨的。我递给江老一根烟,也顺手递给陈老太一根,老太太接了过去,就着我的打火机,点着了。

在门口闲扯一会,陈老太就要我们在他家吃饭,我和老叶你望我我望你,相互望了几眼,算是达成默契。陈老太丢下话茬,钻进菜地,回来时,篮子里装着萝卜、白菜、韭菜,又钻进屋后的厨房。我们坐在门口和江老闲聊,陈老太在厨房里忙活。菜烧好后,我们把屋子里的桌子抬到桂花树下,拿出包里的卤菜和方便食品,还有一瓶酒。我往老太杯子里倒酒,直到杯子满了,她也没作声,倒是给江老倒酒时,刚倒了小半杯,他就拦住了。我们的话东一句西一句,树上的桂花东一粒西一粒,往桌子上落,往酒杯里落。陈老太说她做姑娘时,媒人上门提亲,她的父母说只要是山里的人家就行。她的娘家在圩区,常常发洪水,全村人四处躲,山上的亲戚家当然是最好的避难所,父母把她往山里嫁,唯一图的就是发水时有个落脚的地方。老太太是1954年嫁来山里的,可自从嫁到山里来,她娘家那边就从来没发过洪水。"要是早知道这样,哪会便宜他!"老太手指着江老,哈哈笑着,"嫁给他都五十多年了啊!"我跟她打趣:"江老现在还这么帅,年轻时候肯定有很多姑娘追他。""我哪知道!我婚后去东北三年,他指不定在家和谁好过呢!"陈老太说完,又哈哈大笑,树上的桂花纷纷扬扬,往下落。

那天中午,那一瓶酒给陈老太喝掉大半,我自己的酒兴刚刚打开,就不得不收敛了。老叶夸陈老太酒量好,她老人家也没低调:"血压高哟,不然一斤酒也不在话下。"

江老坐在旁边低着头,一直不吱声,一直默默笑。我们临走时,陈老太谈兴未尽,望着我们身边的两位女士:"女人对男人嘛,不能管得太死,就像手里捉着只蚱蜢,手不松开,它就跑不掉。要是捏得太紧,它就死了,你也就啥也没有了。"

后来多次到过山里,也曾几次路过陈老太的家门口,问候她和江老几句。但任凭她每次怎么热情留饭,我们都谢绝,她那么大年纪,我们哪好意思再麻烦她。有一次,我们议论她家门口的桂花树,她便让我们来年桂花再开的时候去,摘一些桂花回家泡酒、做菜。

我在床上醒着,陈老太的影子在面前不停地晃动,她胖胖的身子,她爽朗的笑声,还有调皮的笑容，都很清晰。那些相处多年的人，却让人无法亲近，而一些偶有一面之缘的却人让人无比喜爱，这些人的身上到底有着怎样的魔力？那些似乎读过很多书的人无法令我敬重，而这位深山里的老太太为何让我如此念念不忘？

窗外有鸟在叫，天快亮了。过了一会，老叶起了床，但我的眼皮很沉重，头也昏昏的。半睡半醒间，听到有水壶盖的响声，老叶烧好了水，又出了门，应该是到溪边洗漱去了。鸟儿的鸣叫越来越频繁，多是画眉鸟，声音像经过露水清洗过一般，脆脆的，亮亮的，伸手就能捧得起来。

屋子里只有我一个人。翻身起床，泡好茶，到溪边刷牙、洗脸。溪水闪亮，有清凉，又有微甘。没有掬水洗脸，而是把脸埋进溪水，要让这美好的泉水冲刷我脸上的尘垢，让脸稍稍干净一点。大口喝几口水，水流进我的喉管，凉意浸入肌肤，浸入肺腑。当甜美和澄澈流进腹腔，我不再有困意，而是神清气爽。这是山野的神气，是一个崭新早晨的神气。被泉水浇灌过的身体轻盈而丰满，我张开嘴巴，高唱《向往神鹰》，清新空气飞入口腔，我吐出的每个词都带着草木的芳香和露水的光芒。太阳正在爬上山顶，阳光倾泻下来，草尖和树叶泛着绿光。一只花蝴蝶在草叶中起起落落。草叶在动，是风吹动的，是蝴蝶扇动的。那只蝴蝶正在往坡上飞，陈老太的灵柩上披着一层光。

我和老叶往坡上走。草木密不透风，泥土湿漉漉的。陈老太的灵柩落在一棵大树下面，树冠像一把伞，遮了光，遮了风。口袋里还剩下最后一根烟，我将它点着，轻轻放在陈老太的灵柩前，青烟在棺材边上盘绕，我又后退几步，对着灵柩鞠三个躬。老太要是地下有知，肯定会笑出声来："咦，你这个人姓甚名啥，怎么这么面熟？"

顺着坡上的路，往陈老太的家门口走。又看见那棵百年的桂花树了，它孤零零地立在门口，树上的叶子油绿绿的，但还没有花苞。又走到房前屋后，两侧的草长得很高，有蝴蝶和虫子飞来飞去。站在房前坡下看，陈老太的灵柩清晰可见。五十年前，她奔这座山而来，现在她终于永远留在山中。这里不会有大水，但有满山草木，有鸟鸣，有桂花香，有她最熟悉、最喜爱的味道和声音。

走下坡，又看了一眼桂花树。草木有灵，桂花树该知道陈老太就在不远处长眠。

（魏振强，男，1966年生。中国作协会员。在《山花》《安徽文学》《滇池》《北方文学》《满族文学》《解放日报》《南方日报》等报刊发表作品百余万字。著有散文集《茶峒的歌声》《村庄令》，有作品入选小学语文课本。）

生命的起落(外三篇)

卓 照

上下电梯的时候,我和女儿并排站在电梯的同一块踏板上,无意中感觉女儿的肩膀已经高过了我的肩膀。虽然有段时间没见过女儿,但我相信这不是错觉。很多事情,在孩子面前、我还是愿意适时坦诚,甚至是我的不幸、我的不如意,我都可以告诉我的孩子。我告诉我的孩子,爸爸很普通,你也很平凡,读书尽力即可,不要有任何压力,其实、不读书也有饭吃,生活也好,学习也罢,你都得要学会开心、快乐,凡事顺其自然,凡事也不可太过用力。每个人都是一个独立的世界,你能做主的只有自己的世界,你之外的世界你无法把控,甚至难有所求,你能做的就是要勇敢面对属于自己的世界。

菜是我让孩子点的,我的食欲不是很好,似乎不吃也行、吃也可以。

孩子用盘碟装好蘸料放在我跟前,这似乎有些出乎我的意料。服务员上茶之后,我给孩子倒了一杯水。

孩子大了,不管未来怎样,一种感觉越来越远又会越来越近的距离分明存在。

成长本就不该有太多功利,包括教育本身。一切顺其自然就好。

亲情是一种可以超越一切世俗和世故以及势利之后的信任、包容和接纳。忽又想起和母亲出机场的某个瞬间,我两只手各拎着一个包,在那个灯光飘忽的凌晨,在那个人头攒动的出站口的下坡路段,我说,妈,你拽住我的这只手臂。母亲紧紧拽着我的右臂,和我同步而行。

那一刻,我感觉母亲就像一个小孩,真的很认真,也很听话,毕竟七十来岁老人的脚步已经不及从前那样稳当。那一刻,我的内心有过瞬间的心酸。这心酸的滋味仿佛让我感觉到了那是一种毋须置疑的信任!

所谓血缘,所谓亲情,莫过于此。

外婆家门前的那棵树

昨天,我又见到了外婆家门前的那棵树,可是至今我都没注意那是一棵樟树、栎树,还是枫树?

都说山中常有千年树,世间难逢百岁人。外公在我上中学的时候走了,外婆在我师范快要毕业的那年走了,舅舅和我外婆是同年走的,只不过晚几个月而已,舅娘前几天也走了。

舅娘是在一个雨水充沛的春分日离去的,很多亲人都用语言来描述她的死、准确地说是死亡。那一刻的感觉除了舅娘自己知道它的真实,我认为其他任何人的表达都是多余的,可能真实,但至少不够准确。

还记得外公在林场给我喝过的蜜,还记得外婆在我童年的夏天送到我家的西瓜粥,还记得小学升初中时候舅舅送我的那支钢笔上有黑白相间的方格图案,至于舅娘,我能记得什么?

都说生死是注定的,这句话我也不知道是什么时候开始相信的。舅娘在春分日前去浙江小儿子那里,在春分日的雨水里就睡在了她小儿子买的新房里。

至少,我以为这是冥冥之中难求的最真的幸福,也是最好的归宿。

虽是春暖花开,舅娘却未曾见过大海,或许这样的死亡便是我舅娘的大海?

人的离去其实不仅是肉身的离去,更是心和灵魂上的归所。或许冥冥之中这便是她自己的选择?

听人说,生是一件容易的事,能选择怎样死才是一件比较难的事,因为人害怕"不得好死"。

舅舅离开人世已经有二十五年了,我真的不敢想象我舅娘这二十多年里每一次日升的迷茫和每一次月落的惆怅,真的不敢想象。

都说不知道外婆姓什么,如果不是那天看到舅娘的身份证,我连舅娘姓什么都有可能也不知道。

日子很长,人生却很短。人与人之间的距离表面很近,内心却总是很远?

可能在我童年的耳朵里能听到的都是关于她的一些负面细节?或许可能是这样。

因此,童年时候的我从内心里无意有意总在疏远舅娘,有时是怕,有时是躲。以至于舅娘与我的记忆和情感基本趋于一片空白。

命运这个东西有时总是让人很尴尬,就像小时候舅娘见到我们总会显得有些坐立不安。

人需要承受起足够多的孤独才配得上勇敢,人需要坦诚内心足够的善良方能悟透尘世的道场?

今天,舅娘火化了,且葬回了那个有外公、外婆和舅舅坟墓的坟场。昨天我也去看了一下,那片林中仍绿草茵茵,四周的油菜花儿开得正欢正紧正旺……

四季流年,一年,一年,又一年。或许秋叶亦可飘散心魂?或许冬雪亦可痛彻心扉?或许春花依旧可以让她不够安定?……

外婆家门前的那棵树,真的是它树叶形状显示的那种树吗?

母亲听到了蛙声里的故乡

我和母亲在公园里散步,母亲对我说:这里的蛙声和家里的不一样。我听着这句话,心里很清楚母亲灵魂深处需要表达的是什么,我很知道母亲的内心。母亲的话似乎有偏见,也的确有偏见,但她说的又是对的。我说:心境不一样,可能叫的就不一样。

自然物语,不到一定的年龄你绝对不会静下心来细听。母亲这句话一说出口,我完全就能听懂,因为我懂母亲的心。

我有几分辛酸,也有几分惭愧,更有几分歉疚。

皖南的蛙声是母亲和我一样从小就听习惯了,而东莞的蛙声可能会不一样?

的确有偏见,但她说的又是对的。我说:心境不一样,可能叫的就不一样。

乡村的蛙声是母亲曾经听到的稻田里的蛙声,而东莞的蛙声一直伴随的是工业机械的运转声。

故乡的流水潺潺,母亲一直期盼,在她的蛙声里也能听见?

生活让我们无法脱去内心的长衫

姐姐、姐夫送我和母亲去机场,抵达机场已是晚上7点边上。暮色翻转了日光,天空依然蓝中透亮,一架又一架飞机从头顶飞过。机翼两侧的灯光和天空的透蓝交错在一起,姐夫说:那飞机昂着头就走了。大致是那个意思,姐夫说得一本正经,很投入,也很专注。

姐夫应该没有坐过飞机？在天上飞的感觉我也没有感受过。但是,姐夫言语里的专注和投入似乎好像具有一种鼓动的力量。

其实我也想寻找一下在天上飞的感觉,但我始终又不是那么的羡慕,因为天上飞的感觉终究不及地上走的感觉踏实,慢就慢点,也无所谓,何必那么快？

飞机什么时候起飞,会不会晚点？这些我都不关注。

检票之后,姐夫、姐姐就离开了机场,我一直想起姐夫说的话:那飞机昂着头就走了。这个"昂"字让人忍俊不禁,能把机械原理表达出有血有肉的生动。

从这句话里,我能听出的只是一个中年男人对生活的乐观态度和勇往直前的决心。当然,我也能听出生活给予一个中年男人的无奈和自嘲——准确地说是自讽？

(卓照,男,教师。安徽省作协会员。作品散见于《散文》《散文选刊》《南方文学》等,有作品入选《中华活页文选》、高考模拟现代文阅读、《中学课程辅导》等。出版合著作品《秋光里的风筝》。)

潜在潜山

海饼干

才回来一周,我对潜山的印象就开始变得模糊,有时我甚至怀疑自己是否去过潜山,也许它只是一个梦,一种我向往的生活状态。

去潜山的第一天就下雪了,这是今年第一场雪。

这场雪不只落在潜山,它落在许多城市,而从酒店房间看出去,这场雪似乎只下给了我眼前的这座小城。它轻薄得让我陌生,在一个从小在北方长大的人眼里,这实在算不上一场正经的雪。可它飘飘洒洒的架势仿佛又把我带回了北方。

几天后,天柱山顶的风裹着雪再次向我袭来,我就适应它的轻薄了。眼前的白落在松树上像花朵,在巨石上像为修行者铺下的毯子,而那些一撮一撮落在各处的,则像极了自然之神的馈赠,虽然少,却不偏不倚。

酒店满足了我研修班生活的一切,可当晚我还是溜到了街上。起初是为了买些生活用品,可我知道我还想认识一下这里,我想用自己的方式和它打个招呼。

只要离开穿制服的保安的视野,这座小城就是另外一副模样,真实,有生活气息。沿着街上的商铺走过去,能感觉到它和我生活过的其他城市有太多相似之处。在超市里,我和服务员打听这里的地理位置,用语音回复微信,有人听到我说普通话,好奇地打量我,即便夜色也遮掩不住我异乡人的气息。

我像个刚出校门的孩子,沿着街灯热切地走了很远。我也不知道要走到哪里,直到眼前的光亮渐渐弱下来,未知的状况让我生出几分忐忑,才默默往回赶。

走了一会儿,再回头看刚才走过的地方,路灯下的桥横跨在原野两侧,湖水像一面会反光的镜子发出柔和的光,更远处庄稼和菜地变得界线模糊,远处的楼房在一个瞬间亮了起来,狗叫声零散地钻进我的耳朵。这一切都让我觉得亲切,我想起在县城工作的那几年,每到傍晚,我都会沿着那条叫桃花坞的马路散步,路边的花毫无秩序地开着,充满生机,暗夜下的桃花坞路也是眼前这副模样。

也许这是每个城市的边缘都有的样貌,就像乡居生活的博物馆一样。

正想着,有个人从我身后走来,手里牵着一只大黄狗。他走得很随意,并没因狗急匆匆的脚步而调整自己,很快狗似乎就感觉到了他的步伐,跟着慢下来。我跟在他们身后,和他步调一致地走着,像一对默契的老朋友。

一周的学习课程都安排得很紧,我像一只上足了发条的小马达。如此认真对待,一是学习氛围好,无论和同学还是老师总有说不完的话题,我积攒了许久的一些思考自然是要和师友们说说的。当然班级也为我提供了这种机会,小组讨论时我把最近一些思考和观点和同学们说起,有同学赞同,也有同学提出了自己的观点,我们就这样热烈地讨论着,不知不觉又很晚了,直到有人提醒,散会时我们还真有些意犹未尽的感觉。其实这种讨论贯穿了整个学习期间,也是我参加学习班说话最多的一次。我们总是有一些观点能够互相触发,且能互相尊重,颇有君子之风,我把这理解为地利、人和的缘故。

出去研学时天气虽有些阴沉,但并不影响我们的心情。在酒店紧张学习了几天,我们急于把自己释放在眼前舒缓的景色中。

山谷流泉摩崖石刻坐落在天柱山脚下,抬头俯首皆是景致。竹子、香樟和一些不知名的树错落在山与溪流之间,颇有皖南山水的婉约。王安石和弟弟王安国曾游历至此,写诗、游玩,乐而忘归。山间溪流婉转,泉水幽蓝,难怪自古至今有这么多文人墨客在此流连,去而复返。

我边读摩崖石刻上的字,边快步沿山路向上走,像一个刚学识字的童子。同学们也在周遭高声念着,我们的声音混合在一起。穿过一道月亮门的刹那,我有种穿越的恍惚感,时间似乎瞬间把我们送回了古代,再回首,眼前的人仿佛个个变成了宽袍长衫、手摇折扇的书生,正书写、吟诵着摩崖上的诗词,就像在告诉我,琅琅的读书声自古至今从未离开过这块土地。

我喜欢听戏,无论是京剧、昆曲还是越剧、黄梅戏,所以看着眼前的程长庚故居感触颇深。我想起前些日子主持的一期讲座——《安徽戏剧对中国戏剧的历史贡献》,主讲人是研究戏剧颇有建树的王长安老师。他讲到的徽班进京对我来说是补课,我对这段历史完全不了解,他讲述的过程非常有画面感,我似乎看到了程长庚作为一个开拓者走过的艰辛道路,又仿佛看到他在舞台上手捻须髯一步一顿地从光阴深处向我走来。

张恨水的屋子里挂着一幅油画,是他女儿画的,一家人在画里温馨地围坐桌前闲谈。这个场景曾经存在过,如果女儿不画下来,那除了这家人谁也不会知道这个场景,我想这应该属于艺术的记录功能。有句话叫艺术源于生活又高于生活,而我最喜欢的一种作品表达方式叫白描,也就是呈现作品。

在潜山最后一日去了天柱山。山有多高在山底是看不到的,我们先是坐上了游览大巴,车如何登上半山腰我并没留意,只是看到星星点点的雪从我的视野中冒出来。坐在车里虽感觉不到温度的变化,但凭着这慢慢增加的雪,我下意识地戴上了同学刚为我买的手套。

缆车上有一对情侣,我挨着他们坐下。我坐缆车的机会很少,有些恐高,好在不是很严重,所以新奇感很快战胜了恐惧,我趴在边上默默看着这座山。不,应该是群山,它们看上去不是一个整体,但出奇地一致,都那么圆润。我说的是山上的石头或整个山都是圆圆的。我惊讶于这种圆,我相信我不是第一个对天柱山的石头感兴趣的人,古往今来,肯定有许多人研究过它,无论是从地质层面还是从艺术感受层面。

下缆车我以为就到了,同学说还要爬好远的山路。虽说很久不爬山,但相较登泰山似乎还是容易了很多。攀到山顶时同学指着不远处另一座尖尖的山说,那便是天柱山。

怎么藏得这么严实?我茫然道。

不然怎么叫潜山呢。同学笑答。

我们想在山顶合影,有位拿照相机的大姐很热情地要帮忙。我问她是哪里人,她很干脆地回我,安徽人。我们几个顿时笑了,在这安徽的山里自然都是安徽人。她也笑着说,不是的,经常有外地人来登山,这山可不单单是我们安徽人的。

下山时,我们从另一条路一点点挪下来,其陡峭程度让我觉得爬下去才安全,可碍于多人在场才不好意思。此时我还是没有登了一座名山的自豪感,就和陪我们去的同学心境一样,仿佛来过多次了,这圆滚滚的石头山在我眼里只透着亲切,仿佛我来过,还会经常来。路上碰到两个女子,她们登山的路是我们下山的路,我问她们可是本地人,她们笑着说,是本地人,也是第一次来。我有些惊讶两个本地人竟然现在才来登天柱山——也许人们有太多的事要做,爬山可以向后排一排,而且山总是在等着我们,总是看起来那么好脾气,像一位圆通的智者,它对世人的理解远远比我们知道的要多。不信你可以看看,这里到处都是圆圆的巨石,它们在用自己的圆润与通达告诉我们什么?

来潜山时，我口袋里装着一本厄普代克的小说集，直到我坐上回程的车才意识到这本书我从头到尾没有打开。在潜山我有太多事要做，除了学习、讨论，就是流连于这里的景致和历史文化，甚至石头都让我生出探寻的兴趣。如果还有可能，我愿意再隐身在这座城中，探究它的与众不同，隐身在这博大的"小"里。

（海饼干，本名孙艳萍，中国作协会员。著有诗集《我知道所有事物的尽头》《屋顶上的海》。马鞍山画院[马鞍山市文学艺术院]专业作家，安徽文学艺术院第六届签约作家，鲁迅文学院第39届中青年作家高研班学员。）

数数青山叠几层(外一篇)

余世磊

家住皖西南,多山,属大别山余脉。虽多山,说真的,那些山,委实没啥个奇险,也说不上怎么清秀,有些憨头憨脑的。但,山多,山一多,一叠起来,叠上几层,就好看了。

有很多的山,一直长在那里,很随意的。从不同的角度看去,或横,或直,或歪歪斜斜。而且形态各异,或大,或小,或长,或短,或高入云天,或低成一丘。可惜,有些山,叠是叠起来的,但叠得层次太少,叠得有些杂乱,这是事实。在我们的村子里,就是这样。村子地势太低,村后就是一座大山,山脉向两边延伸,像张开的双臂,把村子团团抱住,形成一个山冲。看上去,就只有那一层山,太高了,挡住了那山外多少层山。虽然,看不到青山叠几层,但这样的山居,也有它的妙处,隔住了外面的浮躁与喧嚣,我觉得也没啥不好。

如果住处在一处山腰,或者山顶,地势更高一些,或者,虽如我们的村子,地势低,但视野开阔,看眼前的山,至少也能叠出七层、八层、十几层。一山横亘眼前,横看成岭,或看不出几层,但若换个方向,纵看峰峦起伏,也是层峦叠嶂。登临一座相对较高的山峰,一览众山小,且多,或翻细浪,或走泥丸。山互相重叠、环抱,有十几层、二十几层,甚至好几十层吧。常在山中行走,这样的高处、开阔处也到处可遇,走出一冲即是,越过一岗即是。停下脚步,极目望去,来来来,我们来数一数,数数青山叠几层?

大山、高山好数,清晰在望。一层,两层,五六层,层次分明。不过,这是马虎的数法,只数了主要层次。在那一座山上,在那山与山之间,还有多少座大大小小的山,也是纵横排列,显出些细微的层次。数着,数着,眼睛数花了,数不清的。

在那最远一层山外,肯定还有好多层山。视力总是有限,天空的能见度也总是不好的。特别是有些年,多霾,那漫天霾里,把稍远处的山都统统遮住。最喜一场大雨之后,天气突然放晴,去登高望远。空中洗涤一清,无尘无杂,能见度极好。不但山的层次清晰,且在那远处的远处,从来不见的几层山,也现了出来。不过,这样的天气,一年中难得遇上几次。

早晨或者黄昏的阳光柔和,那层层山也显得温柔;白昼的阳光强硬,那层层山也显得阳刚。太阳乍出或者乍落,那时的阳光,把每一层山顶都镀上一层金光,真是美不可言。顺光看山,近山浓、远山淡;逆光看山,近山淡、远山浓;而侧光看山,阳光照进那山与山之间,光与影互相映衬、对比,山的层次感会更强。

雾是山的好伴侣。人说,一个成功的男人背后,必定站着一个优秀的女人。我说,一座好看的山背后,必定有着一片可爱的雾。时有雾来,飘腾在山间,与山相亲相爱,让山变得格外精神!山上的人家、道路,也因为雾而有了诗意。白云生处有人家,像仙家,而那原本不过是一个普通人家的旧房子。通常,在早晨或者黄昏,都有一种薄雾,填在那一层层山之间,遮掩住大部分的山,只现出一带山脉,而使山的层次更加分明。这时,数数青山叠几层?也许,还是数不清,但肯定要好数得多。如果在冬春时节,山上叶落草枯,山的轮廓毕现,在那样的薄雾里,近山近成几根黑线条,远山远成几根灰线条;而如果在夏秋时节,山上树木茂盛,山的轮廓有些模糊,在那样的薄雾里,那层层山恰如水彩画般,只用颜料抹出那一道道、一块块的山脉!

有些地方,有些山,长得就有些特别了。仿佛被谁有意地、精心地放置于此,叠在一起,是真好看!

那些人家也在山旮旯里,门前都是山。是的,那些山,如果不是被人为地挪移过,又怎么会排列得这么有序?站在门前望去,前山矮、短,后山稍高、长,再后的山更高、更长……这样层层增高、增长,一直伸展到远方,像一朵初开的栀子花或荷花,把一片片花瓣打开来。

我从家回县城上班,车近鲤鱼山,望崇山峻岭,绵延起伏,虽然也就分出个五六层,但排列错落有致。前山之峰,正对后山之谷,后山之峰,又正对前山之谷。如此前前后后,高高低低,显出些多么动人的曲线美、层次美!

一条小河蜿蜒流来,河边那一层层山,一样的大小,一样的高低,一样的走向,就像从一个模子里做出来的,真是有些奇了!那同样的山,呈稍斜状排列,仿佛一叠扑克牌,本是合在一起的,现在被谁一张一张地抻开。

而我最喜爱的,还是在花亭湖上看山。从家来往于县城,可以坐船经那片大湖。湖在山中,山在湖里。自然,水上的山会更加好看。每次,坐在船上,看远近青山,就想数数,数数青山叠几层?那山太多,山色太迷离,我从来就没有数清。有几处青山,叠得也多层而整齐,还未想到去数数,人已陶醉于其中。可以肯定,这湖上的青山叠得层次最多。不是吗?湖上有多少层山,湖中也有同样的山、同样的层,比别处的山多了一倍。只是那湖上,偶尔船走艇飞,把那湖中的山弄破、弄碎,成一团绿糊状,哪里分得出层次?

如果是在夏日,天上多白云,有时还夹杂些乌云。在天边,在山后,白云多似雪山,乌云则似化雪的山,一座座,又分出若干层来。这个时候,再来数数,数数青山叠几层?比平常又多出了几层?

乡村的生活节奏

乡下的时间,像根松紧带,具有很大的伸缩性。即使是很短的时间,但若在乡下一些人、一些物事的手中,总会被拉得老长老长。城里的时间,感觉像根草绳,不过轻轻一扯,就扯了一大截,一两个小时或一个上午,一天所剩不多了。

我在城里工作,偶尔回乡下看望父母,啥事都不用管。早晨,放心地睡吧。一觉醒来,一轮穿黄衣裳的太阳,爬上我的床来,仿佛要借我的床,再睡个回笼觉。没有钟表,不知道是啥时,也不去管是啥时。穿衣起床,妈妈这才洗净锅台,还没正式做早饭。不着急洗漱,先到村里转上一圈,逗逗邻家乳儿,看看庄稼花儿。太阳已经升起很高了,根据以往的经验,知道时间肯定不早,开始有了些关于时间的意识。突然,听见一声公鸡鸣,长长的,由低音向高音,在高音处,又急速地滑落下来。随后,几只公鸡也附和起来,此起彼伏。鸡鸣总是与时间有关,这时候的鸡鸣表示什么?我不知道。真的,这些鸡鸣,把我刚刚出现的时间意识,又给弄散了,弄乱了。

看几家屋顶上,已经有了炊烟。炊烟也是有性格的,有的是急性子,有的是慢性子。常常,急性子的炊烟已经散尽,慢性子的炊烟还没有升起。炊烟急,人不急也不行,有人还在山上放牛,有人还在田里薅草,把饭弄熟了半天,还是吃不成,都成了剩饭了。其实,我说的那炊烟的急性子,也只是相对而言,急不到哪里去。总要等到村里人家前七后八吃完了早饭,早晨才能算过去,是上午的时光了。

如果在农闲时节,生活的节奏就更散漫了。春节我回乡下过年,吃罢早饭了,去邀堂哥一起给姑母拜年,堂哥的门还关着,一家人居然还在睡觉。把堂哥喊醒,堂哥说,又不是去赶考,急什么?人在乡下,生活得久了,那种散漫就浸没了一个人,渗入骨子里。不自觉地,走路的步子放慢了,思维也变缓了。像我住在城里,也摆出几分清高,从来不去人家串门,极度瞧不起某些人,但回到乡下,常常,信步走进村里一户人家,逗逗他家的小儿,聊些可有可无之话。哎哟,一聊起来就没完没了。

乡下的午饭相对也会推迟,要到一两点的光景。这样一个漫长的上午,能做多少事情呀!可以到离我家十里的岩上,去砍一担柴。砍柴间隙,如果在春天,还可去寻一把兰草花;如果在秋天,还可去摘些野柿子之类。挑柴而归,路上歇上几阵,到家日头尚在头顶;如果手脚放麻利一点,不去寻花采果,路上少歇一阵,砍上两担柴也可以;像我大哥身体特好,做事雷厉风行,甚至可以砍上三担柴,不过,那是他年轻时候的事情了,现在年过花甲,也不行了。如果是个巧妇,一个人可以揉出一百多斤油菜籽;可以打满满一担猪菜;可以挖两畦地,施上肥,再种上萝卜;如果有帮手,可以舂出一斗米的糯米粉,过年前做年粑……

夏天日子长,一个上午,不逊于冬天一日。午饭后睡上一觉,也可算一个短夜,又可避开炎夏的烈日。睡至日头偏西,起床去割稻、薅草,傍晚再摸点黑,也不比上午做的事少。这长夏一日,可以分成两天了。

天阴、雨、雾或雪,不见太阳当空,亦不见日影移动,便连个大概的时间也估不准确了。要么,把时间估得太早,要么,把时间估得太晚。看家家屋顶的炊烟,虽然在平常日子里升起时前七后八,但也不会相差太长的时间,至少分得出一日三餐。而在这样的天气,就完全乱了套,从早到晚,炊烟都在人家的屋顶上冒着。我妈妈去锄红薯地里的草,直到半下午方归,用茶泡点剩饭,当作午餐,虽然让肚子受了委屈,心却喜这一天做的事真不少。鸟雀也把时间弄糊涂了,在暗淡的天色里早早归来,少了它们的叽叽喳喳,村子里显得安静了许多。直到夜幕笼罩,三三两两的灯火差不多同时亮起,才把这乱了套的时间重新校正,找回那份失落了的乡村生活的节奏。

最怕是乡村的冬夜,外面下着冷雨,无人来串门,一个人枯坐在火桶里,电视里又没有什么好节目,百无聊赖,不如早早上床,偎进被子里。是睡了长长的一觉,醒来,但听村里人语、狗吠、电视声,知道这夜还早着呢。年轻人会继续睡,而上了年纪的人就再也睡不着了,不知何时才盼来天明。

城里的一天,太阳升起来,滋溜一下,便从东滑到了西,了差事似的。乡下的太阳不是这样,在巴掌大的一块天上,老不急的,遇云要到云中去串串门,遇鸟要和鸟拉拉家常,感觉过了很长时间,才挪移了一丈来路。有时,空中无云,也无鸟,太阳也会分神、发愣,忘了走动。夏日正午的某一刻,时间仿佛静止了,蜻蜓停在篱笆上,一动不动。风也像凝固了,风中的小树,一直保持刚才被风吹斜的状态。人在闲时,尚可看看书,串串门,无事找些事做。牛也想出去走走,可是,一根绳子将它系住了。从秋到冬,牛的日子就有些难挨了,只能卧在牛栏里,把干稻草吃进去,又吐回嘴里咀嚼。看这时牛的眼睛,是忧郁的、灰暗的、浑浊的。终于,等到春暖花开,有田可耕,再看牛的眼睛,是欢乐的、明亮的、清澈的。

我回乡下住一日,再回到城里,感觉就像住了两日、三日,甚至更长时间。真的,在乡下过一辈子,抵得上在城里过两辈子、三辈子。

(余世磊,1970年生,现供职于安徽省太湖县文化旅游体育局,著有散文集《家住山中》《住惯了的村子》《想做个庄稼人》等,学术著作《朱湘年谱》《茶禅诗书赵朴初》等8种。)

风吹，不散

王小梅

穿过黝深的长隧道，重重地把杂沓的心情关向背后。

午前，在山海交接之处，只剩火车哐啷哐啷律动地低鸣。太阳迷幻得让人晕眩，玻璃车窗在阳光的烘托下，隐约映衬出我略显不安的脸庞，像一张心事透明的照片，背景不断物换星移，映像与掠过的景物一虚一实叠，越将脸贴近玻璃，越把景物疾速往后推扯，末了竟幻化成镜花水月般的流光，似乎要将虚幻的我，更往另一个未知的缥缈方向推远。

远处海面上升起一座岛，像金羊克律索马罗斯为拯救落海的赫勒未果，忍受女海神库墨珀勒亚无情鞭挞。

这列早发的列车，终于在午后抵达目的地，车站里多是放暑假的学生。问过站务员后，我亻亍往市区方向。

感谢学姐引荐，我来到这个滨海港市。临行之前，她不忘叮嘱："要你忘记哀伤是种酷刑，但我想，去吹吹太平洋海风，然后像一艘整装待发的白帆船，日子应该快活些。"

我倒想起川端康成曾说："生存本身就是一种徒劳。"与其如此说，不如说生存本身就是眼底的一枚冰块，日子不时受激而隐隐刺痛，等待何时冰消雪融了，世界就变得清明起来。怀抱这份令人窒息的郁郁寡欢，我木然登上列车，踏入陌生旅程。

街市看来很有生气，纵然头顶着大艳阳，仍不时有清风徐来，微微舔到空气里淡淡的盐粒味道。快步走过几条街，看到学苑爽利的建筑物了。办好到职手续，确定明天起开始工读。人事小姐领我到宿舍，房间已到了两位同学。她们主动过来寒暄，一聊起，发现原来都是校友。

翌日拂晓,即被精神抖擞的日头唤醒,其他室友尚在沉睡中。因为睡上铺,翻过身子立即面朝窗外,眼睛刚好可以翻过一面围墙,那边似乎是学校操场。

空寂的操场边上,一个小小身影做挥棒状,一旁疑似妈妈站立……

操场上有大小身影并不足奇,怪的是他们穿着日本浴衣。"那里住着日本人。"我想。

早餐过后,随口向人事小姐问起附近有否日本邻居,她耸耸肩表示不知。

※　※　※

打小时候起,我便经常莫名其妙感应到另一个世界存在,混搭在两个不同世界里。

记得去外婆家的三合院,每当傍晚时分,端着饭碗一屁股坐到屋檐下的台阶上,往往吃着吃着,不自觉转身向祖父房里窥伺,却窥见角落处垂挂的红碎花布帘,帘子底下露出悬空的一截软布包鞋的脚,顺着抬头往上看,高高布帘上陡然冒出一颗戴官帽的脑袋直冲我笑。我一点也不觉害怕,甚至还报以微笑。这现象维持很长时间,印象中迟至上中学才消失。

打那时候开始,偶尔我会看到不属于这世界的"不干净的东西",渐渐也习以为常。

及长,有一次和外婆提起碎花红布帘后的秘密,她老人家不仅不信,竟说:"你是老端公起乩——黑白不分瞎讲。"

"那些传说啥意思?"我不解问道。

"啊!啊!都讲鬼话啦!"她没好气地说。

那究竟是掀不得的布帘?

※　※　※

接着,开始一整天繁忙的彩排。今天得练习如何引导学员集合定位,两天后即将展开暑期战斗营了,忙碌得完全忘记清早发生的事。

第二天清晨自然醒来,放眼望去,同样身影又出现在同一位置,不免坐起身想看个清楚,那对母子究竟真实存在,抑或来自虚幻世界。当我这么想时,母子俩却一齐消失了踪影,不曾见他们转过身来,也不曾见棒子挥出去过。

隔天刻意想再看个仔细,已经遍寻不着。

战斗营如期展开了。来自各地的高中学员晌午便陆续报到,学苑人声鼎沸,整个像活了过来,我们持续将近一个礼拜,每晚睡觉几乎像脱一层皮似的瘫软。战斗营有数个梯次,在梯次交替间总算可以稍事休息,连续又忙又累过后,根本提不起劲再去寻找那对母子下落。

只是,我能感觉到,走廊尽头总有某些影子走动。它们不磕碰无声响,不会影响我的生活。经常神秘来去,或者干脆伫立原地张望。因此我也尽量默不作声,保持距离。

一天下午,带领学员浩荡前往隔邻的学校篮球场打篮球,当越过操场,特别张望一下周遭环境,发现围墙边有一排破旧宿舍。

我和志杰走进器材室取篮球,一进去发现四周窗户紧闭得密不透风,有股呛鼻的霉味,跳马箱旁边杵着一个缺只脚的男子,直盯着阳光里的我们。我低声朝它点头问好,一旁的志杰疑惑地看着我,我只能吃吃笑着。

结束后,我们去归还篮球,刚好遇上学校老工友,我趁机打探那排旧宿舍,他说:"那是民国时代留下的老宿舍,早就没人住,听说还时常闹鬼,学校打算拆除了。"

"闹鬼?有人见过吗?"我好奇地问。

"多着呢!"他说版本还很多咧,有人绘声绘色地说有人吊死啦,妈妈带小孩住在里面,最离谱的还有人听到半夜有哭泣声……

"哈?你见过?"志杰问。

他连忙摆手:"没有。"

"其实鬼才不可怕。"我暗忖,说了也没人愿意相信。

自从来到东部这个美丽的海港城市,生活步调紧凑又单纯,作息很有规律,每天随着太阳早起,我开始喜欢上晨跑。

晨曦中,街市犹如秀丽的少女,和煦阳光和干净空气总是紧搂着她,呵护着她。离宿舍几条街廓,有个山丘与溪谷交会处,居高临下可以数港湾里停泊的船只,可以一览港口的红灯塔,还可以远眺温暾爬出海面的日出。特别是那座红灯塔,像一位红衣女郎,孤寂伫立在晓雾里,望着粼粼波光发怔。那种孤寂驱散了消波堤外大海的哀愁,给予港湾一股沉稳向上的意志。

高丘处独独一幢楼宇,斑驳的外观攀满常春藤,显出庄重感,不显摆地掩映在松林之中。

松林显然是刻意栽植的,想必这地方一开始曾作为重要的集会场所。我试图当个不速之客闯入,发现木门深锁。绕到侧面,隔着窗户探看,眼镜就要紧贴上玻璃时,里面赫然现出一张沧桑人脸,吓得我慌忙弹开,肾上腺素陡升。

是一名老者。"小娃子,这里头空空没什么啦。"他说这是二战时日军招待所,当年"神风特攻队"的少年,就是在此地度过最后一夜。

不少民众来此早操、打太极拳。渐渐,我注意到草地上,时常坐着一位短发装束的女郎,眼光总是抛向海港。持续观察好几天,有时朦胧看不到脸,有幸看见时,一张素颜圆脸却眉头紧蹙,我感到有趣极了。

我想起念慈,好长时日不再想起她。在那段生死纠葛的日子,我像一团完整的疥癣,总觉得一抬脚就超脱现实,灵魂几乎飞离窍体。啊,我并不求世人能理解。

※　※　※

念慈,呵,我的挚友。上了初中之后,我俩同班,都担任学艺股长,有同一专任老师而有机会接触,却未有太多交集。

毕业后,我去县城读书,有一天竟然在公交车上巧遇她,才开始有了交谈。她说爸爸因一场车祸丧生,她因为考试失利,只得转到南部一所私立高中就读。我则因为青春期作祟,常幻想几时能干出什么可怕的小叛逆。渐渐,乃至于每每,我总是期盼着放长假,期盼着她回来,相约在公园借故聊天聊地聊课业,或去公园畔图书馆厮混。

不清楚这意味着什么,只知道都有些执念,往往刚送走对方,一转身又觉着遗失些什么。记得泰戈尔说过:"眼睛为她下着雨,心却为她打着伞,这就是友情。"我们还年轻,带着悬吊的心思,一颗心干涩得益发青苦。

接着,我考上大学去了省城,她选择不再升学,留在家乡就业。我是盼星星盼月亮,盼到假日前搭夜车抵家乡。她守候在中华路,一起去夜市吃夜宵,再双双踱回她家,艰难地蜷曲在沙发上过夜,隔天一早再搭公交车回我家。

有那么一天,倚在门前看着远远的大度山落日。她聊起上班一些新鲜事,兴高采烈地述说中文打字越打越顺手……

"你上班的地点会有一堆苍蝇飞来飞去,是不是?"我打岔说。

"还好,倒是老板为了省钱,下午会关掉冷气,开窗飞进不少蚊子。"

"我不是说这个,我是说………"

"帅哥吗?那有一整打那么多。"她笑着。

※ ※ ※

　　学姐说得极对,来到这个陌生城市吹吹海风也是浪漫的,尽管有些许麻痹,把阴沉的忧郁感摊开来暴晒,少些霉味,多些阳光味。

　　盛夏里,民众多半起得特别早,另一个世界的人则还未归去,我常为此感到迷恋。

　　啊,又看见那谜样的短发女郎,好几次与她一起向着海港凝视,也曾试着靠近一点。她也不闪躲,眼睛一眨不眨望去大海,旭日自海平面冉冉升起,不一会儿便光芒刺眼,她脸色苍白如故。

　　我转身鼓起勇气与她攀谈,她并不理睬,待我再靠近点,她一骨碌站起身绝尘离去,消失在檵檵松林中。"她不愿认识我?"我想,或者说,"她不想遇见我?"我感到迷惘。

　　接下来几天,谜样女郎不再出现,我只能怅然,决意不再欺骗自己,不再去松林高丘。

　　她是念慈?不是念慈?空闲下来,我的思绪一直处于紊乱中。我再度想起泰戈尔说:"我们把世界看错,反说它欺骗了我们。"

※ ※ ※

　　且让我静下心,再回到那触目惊心的早晨。

　　就在盥洗完,准备出门上课之际,一股冷战瞬间袭来,浑身感到不舒坦。似有灵犀地转望浴室,陡然,念慈满脸哀戚地出现在镜中,两眼泪光闪烁。我一个箭步冲到镜前,她再看一眼便消失无踪,我心中陡然升起一股不祥的预感。

　　实在赶着上课,容不得多想便走了。时在初夏,青黄交替,窗外已经蝉鸣唧唧,烦闷中带点诅咒的踌躇。

　　学校转来一份电报,寥寥写着:"慈车祸,已逝。"

　　四周霎时擂起轰雷,阿摩尼亚再度燃烧眼角的冰块,眼眶管不住一切无边际的泛滥了,滴湿了电报,字一直一直晕开……扩大……

　　我失去了意识。

※ ※ ※

　　"世界以痛吻我,要我报之以歌。"泰戈尔这道课题难度甚高,我虽是一棵稚嫩小草,对死亡蜿蜒走近,还依恋于莽莽红尘不能自拔。这么想,让我终于有了不幸福的专利。

不论如何,结婚或其他一切借口,都不会令初恋消散,我以为走出阴影,可以坦然接受念慈化为泥尘。我以为,那女郎出现,仿佛宣告她从未离开过,为此我雀跃又焦虑不已。

八月末了,这滨海城市的暑气,简直像一把延烧的炽火那样逼人,即使入夜后还未消退。想象力贫乏的我,极力想象自己裸身俯卧在沁凉的大理石上,内心这么想,肢体却像热锅里的煎鱼。这两个世界都显然拥挤不堪,加上壁扇彻夜转啊转地任性鼓动,浮躁得心都起毛边了。

索性蹑手蹑脚下床,捧起铝盆摸黑出房门,想去浴间冲凉。午夜走廊里阒然无声,一盏钨丝灯半眯着眼昏昏欲睡。倏忽,尽头闪过几幢影子,我很清楚这时候正是它们的"放风时间"。

"看什么看?"不知怎的,我怒火中烧愤怒大吼,抄起脸盆往角落砸去,铝盆撞击墙壁再重重弹落地板,发出一连串铿锵空虚的声响。

不管三七二十一,我继续嘶吼:"半夜不睡觉,是想干什么啊?是谁说生存本身就是一种徒劳的?"

一时间,走廊上,除了它们,几个寝室的伙伴陆续开门探出头,与我面面相觑。

我低头一言不发,走进浴间,抡起莲蓬头劈头一阵猛冲,拼命要冲走咸腻腻的鬼影。

事件发生后不久,学姐赶在留美前,到学苑看我来了。我迫不及待将松林奇遇告诉她,她只是耸肩笑笑,便没再多说什么。要我陪她到各处办公室走走,答谢大家帮忙照顾我。

黄昏前,她拍拍我的肩膀,说:"你真是多情种子,这种子得种植到肥沃的土地上才能开花结果,沉湎往日是对未来最不负责的惩罚。你心里还有疙瘩,很矛盾吧?"她叹口气,语重心长地说,"别忘了心海那艘白帆船。"

看我还愁云未解,学姐放声大笑:"别忘记泰戈尔说的'纵然伤心,也不要愁眉不展,因为你不知是谁会爱上你的笑容'。"

我破涕勉强挤出笑容说:"不好笑。"

她已经申请好南加大,秋后就要和准夫婿飞美了,好长一段时间将无法再见。

"下次再见,你是一只振翅的青鸟。"

"这样吧,咱们一块儿去那片松林吹海风,那地方我也曾徜徉。快开学了,再吹吹这含盐的太平洋海风吧,这样的日子不多了。"学姐露出阳光般甜美笑容。

天空湛蓝得一如初来乍识的太平洋,似乎抽离那条海平线,让海天交融,白帆船便能够遨游于辽阔的蓝天。高丘上,松涛阵阵沙沙作响,像一泓清泉汩汩流入,充盈我枯寂已久的心境。山下一艘大船像神经绷到极限,有了蓄势奋前的勇气,发出长长一声快乐的笛鸣。

我伸了好大一个懒腰,大梦初醒似的。

学姐站起身,突然使尽全力朝大海呐喊,我也跟着呐喊,对着宇宙吼出哽在喉头的那个结。

呐喊声……回响在松林间。

太平洋徐来的海风,微微带着涩涩的盐粒。

(王小梅,女,重庆人,90后,金融行业从业者,文学爱好者。散文、小说作品散见于全国各地报刊。)

寂寞的爱好(外一篇)

程耀恺

读书、写作、观察草木,都是很寂寞的事,却是我的爱好,尤以观察草木为甚。

我是六安东乡人,"野芳发而幽香,佳木秀而繁阴。"世代与草木共生,植物的绿色,不经意间就转入我的基因里了。后来到外地求学、谋生,再也听不到山后的阵阵松涛,看不见村前的依依杨柳,自己像是变成了无本之木。

1982年,我参加了原环保部组织的大别山北坡自然资源及生态状况考察,有幸结识安大生物系沈祖安教授与何家庆老师。在植物分类学界,前者是卓荦大家,后者是世界新秀。我跟二位共事了一年多,耳濡目染,"亲近而熏炙之也",渐渐地,在别人眼里,前面是一片树木,在我看来,那是各种草木的共同家园。课题结束后,我就成了不折不扣的草木爱好者,且数十年来兴味不减。

在金寨的白马寨林场,何家庆教会我制作标本的技术。所以20世纪90年代,做野外作业时,我总是背着标本夹,采样,压制,标注,有一点点做学问的范儿。后来我重新审视自己,到底是当学者还是做观察者?犹豫了一些时日,终究确定,走观察的路子。通过观察,有所发现,有了发现,再做深入研究。

发现就是寻找不认得的草木。比如大蜀山,跑上十年八年的,差不多90%的草木,都成了"熟人",甚至是"朋友",寻找剩下的10%,就是发现。靠运气,一年总会碰见两三种见所未见,闻所未闻的。于是翻书、查资料,向师友请教,知道了姓氏,了解了家谱,末了,由生疏而熟悉。再写篇短文,题为《今年新知》,发表出来,自个庆贺一下,也让同好分享我的发现之乐。

世上所有的快乐都植根于艰辛。我的发现之乐,自然也是用汗水与寂寞浸泡出来的。合肥的草木爱好者不多。不像北京,有专门的组织或者群体,有中科院植物所的博士介入。偶或有向导,开着车翻山越岭,遇到困难,可以相互扶持,碰上疑难,能够共同讨论。我们也有一个群,几年却添加不了一个新面孔,到山野做作业,往往形影相吊。

  记得那年盛夏,独闯黄麓师范对过的占山,空山不见人,四野暑气升。走着走着,觉得头晕,继之天旋地转,旋即倒在一棵树下。幸亏近处有一湾柳塘,"菀彼柳斯,鸣蜩嘒嘒",清亮的蝉声,像是提醒我,挺住,挺住!在阵阵蝉声中,我的意识逐渐恢复,即刻抄近道下山,搭乘回长临河的公交车,抵达镇上,去药店买了藿香正气丸,匆匆吞服。回想当时情景,大热天脊背发凉。又一年春上,在紫蓬山的松林,与一丛梓木草不期而遇。当我拜倒在蓝色精灵的脚下时,前方大片蓝色映入我的眼帘,我欣喜若狂地奔过去,一脚踩空,落入一个大坑。坑里是清一色的梓木草,我忙着拍照、测高,浑然不知那坑壁超过2米。激情过后,困顿接踵而至,我的位置距林间步道至少60米,即使有游客,人家沉醉于山光水色,注意不到我。万般无奈中,我只好等待。两小时艰难过去,总算有人靠近些,听到我的呼喊,人家递过来一截树枝,把我拽了上来。又一年初秋,到茶壶山看胡枝子,岂料上山容易下山难,胡枝子分布在山顶,美则美矣,山腰则全是过人头的灌木与芒草,找不到出路。芒草的叶缘如锯,柘与野蔷薇浑身是刺,置身此境,进亦忧,退亦忧,举步维艰。定了定神,决计迎着西沉的太阳,照直下山,刺伤胳膊、扯破衣服也在所不惜。如此费尽周折,直到望见山麓之西的土路,方才带着无尽的忧乐与感慨,沿着环湖大道,踏上归程。

  与大蜀山打交道的次数多,不可能在山中迷路或受阻,然而一个观察者自然不会沿着既有的山道行止,必定选择无路之路,因为游人不到处,方是奇花异草栖身之所。大蜀山上的石块全是火成岩,光滑坚硬,一遇雨雪天,摔跤就难以避免。我每年摔跤的次数,不下于50次。年富力强时,自然不在话下,如今上了年纪,在山林里穿行,就不得不依草附木,格外小心翼翼。

  观察草木,环境与气候的变化莫测,与无知及未知相比,自是小巫见大巫。比如我,虽说书房里插架森森,但对浩瀚的植物学知识来说,所得不过沧海一粟。没有相当的知识储备,在大自然面前,连蒙童都算不上,即使读书破万卷,走进森林或草地,无异踏进未知世界,面对的自是不可知、不可测、不可控之状况,正所谓"眼前道路无经纬,万方寂寥有来回"。以我半生的经验,在山野里观察草木,多数情况下是"花果山上树,只结一粒空"。

然而，几十年岁月流逝，我仍旧不改初心，40万字、400幅图片的《在一山一水间寻花问柳》书稿，终于在2019年的岁末杀青。它既是一本合肥草木观察日志，也是我半生与草木相交相融的结晶。

当一个人的爱好成了习惯，习惯就会塑造心性，心性也会反过来强化爱好。在读书、观察、书写的小循环里，我一边安于寂寞，一边发现快乐。

草木情缘

写过《原野漫步》与《林中漫步》的日本画家、学者长谷川哲雄，经常到郊野散步，亲近草木，他说："和野草打了一阵子交道后，知识增长了，看待事物也更全面了，一些细小的新发现，也能让我雀跃不已。终于一个新的世界被我发现，这正是在广阔自然中玩耍所带来的喜悦吧。"这话对于醉心于票子、房子、车子的人们来说，也许还有一点点劝诱作用，但我出生于乡村，我的草木情缘是与生俱来的。

汤庄是我的故乡，她位于大别山北麓，说是丘陵可以，说是波状起伏地也可以。总之那里是草木的天地，平冈细草鸣黄犊，斜日寒林点暮鸦。远远近近，高高矮矮，林与草交织在一起，像恋人，难解难分；像家庭，欢聚一堂。如果说树是乡下人的家珍，那么草便是乡下人的家当。

一代又一代乡亲，住草屋，戴草帽，穿草鞋，披蓑衣，搓草绳，睡草铺，烧柴草，编草帘，采草药，铲草皮（沤肥），男人用草料喂牲口，女人用草木灰淋水洗衣服。清明上坟，焚的是草纸，权作冥钱；上街卖鸡，也要插上一根草标，才有人问价。在大别山北麓，人们把能下蛋的母鸡，叫作草鸡，把能与马杂交而生骡子的母驴，叫作草驴，仿佛"草"能给家畜家禽带来好运似的。外公还说，何止这些，连种的小麦、水稻，曾经也是草。

我的童年，就在这样的草木天地里度过的。之后因为读书，过早离开了汤庄，离开了草色遥看近却无的山麓，离开了青草池塘处处蛙的村野。从乡下到城里，我像一只乌鹊，无枝可赖，我像一只昆虫，无草可依。然而，我始终没有忘记草木的恩惠，也没有放弃对草木的眷恋。我的花盆里，栽花也栽草；我的文章里，写人也写草。

勉强算是个读书人吧，但与众多读书人不同的是，我既读书刊，也读草木，每天随时读，每周集中读。随时读，就是随处观察；集中读，就是去郊外访树问草。地处江淮之间的合肥近郊，草的品类远多于树，水草也好，旱草也罢，我连十分之一也认不全，因而每次外出，认得的草，拍照存档，不认得的，连根挖起带回，栽到花盆里，朝夕相处，看它如何抽芽,看它怎样开花,看它究竟结什么实,看它来年会不会重发。一年半载下来,凭它的叶,凭它的花,凭它的果,大体就能知道它姓啥名谁了。再不行的话,就到师父那里去请教。

我还喜欢把读树看草的心得,写成短文,发到报刊上。又入了一个爱草群,用微信发图片,传信息,相互切磋。

有天来了一位朋友,问我:什么是草?有准确说法吗?

这朋友是个做学问的,凡事不弄清 a、b、c,决不罢休,但我知道如何对应他,我的武器是"模糊学"。我说:草是人类的老朋友与追随者,在成为人类果腹的粮食之前,野草是最早的蔬菜,是最古老的药材,是最先使用的染料……他说:得了,得了,你来点具体的吧。我只好改变策略,跟他说:通常以为禾本科植物才是草,其实不然,比如:通泉草(玄参科)、夏枯草(唇形科)、聚合草(紫草科)、马鞭草(唇形科)、月见草(柳叶菜科)、三叶草(豆科)、酢浆草(酢浆草科)、车前草(车前草科)、捕蝇草(茅膏草科)……朋友打断我的话:别一个劲给我填鸭了,以后外出,拜托把我带上。

从春上到现在,他果然一次不落,带着相机,带着笔记本,与我登山、入林、爬坡、下河。我被他的认真所感动,遇到通泉草、金鱼草、婆婆纳,就告诉他,它们都属于玄参科野草。他并不理会,趴到地上,左右打量伏地而生的通泉草,口中念念有词:玄参科?怎么会呢?!它不也开着唇形小紫花吗?!我没好气,埋怨他性急:这要等到结籽才分清,唇形科 4 粒小坚果,而玄参科结的是蒴果。

骄阳开始西偏,然而热情丝毫不减,晒得我们满身是汗。有点累,索性找一块草地,一边躺下,一边享受青草那古老的迷人气息。于是,他吟一首"天涯何处无芳草",我哼一句"浅草才能没马蹄"……对了诗,歇了乏,一前一后,沿着杂草丛生的羊肠小道,往城市方向走。朋友突然问我:照这样下去,我几时能入你们那个爱草群?我笑他干吗非得入群,做一个独立的爱草者,不好吗?

(程耀恺,图书阅读者,散文写作者,草木观察者。从科研单位退休,现居合肥。在《散文》《散文百家》《随笔》《文学自由谈》《读者》《思维与智慧》《新民晚报》《扬子晚报》《大公报》《新安晚报》等报刊发表散文随笔千余篇,有《不争春》与《合肥文字》[合作]等 5 部散文随笔集出版。)

木芙蓉的霜气

那时青荷

如此晴好的秋日，行走在骆岗公园的楼台轩榭间，于小桥流水的深处，我感觉最让人心动的事，是不经意间遇见一大片盛开的木芙蓉。

真是不入园林，怎知满园芳华如此？只见在阳光的映照下，那数不胜数的嫣红的花朵，大朵大朵地绽放着，呈现出绸缎般的质感；那触手可及的苍绿的花枝，也被柔和的光芒笼罩其中，格外赏心悦目。间或一缕秋风，秋水一般徐徐拂过，那轻轻摇曳的姿态，入眼俱风景，落笔皆图画，恰似一幅鲜妍生动的秋光长卷，让人不由得驻足流连，莫名感叹。

初识木芙蓉，是三十年前在皖南的练江之畔。那时我还是豆蔻年华的少女，求学落榜的忧伤，离家在外的漂泊，人生地不熟的孤单，无不让人愁肠百结。而那份青春的迷惘，说来也是一言难尽。好在深秋时节，宿舍区里那片秋芙蓉花期正好，于我是一道迷人的风景，也是一种温暖的抚慰，远远地隔着岁月的烟云，定格成往事的底色，交织成回忆的引子。都说万物有灵，花木有情，我想那时的秋芙蓉，当是记得那时的我——记得我曾经的失落、曾经的泪水、曾经的痴迷，还有我对它发自内心的珍爱吧。

再见木芙蓉，是在二十年前合肥的赤阑桥畔。十载花开花落，十载冬去春来，当年那个青涩的女孩，已经初为人母。我发现，赤阑桥两头的桥垛下，竟然有两丛茂盛的木芙蓉，每次经过，总感觉似曾相识，有种旧友重逢的亲切——真是芙蓉一别后，流水十年间呀！说来寻常女子的生活，大抵是这样，没有多少琴棋书画的加持，日日都是柴米油盐的琐碎。这手心的光阴，平淡也好，从容也好，只如桥下的淝水一样缓缓流淌着，就像芙蓉花一直静静开放在岸边。

二十多年来，我一直住在赤阑桥边，所以岁岁重逢一回木芙蓉花，算是每个秋天熟稔的日常了。这些年里，这个城市像个孩子一样渐渐长大，木芙蓉也变得随处可见，从城西到城南，从校园到公园，从植物园到园博园，大多种有木芙蓉。那被秋水长天所映照的簇簇花影，亦清婉，亦扶疏，怎不让人心生恍惚，梦回当年？

不过，此时到底是深秋了。风凉了，露也重了。一丛美丽的木芙蓉，无论是开在古典的诗词里，还是开在千年的画卷上，抑或开在秋日的流水边，都自带一抹隐隐的霜气。

好一丛木芙蓉，好一朵拒霜花，且看"小池南畔木芙蓉，雨后霜前着意红。犹胜无言旧桃李，一生开落任东风"，这是有关芙蓉花最好的写照。这样顺应时令的开放，这样无言也动人的霜气，不仅有"新开寒露丛，远比水间红"的清幽可人，还有"本自江湖远，常开霜露余"的恬静素然，更有"是叶葳蕤霜照夜，此花烂漫火烧秋"的绚丽多姿。

这样的霜气，向来是我所喜欢的。一丛秋后的木芙蓉，立在寒露霜降的路口，迎着秋风的寒凉独自盛开，那柔美的花蕊里，噙着昨夜的冷露，那渐老的枝叶间，染了光阴的银霜，看上去总是那么与众不同。都说美人如花，那么花亦如美人，我感觉这样的秋芙蓉，好似一位遗世独立的仕女，从旧日的书画里走来——那裙裾飞扬的模样，一身都是婉约的诗意；那沉静的眉尖心上，无不写满了动人的传奇。

在不老的时光中，在传奇的故事里，总有一些美好的女子，与芙蓉结下不解之缘，因而她们的人生，也分明呈现出芙蓉花的气质。

唐朝时，成都住着一位著名的才女薛涛。她容颜秀美，诗书俱佳，后因家庭变故入乐籍，脱乐籍后，一直幽居于成都西郊浣花溪畔，素有"女校书"之称。她一生酷爱红色，钟情芙蓉花，曾用浣花溪的水、木芙蓉的皮、芙蓉花的汁，制成一种精致的浣花笺，又名"薛涛笺"。相传此笺有十种颜色：深红、粉红、杏红、明黄、深青、浅青、深绿、浅绿、铜绿、残云。

当年的她，喜欢身着鲜艳的红裙，与元稹在浣花溪畔赏花作诗，用自制的浣花笺，给元稹写下许多缠绵的诗句。比如"花开不同赏，花落不同悲。欲问相思处，花开花落时"，又如"风花日将老，佳期犹渺渺。不结同心人，空结同心草"。

经过一些流年风雨，后来的薛涛，终于看透移情别恋的元稹实乃负心薄情之人，一颗装满痴爱的心，一点点从希望变成失望，从热烈走向淡然，从而痛极生悟，以致终身未嫁。一个人的生活，何尝不是另一种精彩呢？因为历尽了命运的霜寒，堪破了情缘的虚幻，她开始懂得，放下才是终极的圆满。于是洗尽铅华，余生只和芙蓉花相依相伴，只与诗书相知相守,活成了独一无二的自己。

五代十国时的花蕊夫人,生得惊才绝艳,尤其喜爱芙蓉花。她是后蜀皇帝孟昶的宠妃,为讨爱妃欢心,孟昶特下诏在成都"城头尽种芙蓉,秋间盛开,蔚若锦绣"。每当芙蓉花开的时节,沿城四十里的繁花,灿若朝霞,仿佛铺了锦绣一般,俨然一派"秋风万里芙蓉国"的气势。彼时,孟昶就携花蕊夫人一同登上城楼,相依相偎观赏城墙两边的美景。从此,成都便有了"芙蓉城"的美誉。

等到孟昶降宋,花蕊夫人被赵匡胤所掠,其绝代佳人的风华,令赵匡胤莫名心动,百般款待之际,让她即席赋诗。这位一脸冰霜的美人缓缓吟道:"君王城上竖降旗,妾在深宫那得知?十四万人齐解甲,更无一个是男儿!"个中多少感怀伤世,多少荡气回肠,让人空自喟叹。

相传花蕊夫人因为思念孟昶,偷偷珍藏其画像以释思念。赵匡胤知道后,逼迫她交出画像,她坚决不从,赵匡胤一怒之下将她处死。后人敬仰她对爱情的忠贞不渝,尊她为"芙蓉花神",因此芙蓉花又被称为"爱情花"。

又如《红楼梦》中"痴公子杜撰芙蓉诔",那篇长文《芙蓉女儿诔》,字字珠玑,句句血泪,是多情公子宝玉为悼念晴雯而作,堪称一场至凄至美的花祭。

晴雯是黛玉的影子,性情品貌,接近黛玉的风格,晴雯是凌寒傲霜的木芙蓉,黛玉是风露清愁的水芙蓉。当知此诔,虽诔晴雯,而又实诔黛玉也,可谓关乎黛玉未来命运的谶语。

我喜欢花蕊夫人的绝美,喜欢薛涛的才情。我也喜欢晴雯的灵气,喜欢黛玉的仙气。她们都是盛开在时光中的女儿,也都是我心中的芙蓉花神,妩媚有时,悲情有时,美好有时,芬芳有时。

是这样的,相信一个女子最美的状态,莫过于眼里写满故事,脸上却不见风霜,一颦一笑都是风景,一生一世永绽风华。想来一朵花最美的样子,亦复如斯:爱之赏之,满园尽是芳华;读之品之,满纸都是传奇。

我曾见过一种重瓣的芙蓉花,清晨初开时花冠洁白,中午逐渐转为粉红,午后至傍晚快凋谢时,则变成了深红。因其颜色不定,一日三换,宛如一位不胜酒力、双颊酡红的佳人,美美地酣醉在清秋中,看上去格外风情万种,故而名曰"醉芙蓉""三醉花",此乃木芙蓉中的珍品。

人家尽种芙蓉树,临水枝枝映晓妆。一朵鲜艳的醉芙蓉,沐浴着秋日的霜天晓色,一日三醉,何其美妙!可只开一天就凋谢了,又怎能不让人心生爱怜?花开易见落难寻,原来美好的事物,是这般稍纵即逝,就像人间女儿的韶华,明媚鲜妍能几时?想来这美丽的醉芙蓉,从初开时的洁白,到盛放时的粉红,再到凋谢时的深红,又多像世上女子一生的经历和变幻啊。

一个美好的女儿,一生都是水做的骨肉。若套用《芙蓉女儿诔》里的文辞,就是"其为质则金玉不足喻其贵,其为性则冰雪不足喻其洁,其为神则星日不足喻其精,其为貌则花月不足喻其色"。一个芬芳的女儿,一世都是草木的精魂,她在历经一番悲欢世事,或者说渡尽尘世劫波之后,心性便多了一分恰好的清明,生命便有了一种美丽的霜气。

一朵美丽的醉芙蓉,分明是一朵旖旎的女儿花。它宜植池岸,临水为佳,也分明是水做的骨肉了;它甘于寒素,挂霜而开,可谓外柔内刚,又别具风神。可以说,在秋水与长天之间,它让人心生第三种陶醉;在月色与雪色之间,它是人间的第三种绝色。

走过如许的寒来暑往,看过如许的花开花谢,若问浮生若梦,为欢几何,三十年后的我,人到中年的我,还是无法给出答案。但我似乎懂得了,人间有一种绝色,自带霜气:繁华落尽也好,秋风起兮也好,霜雪袭来也好,只要如期盛开,经历便是收获,刹那便是永恒。所以,我感觉在暗换的时光中,在秋日的芙蓉花下,我们可以把每一寸光阴,都过成美景良辰。

抑或说,任是如花美眷,也抵不过似水流年。那么,在一季芙蓉的开谢之间,在一番诗意的沉醉之外,在一抹霜气的凝结之时,在一切世事的变幻之后,我们也可以把每个传奇的故事,都读到云淡风轻。

(那时青荷,本名黄琼会。安徽省作家协会会员,第八届安徽青年作家研修班结业。曾获伯鸿书香奖、铜陵文学奖、方苞文学奖、2023年度皖版好书等奖项。著有散文集《我看唐诗多繁华》《我见宋词多妩媚》《世界予我寂静欢喜》等作品。)

人间世

壬寅年的最后一场雪（外一篇）

潘 军

2023年1月15日，宜城迎来了入冬后的第二场雪，与初雪比较，要壮观得多。早晨起来，大雪纷飞，银装素裹，很让我意外。这应该是壬寅年最大的，也许是最后的一场雪吧。

约好上午去舒州口腔医院为一周前种的牙拆线。车刚驶出小区，就接到老蔡的电话。老蔡平时与我几乎没有联系，我迟疑片刻，才接听，他告诉我吴肃秋刚刚在合肥去世。听后心下一紧，不敢相信，却又有预感。经历了前后三年的疫情煎熬，放开之后病毒肆虐，身边的朋友差不多都"阳"了，我却没有。老吴和我算得上三观一致，因此每天都有微信交流，彼此交换一些时事方面的信息，当然他也记着问我：潘老师，你还好吧？我说：还好，你呢？结果半月前的一天他告诉我，他阳了，正在发烧。后来有几天没有了联系，我便问过去：恢复得如何？他回了一句：影响到了肾脏，明天去上海。我顿时就有点儿紧张了，老吴以前曾因肾病历险。但还是鼓励他：没事的，认真治疗。这之后我们就没有了微信互动。几天前我曾发过语音信息问候，他没回。这天晚上我梦见老吴离开了，便惊醒。第二天，我委婉地告诉了爱人这个不详之梦，不料她说：我也梦见了！那个瞬间我们都沉默了，然而匪夷所思的梦魇竟然在五天后成真，让这场纷扬的大雪成为满眼的白花，送吴肃秋最后一程。听说老吴后来又从上海转回到了合肥，在病榻上，他执意放弃了抢救,惦记的却是老母亲的药快没有了,让弟弟赶紧备好。很快,吴肃秋就陷入深度昏迷。带着微弱的心跳,他最终回到了自己熟悉的床上……

自丁酉年我离开京城回故乡安庆定居,平时大都深居简出,不过也偶尔与朋友小聚,或打小牌,或喝小酒,或品茶清谈。其中便有一位叫吴肃秋的。这个名字暗示着家学渊源,但他是做企业的,在一家棉麻公司当老总,打年轻时就爱好文学。我想,这应该是联系我们之间的一条纽带,拴住了共同的信仰。其实我并不知道他在文学上的作为,倒是听人说过他积极参与文学社团活动,爱读书,也写作。四年前我的《泊心堂记》出版,老吴一下订购了8套,遂邀我聚餐,席上都是一些当地从事文学的朋友,有作家、诗人和评论家,如苍耳、沙马等。原来那天老吴是借饭局介绍他们与我认识,好让我逐一签名送书。可见这是一个多么热心文学的人。这种人如今罕见,毕竟今天不是文学热闹的时代。后来又有一次,原本是约好一起玩牌的,他却提着一包书风尘仆仆地赶来。打开一看,竟是我十年前出版的《潘军文集》,十卷本,足有十五斤的分量,他刚从网上购得,让我签署以便收藏。他很快就看完了这套书,并对其中的某些作品发表了评价,说:潘老师你三十几岁就能写出那样的小说,可见一个小说家是需要天赋的。类似的事我还经历过一回,那次青年作家胡竹峰来安庆,陈宗俊设饭局,让我主持。那天老吴也到了,居然又带上了小胡的几本散文集,让他题签。用魏振强的话说,老吴是一个默默读书、默默藏书的人。但吴肃秋又并不愿意公开发表自己的文学观点,他更多的是倾听。去年"世界读书日"那天,安庆市文学评论协会曾邀请我做了一个关于读书方面的讲座,老吴自然也在场,依旧是倾听。所以后来若有外地的文学人士来安庆看我,我也会邀请这样一个愿意倾听的人。

我和吴肃秋认识时间并不长,但私下里谈得来。他是每天晚上和我微信互动的最后一个人,一般都在次日凌晨1点左右。我很珍惜这样的朋友。吴肃秋的微信名叫"长江之子",一望便知,门前这条江是他从小引以为豪的。其实他更是一个孝子。以往与他玩牌,只要到了晚上9点他便会离开,说要赶回去陪老母亲。自去年父亲离开后,他担心母亲忍受不了孤单,每晚都会回到老人身边陪伴。然而现在这个孝子竟不辞而别了!这个上午我顶着漫天飞雪,向这个城市的朋友传递吴肃秋刚刚离开的噩耗。我很悲痛!我在想,今天晚上,谁会去陪他耄耋高龄的母亲?

我在微信的朋友圈发了一首七律《壬寅大雪》,这首诗并非为吴肃秋的逝世而作,但我需要以此悼念这位文学的倾听者,其中有这样的两句——

一生磨砺心还热,三载煎熬泪有光。

现在看起来,这像是一副挽联,悼念的不仅是吴肃秋,而且是那些不再的青春热血,那些难以重来的如歌岁月。我爱人说,她知道吴肃秋有一个愿望,她更相信会有这个愿望实现的一天。她说:那时,我会去老吴的墓前献上一束花,告诉他。

这个冬天不冷,但是心寒。

怀念郑伯

去年12月22日晚,我突然接到郑文生的信息,其父郑立松先生离世,享年94岁。虽是高寿辞世,但对于我,一位可敬的长辈没有征兆地突然离去,还是感到悲痛。我对郑老先生和他的夫人斯华云女士,有一种特殊的感情。这个晚上,我的思绪一下就回到了难忘的1974年,其时我17岁,正值高中毕业。在我少年的记忆里,是没有父亲这个词的。我完全没有关于父亲的任何消息,连一张照片也没有见过。那是一个非常的年代,对此,母亲也是三缄其口,只字不提。倒是偶尔听见石牌街上的老人谈起,知道父亲雷风曾经是一名剧作家,50年代写过一出轰动一时的黄梅戏《金狮子》,还写得一笔好字,后来却成了"右派"。那时我才出生半年,几年后,父亲被遣送回原籍巢湖乡下做农民。但是他带给我的政治压力丝毫未减。1974年有一次面对高中毕业生的征兵,我没有报名的资格,只能默默打点行装,做去农村插队的准备。但是这个萧瑟的秋天,我的命运里意外地亮起了一盏灯。那个黄昏,一辆由安庆开往怀宁石牌装载粮食的解放牌大卡车,搭乘着两位女士,秘密来到我家。后来知道,其中一位叫斯华云,是郑立松的夫人;另一位叫韩黛枫,是王兆乾的夫人。郑、王二位,都是黄梅戏的有功之臣。郑立松改编的《打猪草》《夫妻观灯》是黄梅戏传统剧目的经典,至今传唱;王兆乾则是《女驸马》最初的改编者,并在黄梅戏音乐上颇有建树。她们此行的目的,是专程来接我母亲潘根荣和我去安庆与父亲团聚。那是我真正意义上的第一次见到自己的父亲,他的形象和地道的农民无异,完全脱离了我的想象和市井传说。关于这次不同寻常的见面,2005年我曾写过一篇《安庆的父辈》,该文首发《安庆晚报》,外埠的一些报纸也有转载,如今读来,依旧唏嘘。

那些年我从石牌来安庆,郑家是我的落脚点之一。郑伯、斯妈,这是我对郑立松、斯华云夫妇一向的称呼。不经意间,时间竟过去了近半个世纪!当初的少年如今也已年逾花甲。丁酉年我由北京回安庆定居，父辈中已经先后离开了好几位。我的父母也早已长眠青山。因此每回去宜园看望郑伯和斯妈，总有一种回家的感觉。在我印象里，年逾九十的二老似乎没有太大的变化。斯妈神志清楚，依然健谈；郑伯耳背，保持沉默。我见过他们青春年华的照片，岁月改变的不过是外在的形象，却难移肝胆气质。郑伯始终是一副笑眯眯的样子，无论发生多大的荣辱，都是一笑付之。这种豁达与宽厚源自内心的修炼。谈起往事，斯妈还是条理分明地娓娓道来，并没有更多的感慨，情绪也没有起伏。我不禁想起当年她说过的一句话：这辈子的眼泪早已偷偷流干了。

郑伯走在疫情期间，其时我也被封控在家，直到春节期间，才去看望斯妈。老太太看上去跟上回见到依然没有什么变化，脸上也没有一点忧伤，好像陪伴她七十年的老伴并没有真正离开。她点上烟，像年轻时在课堂上对学生讲作文一样，对我说起郑伯离开的那天晚上的情形——

那天他突然感觉冷，斯妈说，加盖了毛毯还是冷。我就让他躺到我怀里，我搂着他，焐着他，像哄孩子一样。他好像暖和了，嘴里嘀嘀咕咕，接着手就不停地抚摸着我的脸、我的脖子、我的头发，然后就睡着了……然后，就这么走了……我仿佛是目击了这个画面，多么动人，多么令我动容又好生羡慕啊！人生一世，皆是赤条条呱呱坠地，但能有几人如郑伯，在最亲爱的人怀里，又如婴儿一般离开？这个瞬间我想到了一部经典的美国电影《返老还童》，男主人公本杰明·巴顿的逆生长，临终成为婴儿躺在了老迈的爱人怀里。这本是虚构的，现在却在我眼前真实地发生了。呜呼，郑伯！你用一生的善，修来了最后的福。

郑文生说，父亲离开之前的那段时间，虽然没有征兆，有时候也显得神志不清。他总是喃喃自语，在屋里不停地转悠，不断地收拾行李，非要选择一双合脚的鞋。郑文生就问，你这是干吗呢？郑伯说，我要去北京开会。哦，原来他是打算出远门了。谁料这一走，就不再回来。郑伯去世的次日晚上，郑文生带着儿子来我这里，让我书写一副挽联。挽联由四川的剧作家张羽军、徐棻夫妇所撰——"才振黄梅乐天下，德昭赤胆传艺林"。我于是提笔即书，放笔，湿了眼睛。

多年前著名剧作家曹禺来安庆讲学，曾为郑立松题词"悠然见南山"，取自晋陶潜之"饮酒诗"，我以为是准确的。郑立松，人如其名，他就是安庆这个戏剧之乡挺立的一棵松，不招摇，不媚俗，不逢迎，不屈服。看尽人间花开花谢，自有心中云起云落。我在《安庆的父辈》一文里谈到了李洁吾的坚忍、郑立松的宽厚、王兆乾的洒脱和黎承刚的内敛。在我心目中,他们是一批纯粹的黄梅戏人。虽历经磨难,但内心始终有光。这道光,就是黄梅戏。清人张潮在《幽梦影》中曾说:天下有一人知己,可以不恨,不独人也。物亦有之。我的这些"安庆的父辈"一生挚爱黄梅戏,以戏为知己,如同陶渊明爱菊,林和靖爱梅,周敦颐爱莲。他们没有遗恨。

清明将至,细雨纷飞,大地峥嵘,山河无恙。我已在父母的墓前郑重地说了,郑伯已经安详地驾鹤去了你们那儿,你们这些老戏人又聚到了一块,那就继续琢磨一出新戏吧。或者歇歇,打一圈麻将,别再托梦说"三差一"了。

(潘军,当代著名作家、剧作家、影视导演、画家。主要文学作品有长篇小说《日晕》《风》《独白与手势》之《白》《蓝》《红》三部曲、《死刑报告》以及《潘军小说文本》[6卷]、《潘军作品》[3卷]、《潘军文集》[10卷]、《潘军小说典藏》[7卷]等。作品被译成多种文字,多次获奖。话剧作品有《地下》《断桥》《合同婚姻》《霸王歌行》等。自编自导的长篇电视剧有《五号特工组》《海狼行动》《惊天阴谋》《粉墨》《虎口拔牙》《分界线》等。闲时习画,著有《泊心堂墨意——潘军画集》[3卷]。)

一个人与一个湖

周 旗

想起一个人,还有一个湖。

其实这个人与这个湖似乎并无多少实际的关联。

他叫文非,身上弥漫着一种艺术气质,形象很"洋气",他常常自豪地称其祖上的某一代可能混进了波斯血统。文非的性格易激动,遇事喜欢走极端,率性而为。1984年,文非和我参加合肥市文联举办的文学创作活动"三河笔会",会间穿插有一次关于影视话题的座谈,其时所议不过是坐而论道,纸上谈兵,当时文非刚从部队转业没两年,发言时却兴奋了起来,当场慷慨激昂地表态,如果文联有意筹拍电视剧的话,他愿意将一万多元的转业费存款,无偿捐给市剧协,用于推动影视剧的创作。在20世纪80年代初期,这个数目巨大到足以令绝大多数人大吃一惊的,会议组织者自然不能拿这样一个许诺当真。笔会散了,那关于影视的话题也就被大家抛到了九霄云外。之后不久,文非因工作调动未遂,伤自尊了,一恼之下办了停薪留职手续,下海了。

文非的第一笔生意,是他在报纸上读到一则新疆藕贵的消息,当下大喜,立即取出转业费,跑到近郊一个村子,订购了两节火车皮的藕,钱货两讫,自己跟车押货去了新疆。他借了别人一辆破旧的老爷自行车,叮叮当当地骑到火车站,把车子一锁丢在那儿,便爬上车厢开始了他从商的处女作之旅。这辆相当不体面的自行车嘛,就任它自生自灭吧,等从新疆赚个钵满盆溢归来时,它是生也好是灭也罢又何足挂齿呢?那时的火车堪称老牛,货车比客车更慢,车速如龟,文非的心情就是一只兔,有别于兔的是他睡不着,咣咚咣咚一路向西,跑了半个月才终于到达乌鲁木齐。哪知道那藕比人还要娇贵呢,经过日晒雨淋和气候寒冷的摧残,藕的外皮竟成了黑色。后来文非说,在车上眼睁睁地盯着藕一天天发烂、变色，心里就像猫抓似的，比失恋还要焦虑、难受。在新疆的那些天里，他恨不能追着每一个从眼前走过的人央求，您买藕吧，买藕吧，贱卖了！

文非的这笔生意血本无归。他回来的头一桩事，是一下车便赶紧去找那辆借来的破自行车。但哪里还有影子，早已是黄鹤一去不复返，只剩下他黯然地望着一具庞大的火车头轰隆隆地喷着蒸汽从身边驶过，胸中宛若白云千载空悠悠。

实际上真要细究的话，卖藕还不能算作文非的第一笔买卖。江淮牌汽车曾经特别紧俏，即便有了指标也提不到现货，正儿八经地排队得好几个月，所以抢手得要命，倒买倒卖者多如过江之鲫，弄到一辆计划外的车子相当于得手一笔小财。那时文非尚未下海，他找我商量，看能否想到办法，说他那头人家手里拎着钱袋子等他的回话。也许是我运气好，居然马上就搞到了一个计划指标，并是以十万火急的名义批下来的——立即供货。我不辞劳苦地带文非等人去汽车制造厂，一路绿灯地让他的朋友把车子提走了。文非跟人家约定翌日下午送钱来，然而在规定的时间、规定的地点却没见到规定的人，继而再约，如是者三。最后一次说得铁板钉上钉子了，文非亲自背了一只准备用来装钱的黄书包，我也亲自背了一只准备用来装钱的黄书包；他亲自坐在马路牙子上等，我也亲自坐在马路牙子上陪他等。等啊等！等了很久，那人照例无影无踪，倒是把街头上的高音喇叭等响了。那年头大喇叭经常这样响，是播放一篇坚决打击投机倒把的社论或者什么檄文之类，我俩都竖起耳朵仔细倾听，终于听明白了我俩所做的就是彻头彻尾的投机倒把分子行为，绝对属于坚决打击的对象。文非和我互相望了望，记不清两人都说了几句什么话，站起身拍拍屁股，回家了。算了算了，这事儿到此结束。以后我再没听说过那个白捞了一辆车子差价的家伙的任何消息，他讨了一个大便宜，心里肯定还嘲笑，这两个傻子！

朋友之间我们都习惯于一诺千金，抵押出去的是个人信义。这话拿来做人没问题，但是用在买卖上，的确是个不折不扣的傻子！

不管哪次算是第一笔吧，反正都是出师不利啊！文非从新疆归来后我们接触就少了，难得碰一回面，总是见他正意气风发地又要赶去哪儿洽谈某一笔生意。在文非的豪言壮语中，给人感觉他仿佛赚了不少钱。这年一个文友办养鸡场失败，要找我借一万元还债。我能力不够，就想到了文非的那笔转业费。借钱委实难以张口，虽然隔着电话线，也要鼓起很大勇气才将事情的原委告诉他。文非略一迟疑，又爽快地回答，他家的存折里还剩五千元钱，可全部拿出来给我，将来我有了就还他，如果没有就不用还了，算作为朋友插一次刀。为这句话我感动了许多年。其实朋友们都猜得出来，文非下海根本就没有挣到什么钱。

文非的钱我最终没拿，因为那位文友又不需要了。我常想，像文非这样的秉性，恐怕是难以成为那种冷静而精明的商人的。

文非真正挣到钱是以后的事。1993年他从南方回来，此前他始终是给别人打工，这次他组建起一家公司，自己做了老板。文非的公司租下了整整一层楼，办公室布置得十分气派。文非驾驶着他从南方带回来的轿车，将以往的文友们找到聚了一次。那回大伙儿都有一个共同的感觉，文非变谦虚了，一再重申他这些年劳碌奔波，但做得不太成功，没赚到几个钱。我们心里却都越发地有了数，他现在确实是有钱了，如今是真的进入了大款阶层。我望着文非想，这家伙变化真大，这些年他都经历了什么？

那次我碰上了一件事，急需两万元钱，这回我倒是胸有成竹，不慌不忙地去找文非，现在这点儿钱对于他来说无疑是小菜一碟，小事一桩。文非认真地听我说完，沉吟半晌，又仔细地询问了一遍所办事由的全部细节，强调了还款期限、利息计算以及担保人等等事宜。我并不习惯冷静得冰块一般的文非，幸而我总算能够勉强理解这些。我这才意识到，经历对于一个人太重要了。谁说文非不适合经商呢？经历真能改变人！

最终这笔钱文非没借给我。那件事到底也没办成，不过不是因为缺钱，而是我改变了主意。

我和文非依然是非常亲近的朋友，他公司的业务开展得挺不错。那些日子他感到累了，便会开车来拉我出去一道散散心。

那天文非邀我陪他去看一个湖。驱车驶离灰蒙蒙的嘈杂的城市，在乡间一路穿行，渐渐天蓝了、云白了、绿浓了，大别山脉的影子便由远而近地遮蔽了我们。汽车直抵一道长虹般横空出世的大坝，登得坝顶，眼界豁然开朗，好一派泱泱大水，极目处那剪影般的山峦层层淡化至若隐若现，就仿佛天也高了，地也远了，我们的心境舒展而宽阔。湖中有星罗棋布的荒岛——它们正是文非要考察的对象，他此行的目的是打算选购一座荒岛，进行相应的经营开发。

一只小渔舟载着情绪高涨的文非环岛摆渡，一座座荒岛在他的眼中宛若一张张优质的白纸，尽可去画最新最美的图画。20世纪90年代中上旬的文非有充足的银子装备他的想象力，而他的想象力也在这空旷的水天一色中得到了舒畅的发挥。及至归来的途中，他已经完全武装好了一个"岛主"的雄心，极尽渲染地向我描绘一幅未来岛国的蓝图。

这实在是一个优美的梦想，令人情不自禁地想起梭罗的《凡尔登湖》。也许我们每个人的心底都有一个角落栖居着这个共同的梦想：期冀用大自然的清风雨露洗涤去现代工业文明飘落在我们心扉上的尘埃，净化我们浮躁的心情，安抚我们的灵魂。文非的计划像一株美丽的罂粟花，使我欲罢不能地渴望着他蓝图的早日实现。可是不多久后的一个晚上，文非叩开了我家的门，他说的话使我一阵愣怔：手续办妥了，他将去北京电影学院读自费的研究生班。他已把公司关闭、清算，汽车转让了。那晚我们聊得很久，文非说，他做生意就是为了这一天，赚到钱后就向影视方面发展，十几年前他就这样想了。说这番话时，他显露出我以前熟悉的那种激情。

文非匆匆地离开了我们所居住的城市，如同一条金色斑斓的锦鲤霍然跃起，在万顷碧波的水面上划出一道耀目的弧线后，便潜入水底杳无音讯了。毕竟这是一个过于突然、过于重大，也过于前景莫测的选择，形似于对当下现状的仓促逃离。我不清楚他究竟发生了什么事，有时甚至觉得他的北上犹似一场梦，恍惚有一种不真实感。我曾有过诸多的猜想，但一切都仅仅是揣测而已。我的心里充满了惆怅。

从此，我倒是惆怅地记住了那个湖的名字——万佛湖。

这个名字给人以无边的遐思——万佛之湖，气度之大恐怕只有古希腊神话里"众神之山"的奥林匹斯堪可比拟。我不知道世界上还有哪一条山脉如大别山这样，在漫长的时间和广阔的空间内与佛结下了千丝万缕的不解之缘，譬如禅宗的二祖、三祖、四祖、五祖的坐禅地，譬如散落其间的地名如佛子岭、诸佛庵，等等，便知渊源是多么深远。而万佛湖的得名，则是因为其水的源头来自上游的万佛山。

大别山的水既阴柔又雄壮，沟壑中不定哪块石板下便有泉眼，水从石缝中弱弱地涌出，潺潺而淌，瘦瘦的一条小溪低吟浅唱，在林间千回百转着，亦似那尚未见过世面的山妹子，低眉浅笑地一顾一盼。小溪汇聚成流后就肥美起来，雍容而缱绻，像揉皱的绸缎担在坚硬的山涧里一匹一匹地披挂下去。待得桃花汛到来，状若千军万马一齐发喊，涛声漫天遍野，洪流争先恐后地喧嚣奔腾，在峡谷间横冲直撞，轰轰隆隆，壮怀激烈，成浩荡之势扑向山外的丘陵、平原。

大约唯有这样的山这样的水、这样的风情和性格孕育出的万佛湖，才能吟诵出一曲梁山伯与祝英台的千古绝唱，才能滋养出三国时期东吴大将周瑜的英姿风采。

万佛湖的下游通向巢湖之滨的肥西三河古镇。那年，文非曾和我参加"三河笔会"，他在会上慷慨陈词。那是一个文学热的年代，笔会盛况空前，二十六年过去有些情景已经模糊了，但还清晰地记得是油菜花灿烂的季节，身旁有一条壮阔的河流不知从哪儿来到哪儿去。就是在那河边的油菜花地里，他浪漫地向我叙述他想做导演的憧憬。可见，历史总是在细节中得以复原。当时我并不晓得，顺着这条河道溯流而上，有一个大湖名"万佛"，更不可能预知多年后我俩将会结伴泛舟万佛湖。

细细想来，我与万佛湖的缘分其实在那么多年前即已种下。而以后我也才得知，在这潋滟迷人的波涛之下，竟还沉没着一座早年间曾经热闹繁华的小城梅河镇。真是沧海桑田——沧海桑田，由不得我不蓦然心生敬畏，莫不是这幽静的湖底，还永恒地凝滞了一段消逝的时光、一个昨日的尘界？抑或那人间场所嬗化为佛的圣坛静静地卧在水底，让身为游人的我们，在碧波荡漾中隐隐可寻亦真亦幻的佛影？

文非来电话时我也有亦真亦幻之感，这家伙到底浮出水面啦！他在北京电影学院深造结业后，一个昔日的工程公司老板居然就做了一名"北漂"，不管不顾地圆他那个做不醒的导演梦去了。后来我隔三岔五地便能接到文非电话，一般都是在深夜，多是他有了什么新构思或新感觉的时候，从声音里我能想象出他振奋的神情。放下电话我就不禁感慨，经历能使人改变许多，但人的身上还有一些东西，却是经历的力量也无法改变的。在北京起初他免不了步履蹒跚，浪迹在这个行当中，边埋首编剧，边厮混进许多剧组里磨刀霍霍，各种杂活都干过。积铢累寸，一唱三叹，媳妇熬成了婆，终于拿起了导演的话筒，开始风生水起了，在屏幕上常能见到他的名字，导演了包括《激情燃烧的岁月Ⅱ》等多部电视连续剧。世事有时就是这么奇妙，从文非自万佛湖归来后的某日起，中国一个商人消失了，一个导演诞生了。

其实，一个人的内心何尝不如那大湖一般，经历着沧海桑田的变迁？一个人的生命春秋，又何尝不是一段山重水复的风月演义？

万佛湖早期开发的定位是"扶贫"，招商引资的门槛设置较低，以致多年来相关的旅游业发展缓慢。可恰恰因为其慢，却避开了可能导致的破坏性开发，弃置了像我们常见的那种以牺牲环境为代价的经济发展模式，反倒使得万佛湖自然景观在更大程度上受到保护，成为新世纪的一种不可再生的优质资源。在这个意义上，万佛湖的管理者善莫大焉。当然，如今万佛湖景区要重新整合资源，就相应地需要承担高昂的成本压力了。当我听说其中某座岛屿回收成本的数字时，心下蓦然一骇，万佛湖真是一片洞天福地，厚佑有缘人啊！我的心又怦然一动：倘若当年文非购买下了一座岛屿呢，倘若他能够预知投资的回报率,还会不会选择北上京城？不过历史不能假设,我也无意做此比较,何况一个人得偿夙愿,圆满毕生的梦想,原本就不是用金钱所能衡量的。君不见,万佛湖上,我俩乘坐的小渔舟犁过的涟漪早已无痕？

以后又以后,文非中风了,疾病影响到他的躯体,幸而尚未妨碍他的思维、语言,他在电话里叮嘱我,要爱惜自己的生命。他这是有感而发,作为导演的他基本上是一个拼命三郎,日积月累地透支着身体,终于病来一发而不可收。病后他回来过一次,我没想到,轮椅上的文非气色依然润泽,他的手机依然繁忙,望着他,我竟不知说什么好。

后来,文非的电话少了。我偶尔得到他的信息也都是只言片语,似乎他的身体有所康复,但痊愈的程度不得其详。他的工作好像始终未曾中止,坐在轮椅上仍然没有放下他那导演的话筒。再后来,便只能在朋友圈里看到他的动静,他已经完全不参与导演以及社交活动了,我也没有给他打过电话去,因为还是不知说什么好。

后来,在一个油菜花芬芳的时节,我又一次来到了万佛湖。如果说智者乐水、仁者乐山,那么我们不妨就做一回智者、仁者,人类的天性促使我们热爱万佛湖这样洁净的山水。徜徉在湖光山色的百里画廊中,咀嚼着湖的名字,便会体察出有佛性自内心升起,感觉这水、这山的本身仿佛就是智者和仁者的宏大影像。

一个人与一个湖或许本来没有多少实际的联系,然而这一个湖分明就是那一个人人生的岔路口。佛家人说,得就是失,失就是得。不知文非还记得那一次万佛湖之旅吗？倘若有一天他泛起了重游万佛湖的兴致,我愿推着他的轮椅在那道横亘在山水之间的大坝上,去找寻逝去在激情燃烧的岁月里的点点滴滴。

想到那一刻,我的胸中涌出一股难以言表的庄重的感觉。

(周旗,笔名舟扬帆,中国作家协会会员,著有小说、散文、报告文学和传记文学等作品。)

剩下的人

章宪法

我娘在电话里跟我说,大古树下的小客前几天走了。"走"在老家往往是去世的意思。老娘说这话时有些伤感,我宽慰老娘:"哪有人人都长寿的,平时确实要注意身体。"老娘听出了我的意思,立即纠正:"别瞎讲,他不是死了,是搬到城里去住了。"

一

在外工作好多年了,但我对小客还是有印象的。他比我娘要小十几岁,住在我家老屋前的大古树下。

我老家的庄子里曾有很多古树,后来陆续被砍了,只剩下这一棵。如果不是小客的父亲老二爷,这棵大古树恐怕早就没了。

这是一棵巨型黄连木,底部盘起的根有一人高,广有一丈余。那时庄子里小孩多,我们经常钻进去玩,但一看见老二爷,总是心生胆怯,不声不响地离开。

老二爷是个"木骨人",没听说有名字,大家一直叫他"二爷"。老家人说的"木骨",有点近乎木讷,但更多一点倔强的意思。老二爷没事时,经常绕着大古树转,不说话,不知干些什么。偶尔自言自语,也不知说些什么,纯粹就是发出声音。小时读到古怪人物,或古怪精灵,我都条件反射般地想到老二爷。

老二爷一家祖居在古树下,但老二爷真正住在这里,则是其中年之后的事。老二爷打小就出去跑船,实际上是被船主雇用当舵工。据说老二爷有一手操舵的绝活,能跑八面风,哪怕是顶头风,也能开顶风船。老二爷大半辈子研究风,听得懂风语,就是不喜欢与人言语。手艺好,但挣到的钱是船主的,老二爷回家种地前,穷得只有老婆、孩子。

老二爷长得瘦瘦矮矮,小时得过银屑病,头顶是一整块发亮的皮,像是小厂子生产的塑料壳。刚回来那会儿,庄子里的人对多出的这个人很感兴趣,试图找他闲聊几句。老二爷总是头顶红一阵紫一阵,眼睛盯着对方一动不动,然后什么话都没有,扯脚离开。

有一年,生产队(村民组)需要添置农具,犁耙、斛桶等。队长首先想到的就是这棵硕大的黄连木。滚圆,笔直,也不空心,树干几个人都抱不过来,哪里去找这样的用材?

几个木匠带着斧、锯来到树下,轻轻将斧、锯放在突起的树根上。树根如几凳。木匠们绕着大古树转悠又转悠,寻找最好下手的地方。老二爷绷着脸走了过来,也不说话,一脚将斧、锯踹了下去。

一个木匠叫道:"干什么呢?"老二爷依旧绷着脸,话没半句。一个木匠把斧、锯捡起来,吹吹灰:"大清早的,晦气。"百业有禁忌,木匠的斧与锯平时要背在身上,放下时也要放在一个高处。被人用脚踢了,以后会锯到手,或是砍到脚。

老二爷太木骨,没有人能与他沟通。队长过来对老二爷说:"二爷,你怎么不让人砍树呢?"老二爷道:"我家的。"然后,鼓着脸僵在那里,塑料片般的头顶又红又紫,还有清晰的脑门跳动。

队长差点笑出声来:"你们家祖上地没一亩,草没一根,哪来的树?树是队里的!"

老二爷的头顶转而血红,僵着脖子对队长道:"那你叫一声,把树叫答应!"

"那你把树叫答应!"队长的脸也僵了。

"我家的,不用叫。"老二爷的头皮紫了起来。

没法谈下去,队长把木匠带走了。

那时庄子外的古树更多,没必要跟一个木骨人嚼口舌。村里的古树一棵棵地砍,砍到最后,只剩下老二爷门前的这一棵。后来,老二爷去世了,大古树跟着大吼大哭了一场。

老二爷的老伴去世早,只有两个儿子,哭丧不是他们的强项。老二爷的棺材出门时,他们开始哭,声音小,也没有词。老二爷的棺材木质低劣,单薄,颜色也淡,像是红塑料做的物件,还是小厂生产的,并且有些老化。大古树呜地吼了一声,又呜地吼了一声。一根枯死的枝丫掉下来,在老二爷的棺材旁噗的一声。几个抬棺的中年人,顿时严肃起来。

老二爷就这么走了,留下了这棵大古树,还有树下的三间草房子。

二

老二爷在世时,房子上的稻草盖得整整齐齐,稻草上加盖的茅草也整整齐齐,一年有半年是新色,透清香。老二爷走后,房草一天天灰暗下去。

老二爷的两个儿子,平时都不在这房子里住。大儿子大客在大队(村)小学当老师,识字不多,相当于三年级教二年级,平时都住在学校,极少回来。小儿子小客长年在家公(外公)家。舅舅没有儿子,小客将来八成是要过继给舅舅。草房子是树下的一个摆设,偶尔有一些胆子大的鸟,从树顶落到老二爷家的房头。鸟们似乎相信,房上一准有好吃的,拿嘴在房草里翻来啄去,最后总是失望地返回树上,愤愤地在树头抱怨不休。

草房子已经准备自己趴下,有一天突然又崭新起来。是大客弄了些新鲜的稻草,将房子重新收拾了一遍。噼噼啪啪,一阵鞭炮,枫树上的鸟儿吓得一飞而散。庄子里的人这才知道,大客是要娶老婆了。

大客的老婆是个裁缝,结婚不久,草房里便传出缝纫机声,有时还有砂轮急转的尖鸣。大古树上的鸟少了,树下来讨衣服的人多了。鸟儿不喜欢金属尖鸣,似乎也不喜欢那些来拿衣服的人。

又过了几年,大古树上的鸟再次多起来,树下的草房子里突然没了缝纫机声。树下一派空空荡荡,再没有一个过来做衣或拿衣服的人。

——江南的铜矿过来招工,大客被招去当工人了。大客去了江南,便很少回来。每年草房翻盖新草,都是裁缝找人干的,从来没有老二爷在世时修得那么厚实。好歹一年也换新一次,有大古树挡风遮雨,房草盖薄点也不碍事。

大客总算又回来一次,上衣口袋上挂着两支水笔:左边一支,右边一支,"新农村"牌的上好铱金笔。大客是回来与裁缝办离婚手续的,没和庄子里的人打招呼,也不知什么时候走的。

不久,裁缝也走了。天黑下来,裁缝轻轻地拉开门,生怕惊动了树上的鸟。裁缝驮着包裹出门,身子靠在树干,抵得大古树都感到生疼。踩着掉下来的一块树皮,裁缝忍不住一声巨哭。一只肥壮的鸟,咕的一声惊恐而去。

裁缝回娘家了,大客的弟弟小客也长大了,大古树下的草房子盖上了瓦,都是大客出的钱。小客对大客说,舅舅的房子就是瓦的,花钱将这房子换新瓦,钱花糟掉了。大客没有同意,还跟舅舅吵了一架。大客执意将老草房换上瓦,对弟弟说:形势发展了,没有瓦房你怎么娶亲啊?

小客房子盖瓦时,来了十几个人,年老的,小青年。酱色老棉被一样的旧屋草,噗的一声被掀到地上,好沉闷,好大的扬尘。小青年们在房上哈哈大笑,然后叮叮当当,敲敲打打,旧桁条上钉上椽子,椽子铺瓦片,墙还是老墙。

小客不久就娶了媳妇,邻村的姑娘。村里这几年,电影《海霞》放过好几次,很多家都贴着吴海燕,这年画我们家也贴了一张。我娘对着年画说:这女的,是照小客媳妇画的吧?

古铜色,青春气,年轻人都喜欢看小客媳妇。小客媳妇一进门,大古树下又热闹起来。小客媳妇在娘家的时候,就是"铁姑娘战斗队"队长。大凡月朗星稀,大古树下总有七八个年轻人,或男或女,小客媳妇一边比画,一边言语,悄声的。他们是做好事不留名的队伍,时常为生产队义务插秧、割稻,把收场的麦子脱粒干净,然后不让村里人知道。小客媳妇手一挥,大古树上一只黑乎乎的大鸟扑腾而去,"无名英雄"的队伍出发了。

后来,小客媳妇做了生产队的副队长。再后来,包产到户,小客媳妇年年带头卖余粮。大古树还是那么茂盛,只是树下没那么热闹了。

小客媳妇怀念做"无名英雄"的日子,时常晚上与小客聊起那些。小客不言不语,竖着耳朵听。忽然,小客打断媳妇的话:"一只鸟飞了,听到没有?"媳妇说:"长翅膀的东西不飞干什么?你有翅膀你也飞。"小客说:"不对,说不定是小偷。"

小客蹑手蹑脚地从后门溜出,果见大古树后一条黑影。小客操起一根劈柴,大喝一声:"什么人?"影子从树后走出来,呵呵呵,笑着说道:"是我呵。"小客说:"我以为是鬼呢!"转而问道,"大全,大晚上的你在树后干什么?"大全搓着手,边搓边说:"我准备上你家问一下,你媳妇出不出去卖唱呢?"

卖唱,就是到人家门口敲敲锣鼓,唱些好听的词儿,得一点东家的赏钱。

大全的家在庄子的东头,离小客家不足半里。大全人活络,特别有才,好几年前就在外搞副业。有一天回来了,拎了把椅子,搁到门外,坐在月下拉二胡。"洪湖水啊,浪呀么浪打浪……"

多么好听的二胡啊,二胡声一会像男的唱,一会像女的唱。对音乐的领悟与表现力,有人是与生俱来的。村里好多人围拢过来,小客媳妇也特别喜欢听。

大全差不多每晚都在门前拉"洪湖水",拉着拉着,放低了琴音。"洪湖水啊,浪呀么浪打浪……"小客媳妇越唱越亮。多么好听的歌啊,真的比收音机里的都好,过去怎么没听见她唱过呢？大全一揉弦,仰面朝天,努力让一粒又小又蓝的泪珠,不至于失措地滚到面颊。

小客媳妇与大全,真的出去卖唱了。第一个月寄回了几百元,第二个月寄回了一千元。这可是"巨款",一年种地的收入呢。第二年,小客一次收到媳妇寄回的一万块。媳妇给小客写了一封信,信是大全代写的。信中说,我们现在不卖唱了,那钱挣得太辛苦。我们现在"送菩萨",运气好一天能挣上千块,你在家也别种地了,带好孩子,管他们念书就行。

"送菩萨",就是给人家送佛像。当然,人要装作是和尚,或是尼姑,拿钱买一张"出家证"。送人一张佛像,给几百的人也是有的。

小客媳妇很少回来,几千几千的汇款单,小客总是不时收到。后来小客也离开了庄子,儿子考上了大学,女儿嫁到了外省,夫妻俩好多年没回村了。有人说小客夫妇在儿子家,有人说小客夫妇在女儿家,也有人说小客老婆和大全在城里做生意。没个准讯,只有大古树下的房子,切切实实地空着。

三

小客走了,庄子里的人其实早少了许多。大古树越发旺盛起来,树下却开始越发冷清：牲畜不见了,也没人上树修枝砍丫,春天一到,大古树想怎么长就怎么长。小客家的房子,瓦沟里面分明有几棵幼苗,尚站立不稳。

小客家的房子怕要倒下时,猴子拎着家当搬过来住了。

猴子本来名"侯",是他父亲给取的。据说,猴子的远祖曾经封侯,墓在村西北的一条冈丘上,阔阔大大的碑,爬有几根野藤。那座古墓有很多传说,有一次我回乡,村主任找我说,那是个名人墓,就是不知道是哪位名人,你找个专家鉴定一下,说不定能搞旅游开发呢？

这事我还真不好推脱,便找了几个文物专家到墓前转了转。专家又是拿放大镜,又是用清水淋墓碑,最后叹了一口气：风化太厉害,是块宋碑,墓主是个有身份的人,碑文无法辨识,总不能把墓给挖开吧？

我娘给他们做了一顿柴火饭,开饭之前,他们拿着相机绕着大古树拍来拍去,说这样的黄连木,深山里都没见过啊！

专家来的那天,猴子特别兴奋,祖墓上砍草、铲土的事他都争着干。要不是专家拦着,他当场就将祖墓刨开了。猴子不甘心地放下铁锹,悄悄问我墓里埋的"墓名字",是不是宝贝?我说不是"墓名字",是"墓志铭",也就是一块刻字的石头。猴子听罢,像是口袋里的银子冰一般化了,满是湿漉漉的失望。

猴子的脑子不太灵光,父母死得早,老早就一个人在庄子里跳上跳下。长得脸腮瘦削,手脚蛮长,走路如攀缘,庄子里的人这才喊他"猴子"。

猴子的家原本在庄子的东头,房子是土坯的,风吹倒了。猴子说,他给了小客一千块,小客把房子卖给他了。

猴子倒掉的那个屋,距大全家不远。猴子三十多岁了,也没娶上媳妇。大全在外面挣了不少钱,猴子央求他带上自己。从此,猴子就跟大全、小客媳妇一道在外"送菩萨"。有一天,猴子给人送了一张佛像,伸手去接百元大钞时,钱被另一只手接走了。猴子扭头一看,是个警察。猴子瞪着眼睛道:"这是我的!"

一直到派出所,猴子都用眼睛瞪着警察。警察问道:"你叫什么名字?"猴子说:"我叫猴子。"警察在纸上一边写一边问:"家住哪里?"猴子这次脑子灵光起来,撒了个谎,没有说自己的新家,回答警察:"在海子家后头。"警察又问:"海子是谁?"猴子回答:"海子,就是海子呀。"旁边的一个警察问猴子:"你家旁边还有谁?"猴子说:"二奶奶。"警察放下笔,问猴子:"二奶奶是谁啊?"猴子一脸不屑,哈哈大笑:"二奶奶就是二奶奶,这个你们都不知道?"

两个警察互视了一眼,拿笔的警察过来对猴子说:"你干这个是违法的,是要坐牢的。"猴子一听坐牢,哇的一声就哭了:"我不想死啊——"警察说:"诈骗要坐牢,不是判死刑,你哭什么?"猴子哭得更凶了:"你别诈骗我,坐牢不死,那海子是怎么死的?"

海子真的是猴子的邻居,年纪跟猴子大致相仿,人更活络,时常带猴子跑这跑那。有一阵子,邻村发生多起入室盗窃案,也有说是入室侮辱妇女,好几个警察开着车到了村里。被问话的留守妇女,只说家里丢了东西,不承认还有其他的事。这附近好几个村,在家的年轻男人并不多,会不会是海子呢?警察把海子带走了。后来,海子的家人接到通知,带回了海子的骨灰盒。有人说海子被枪毙了,也有人说海子被"劳改"死了。其实海子是病死的,警方还赔了海子家一笔钱。

猴子坐在椅子上越哭越伤心,伤心到一屁股赖在水泥地上。警察再问什么话,猴子只顾哭。一个警察上前扯了扯猴子的衣领:"我再问你一句,你以后还干不干诈骗了?"

"打死我也不诈骗了!"猴子仰起头,一滴泪砸到水泥地上。

猴子回到了村里,再也没有出过村子了。

猴子买了小客家的房子,又买了副麻将,然后跑过来对我娘说:"我开了个麻将室。"我娘问:"你天天跟人打麻将,不过日子啊?"猴子说:"我不打麻将,那是违法的。"我娘说:"那你还开什么麻将室?"猴子说:"他们打,我收十块钱,一天四十块呢!"

猴子笑着就走了。快到家时,又折了回来,拼命地拍着自己的脑袋,对我娘说:"差点忘了,我是来告诉你话的,这事千万别跟别人说。"

猴子对我娘特别尊敬,我每次回去,他只要看见,都跑来递支烟,窸窸窣窣,拿重了怕捏断,拿轻了又怕掉下去。每次打开烟盒,都歪着烟盒在里面找,好几次找出来的都是"中华"烟,那烟盒好像是"黄山"的,有时是白烟盒,有时是红烟盒。猴子以为,我是"主席",并且把文联主席说作"文化主席",因为我带有文化的专家来过村子。在猴子的眼里,"主席"属于很大的官。

到猴子家打麻将的,其实只有四五个人,有时都是老头,偶尔也有老太太坐在桌上。早早就来的,通常都是老程。

老程抢先坐在桌子的上方,这样可以腿肚子朝上。下方座位上人的腿肚子朝外,据说会输钱。老程一坐下,就开始打电话催人过来:"还不快点啊,就差你一个人了!"老程每次都这样说,"三缺一"时这样说,"一缺三"时也这样说。

老程六十开外,早年是个民师,老婆很标致。老程成天乐呵呵的,两三年时间,一连生了两个女儿。当然,后一个女儿是偷着生,否则就要做绝育手术。老程把老婆送到娘家,一直生到第四个,终于生下了一个儿子。得到消息,老程伏在办公桌上,"哞哞哞——"哭得像头牛。

很快,老程想哭都哭不出来了。违反政策,老程被开除了。

家口太重,老程在村子里拼命地种地,谁家人外出耕地撂荒,老程都捡过来种,种得头都快垂到裆部了。终于有一天,老程昂起了头,见到人就问:"我家有六亩好地,你种不种?"

老程熬出头了,三女一子读完初中就外出打工。如今,三个女儿都嫁在了江苏,大女儿家还有一爿很大的厂子。儿子也在江苏,开的是一爿铝合金店。

儿子时常给老程打电话,说店里要进货,能不能给点钱。老程绷着脸,猛抽一口烟,开始给女儿们打电话。打给小女儿,说你妈身体还好吧?小女儿说:"好得很,您放心。"老程一副很不高兴的口气,对小女儿说:"你妈给你带孩子,不是你用人呵!害我一个在家里,饭都没人烧。"

然后,让小女儿打三千块钱。然后,又打电话,让二女儿打三千块钱。然后,再打电话,让大女儿打一万块钱。大女儿在电话问:"你又要钱干什么?"老程道:"没事打个麻将,不行吗?不是你们,老子现在有一万退休金,哪里要厚着脸皮找你们讨,像个叫花子!"

女儿们都被老程这么说过,最终结果都是掏钱。后来凡是老程开口,女儿们基本都不问为什么。嘀嘀几声,钱就到了老程的手机里。老程拨通儿子的电话:"只有一万。你做生意,怎么跟老子打牌一样,场场都是输呢?"

老程时常抽一点好烟,也递给别人。一般人都问,抽这么好的呀?老程开怀大笑,儿子孝敬的!接着,老程都要夸一通当小老板的儿子:江苏钱好挣,一年呢,好歹也有个几万块,给老子几条烟算个啥?

老程不是一个说假话的人。本钱都是老程的,收入都是儿子的,儿子的公司想不盈利都难。

有一天,猴子兴冲冲地跑来叫我娘,你快出来看一看,马上要放烟花了,湖南浏阳的"大家伙",一百多块一个!

我娘问:"你娶媳妇啊?"猴子说:"哪里呀,老程买的烟花,今天他赢钱了。"

正说着呢,烟花已经炸起来了,带着白烟冲到了枫树顶。几只鸟很不情愿地飞了起来,拍着翅膀,没叫一声。

四

自从放了烟花之后,老程的手气应该好了不少:隔三岔五,都能听见树下的烟花声。我娘还是出门看了一下,大白天的,依旧只看到一股白烟。

过来一个挂拐杖的人,说:"大姑你在家呢。"我娘定睛一看,大叫起来了:"哎哟,大舅啊,老狠了。"

大舅不仅老了,还少了一条腿。垂悬的裤管左右摆动,偶尔拍打一下另一只裤管,表明里面连空气都一点不剩。

大舅是我娘的一个远房族兄,年轻时离开了村庄,在外面工作,现在已经退休好多年了。我娘问:"你回来看看啊?"大舅说:"回来找猴子商量一点事。"

大舅是猴子的堂叔,猴子是大舅在村里亲缘关系最近的侄子。村里没有至亲,大舅退休前、退休后,一直很少回庄子。

大舅在猴子家坐了一会,然后就拄着拐杖上车了。车停在村口的水泥路上,我娘出门时,大舅已经坐进车里,只剩一条裤管贴在车外。大舅把裤管拎进车内,车门砰的一声,留下尾气,车头一点,屁股一颠,没有声息地爬上冈丘。

猴子大约是送大舅上车回来,我娘问猴子:"你也不留你叔吃顿饭?"猴子说:"他来向我要块地,我没答应,他就走了。"

大舅的女儿、儿子都在美国,他退休后到美国住过一阵子,又一个人回到县城了。"美国多好啊,你怎么跑回来了?"同事见了都挺奇怪的,大舅说:"好什么好啊,狗叫都听不懂。"

大舅就这么一个人住在县城。年纪大了,不小心摔了一跤,大舅是吃过苦的人,觉得忍几天就过去了,结果越忍越严重。上医院不及时,一条腿被截肢了。大舅这次找猴子,就是想找猴子要块地,把那条腿先埋了。

我娘对猴子说:"你这伢真不懂事,你家地又不种,留着吃啊,给块地咋地呢?"猴子眨眨眼:"他腿埋在那里了,他死了,还不跟腿埋在一块?"我娘很生气,说:"你这个猴子真不是个东西,傻到老婆都娶不到,算小账比鬼都精明。你打个电话给你叔,把腿埋到我家地里!"

被我娘骂了一顿,猴子尴尬地笑笑。看到我回来了,猴子又弓着腰跑了过来,一过来就递烟。

烟是从裤子里掏出来的,居然是一盒未开封的"南京"。猴子说,老程最近运气奇好,赢了钱,女儿回来还带了两条"南京"烟,老程给我们一人发了一包。猴子递过来一支,把剩下的也要塞给我,说这么好的烟,真是吃瞎掉了。

我掏打火机的时候,猴子凑了上来,说:你知道的多,我想把祖坟修一下,不犯法吧?

修祖坟有什么犯法的?猴子对我的回答,还是不放心,指着大古树前说:"就埋这里,不挺好吗?"

"你是说迁坟?"我一直以为,他是说将祖墓修葺一下。猴子回答:"是的。"

我告诉猴子,你那祖坟是宋墓,迁移是要报告文物部门的,具体要由他们来操作。猴子急了,说要是墓里挖出宝贝,他们不会要跟我平分吧?我说,出土文物,都归国家。

猴子呆了好一会。"不修了,门前葬坟不好。"猴子说。

猴子有些事还是很精明的,说得也准。大舅的一条腿,后来就埋在我娘给的一小块地里,接着又开口再要了更大的一块。

大舅去世了,女儿和儿子从美国赶了回来。他们坐的车,停在村口。大舅的女儿给我娘磕了个头,然后掏出一沓钞票,说这是大舅买墓地的钱。我娘从她手中抽出一张,说:好了,这块地永远归大舅了。

大舅的女儿又给我娘磕了个头,说我爸去世前,一直在说大姑您好。我娘说:"大舅是好人呢!"

大舅是好人,我娘老早就这么说的。那时大舅在一个区里,当分管财贸的副区长。我娘去找他,说,马上过年了,孩子想吃糕饼,大舅给批个条子吧。大舅说:"大姑啊,村里一百多户,找我都是这个事,我怎么写条子呢?"我娘很失望,起身离开。快出街口,大舅追了过来,说:大姑你家孩子多,这张供应票是我自己的,可以买一斤红糖、一筒麻饼。

一筒,就是十个。

物资匮乏的年代早已过去,一百多户三百多人的村庄,远远地离开了贫困,人也一批批地离开了村庄。留在庄子里的,只剩一个零头。

大舅安葬的那天,在大古树西边临时搭了个凉棚。大古树算是村庄的边缘,村庄旧俗:在外地故去的人,是不能再进村庄的。

大舅的家人带来了一班吹吹打打的人,排在大古树下猛力地又吹又敲。弯弯曲曲的管子,发出巨大的声响,铁皮里似乎传出一股焦煳味。大舅的女儿和儿子站在乐队中间,有时跟来客握手,有时给来客鞠躬,吹打声代表他们的哭。

我娘过去烧了一摞纸,放了一挂爆竹。唢呐尖锐,架子鼓急促,庄子外的植物绿得发亮,豌豆有的开花有的结实,百年不遇的丰收景象。

我娘给我打了个电话,告诉我大舅安葬的事办完了。我娘口气很平静,说一大班人都走了,就剩下大舅。

(章宪法,中国作协会员,明史学者,安庆师范大学客座教授,铜陵市作协副主席。著有《苍生鬼神》《明季闲谭》《明朝大败局》《明朝大博弈》《海上大明》《国器之邦》《大明拐点》等,诸多散文见诸《人民日报》《读者》《北京文学》《青春》等报刊。)

乡事三章

张建春

门　事

我7岁那年,村子里发生了一桩大事,麻叔家的大门被摘。我说的是摘,而非砸。像摘辣椒摘茄子一样,被摘了去。

摘大门的是邻村的四疯子,他有备而来,拉了架子车,麻叔蹴在一边,由着四疯子摘门。麻婶疯了样阻挡,没用。四疯子把灰泡泡的两扇门扔在架子车上,头也不回地拉走。车胎吃上了劲,瘪了一半。

麻叔推牌九,把大门输了。呼天抢地的哭闹声从黑洞洞的门豁里冲出,麻婶尖锐,麻叔沉闷,倒像是没有伴奏的二重唱。

麻叔家败了,大门被摘,比死了亲娘老子还悲怆。

门被摘和锅被拎是丢不起脸的大事,八辈子抬不起头。左邻右舍乡里乡亲,抬头不见低头见,闹点矛盾正常得很,闹急了,闹狠了,上户砸门,就是天大的事。砸和摘还不一样,砸破了的门能修,摘去的门就回不来了。

村里发生过大门被泼上大粪的事,那是妯娌俩闹事,家里的事情,相互泼,没过上几个年头,风吹雨摇,臭气去了,两家又和好如初。

麻叔家的门是祖传的,松柏木,厚沉,黧黑光亮,夏天炎热,松节还吱吱冒油。麻叔家的门和房子不匹配,房子破旧,土墙草顶,估估价,三间破房子,不值两扇门的钱。

麻叔本是不赌的,架不住四疯子劝,三下五除二,输个精光,连带上了装面子的大门。有人悄悄话,四疯子早看中了柏木门。但也仅仅说说,愿赌服输,有逼娼没逼赌的。

土里扒生活，日子难熬，摘了门，再装门，还真的是件难事。那年春天，我常看到麻叔带着比我大不上几岁的儿子大川，在房前栽树，树是松树。大川告诉我，等树长大了，打一副门，安在门洞上。

麻叔没熬上几年，一病不起，睡进了老坟地里，睡的是水泥棺材，十几块钱，还是村里人凑的。据麻婶说，麻叔死不闭眼，手指着门洞，做着关门的动作。在我的记忆里，麻叔死后的不少年里，他家无门，全靠一挂草帘子，象征性地划出家和外面的界线。好在家徒四壁，有门无门不紧要。

麻叔一死，打麻婶主意的人不少。寡妇门前是非多，何况是无门紧闭的寡妇。麻婶刚烈，四处放话，跨进麻叔家的门，就是麻叔人，生是他的人，死是他的鬼。四疯子也掀过麻婶家的门帘子，麻婶和大川持锹拿锄，一顿猛追，大喊，要杀了仇家。

摘门的人是仇家，四疯子自然是仇家。

麻叔家门前的松树活得葳蕤，齐刷刷地长，但离能打门还有长长的年头，麻叔家的门就一直豁着。豁着的门是村里的活教材，说赌钱的坏处，吓得我们听到"赌"字就发抖。不过效果明显，许多年里村中无赌事，以后的日子里，也没出过赌徒。

大川对门渴慕，他和我是好朋友，常倚在我家的门框上，摸着门闩、门钉，半天不吭声。他对我不止一次说过，就怕过年，三十晚关大门，年初一开大门，他不知怎么下手。三十关大门，初一开大门，是乡间十分重要的仪式，关门炮、开门炮要放得山响。大川家都免了，无门开关，关住了，风一吹，草帘子就撩起了。不过，大川家的春节门对子写得讲究。大川写得一笔好字，龙飞凤舞，对子也是自己编的：金门面对千棵松，草房胸怀万顷田。不工整，却独特。

我离开村子外出求学，不多年大川给我写信说：门装上了，用的是门前碗口粗的松树。大川家终有门了，我暗自高兴，忙回信祝贺。后来家人和我说，装门那天，大川在麻叔的坟前放了一万响的鞭炮，还给麻叔的坟披了红。

时光的刀子又砍了许多年，再见大川，大川已今非昔比。大我几岁的大川比我显得精神，凑一起就说到了门。大川告诉我，被摘了去的门，又回归了，我吃惊。大川三言两语，又说出了另一段故事。

四疯子也已老得不像样子，却主动找上了大川，要把摘去的门还他。大川先是拒绝，但麻婶发话，收回。大川听麻婶的，给了四疯子一把钱，算是买下了。大川叹口气，钱够四疯子养老了。

大川和我商量，他想出资在村子建个乡村博物馆，展示农家事，其中有展室，专门展览乡村的门。乡村的门形形色色，有展头。我当然支持，实际上我心里明白，大川要展的是自家的门。

匠　　事

过往乡间多匠，木匠、铁匠、瓦匠、铜匠、茅匠、篾匠、劁猪匠、白铁匠、杀猪匠、剃头匠，各行其是，一提溜一大串。黄金万两，不如一技在身。匠是技的另一种说法，称得上匠，手法得精湛老道。

劁猪匠来了，一村子小猪乱窜，也仅是听嗷嗷叫，劁猪匠手脚麻利，割、掏、缝，三下五除二，小猪去势，转眼欢快，食拱得更凶。顺带着劁狗，狗反抗，多不是劁猪匠的对手。木匠、铁匠是力气活，声响不断。匠人出彩，做出的家具、铁件得经得起评，结实和锋利是主要的。铜匠、篾匠来得少，修修补补，盆通了、锅破了、碗裂了、席烂了，属于铜匠、篾匠的修理范围，犹如破衣服打补丁。

不过所有的匠中，茅匠给我留下的印象最为深刻。茅匠做屋顶上草的活，给屋顶铺草，拾掇风吹日晒鸟掏虫蛀的漏子。

我六七岁时，家里的茅草房屋漏，逢阴雨，家里没个待的地方，奶奶念叨着天晴请茅匠。

天放晴，把茅匠请到家，茅匠瘦得像一杆草，瘸着条腿，称为瘸三爷。搭梯上屋，凑下手的人，把稻秸、麦茼、荒草递上去，瘸三爷半卧在屋顶上，东扒、西塞。大半天工夫过去，他瘸着腿顺梯下，拍拍手，说，拾掇好了，包不漏。听得我一惊一乍，暗暗佩服。

瘸三爷手艺好，十里八里的都请他，上无片瓦的乡村，茅匠少不了。瘸三爷瘦过了头，按乡人的说法，斩斩只有两瓦碟。但正是这瘦，成全他成了个好茅匠，身轻压不坏屋面，屋子本来就孬，换个五大三粗的，屋顶早被压趴了。

三爷本不瘸的，年轻时跟着师傅学手艺，猴在屋顶上，四面来风，看到邻家的小媳妇正在院子里蹲茅坑，多看了几眼，一失足从屋顶上跌了下来，折了条腿，从此。上房下屋、平地里走，总是一颠一颠的。

我不止一次看过瘸三爷大显身手的时候。村里起房，瘸三爷干的是最后一道活，瓦匠砌墙泥墙，木匠叉八子上梁，篾匠绑竹子铺芦席，上梁的爆竹硝烟味仍在，瘸三爷上场了。他身轻如燕，在屋顶上更像一只猴子，腾挪自如。他接过一把把或稻秸或麦茼或荒草，从正梁脊上铺起，一路顺风顺水下来，草们若列队的士兵，平平整整，听他的号令。

瘸三爷铺好的屋面，波澜不惊，如要形容，则是平静的水面漾起的细波。他铺草讲究，脊处用荒草，之后是稻秸，近屋檐铺麦茼，荒草褐红，稻秸浅黄，麦茼金黄，色彩跳动，远远一瞅，纹路明晰，新房的气势就出来了。

除了瘸和瘦，三爷长相不丑，但仍是光杆一条。年轻时看人家媳妇光屁股，坏了名声，手艺再好也不引人。念瘸三爷好的人也多，他上房干累活，一饭饱一天。工钱不讲究，几升米，半袋山芋，给了，他多谢半天。不给，他也不怪，好歹混饱了肚子，何况乡里乡亲的，抬头不见低头见。

瘸三爷绕着房子三圈，就能看出房子的毛病，修补拾掇手到擒来，不过最喜欢盖新房，他出手总能翻出花来。有几年，瘸三爷热衷于给新房子开天窗，天窗开在南面的房顶，安上玻璃，白天通阳光，晚上透星月，让窗户长在了屋顶上。想跟瘸三爷学徒的人不少，三爷多不愿，最终收了小仓。小仓是孤儿，他一并收了做儿子。小仓也瘦，瘦得风一吹就飘。

许多年里，我和村里人，总是看到两个瘦瘦的身影，在村子的周边飘来飘去，上房下屋做着草活。

瘸三爷最终死在了茅匠手艺上。大夏天，烈日炎炎，他和小仓猴在屋顶拾掇，突然风暴远远袭来，手头活快结尾，瘸三爷打发小仓下。风暴临身，瘸三爷太轻，被卷下了房子。

乡村最好的茅匠死了，随之是一连串的匠事在乡间消失，比如锢匠、劁猪匠、铁匠、篾匠。乡村安静了不少，也落寞了许多。

又过了若干年，我回村，村早不是过去的村子，市声喧嚣，已是城市的一部分。有意思的是，我又见到了茅匠，还是一个群体。茅匠的头儿是小仓。茅屋匠心，为小仓创建的公司名字。小仓说，公司专做茅屋，工程多，做不过来。我诧异又不诧异，如今茅屋别墅、茅草亭子，不少见。小仓得过真传，肯定做得好。

去小仓办公室，迎面有诗句《茅屋为秋风所破歌》，还有油画，瘦如干草，长翅膀临风，题为"茅匠"。小仓要我题字，我写得差，还是写了。匠死心在，为匠心。

水　　事

知道水事大，是六七岁时。上下郢子，为水打过一场死架。

那年大旱,旱得田地龟裂,点把火就能把田地烧着。救命水从上游的水库游来,小河一时间丰满,说好了上郢子用上半夜水,下郢子用下半夜水。水太金贵,上郢子的人变卦了,强行让水断流,下郢子的人眼巴巴望着自家的田地干渴。

下郢子人疯了样持锹带锄地冲向断流的水坝,上郢子人誓死保卫,一时间打成一团。好在有明白人出来制止,才没有命案发生。

认输的是下郢子人,让上郢子的田地灌足了水,才用上水的尾巴,轻描淡写地扫过张着嘴的土地。上郢子人强势,下郢子人打不过他们。无水的庄稼苗稀根弱,一年的收成减了七分。

我家住在下郢子,减收的年成饥饿来得早,走得迟。我常在饥饿中半夜醒来,盼着天早早明了。

记得春节刚过,下郢子人就下了地,刨开冻土挖塘,下了死决心要把水留住。肩挑手挖,日夜不停,终于在上春头,一口十多亩大小的方塘,平地凿眼落成了。塘连小河,还没到夏天,一塘水就漾动着碧波。

水调雨顺没过几年,大旱又来了,旱得天昏地暗,连小河上游的水库也放不下水来。

方塘成了救命的水源。下郢子人组成了护水队,一天二十四小时不离人,拖锹放水,也让水细细地流下,彻头彻尾地抚摸每一棵庄稼。突然,下郢子的护水队一夜间撤了,水往低处流,上郢子人想偷也偷不了。

不过,下郢子的人家户户将门虚掩着,拨亮了灯盏,让昏昏的灯光洒出去。夜晚,我听到了水桶碰撞的声音和扁担负重的呻吟。妈妈摸着我的头,告诉我,是上郢子人在顺水呢。妈妈说顺,不说偷,让我的心颤了颤。拨亮的灯光、虚掩的门,是为顺水的人留路呀,我的心又一动。

上下郢子的人开始走动,小河自此变得通畅,上下郢子人,每一个冬闲都约好了一般,精心地疏浚和打扮它,挖深河道,加高河堤,甚至在河埂上栽下一排排刺槐树,在春天里开出排山倒海的香来。放水抗旱天,上下郢子人联合看水,让水均匀地流向高高低低的土地,似乎再难看到焦黄的土地,禾苗青青,日子好过了不少。

看水的日子,常有乡村的爱情发生。二顺是下郢子的后生,大曼是上郢子的姑娘,他们在照看水的流动时相爱,牵着手在河堤的槐树下走过所有的浪漫。槐树做媒,他们爱得黏糊、实诚。

槐花盛开天,他们举行婚礼。河水平缓,上下郢子里的人聚在一起,热热闹闹,二顺和大曼十指相扣,目光含情。二顺和大曼父亲的双手也紧紧相握,老茧叠加,如泥土般摩擦。他们曾是上下郢子抢水的牵头人,争斗中留下的伤疤,仍在雨天隐隐作痒。水浇灌了收获,洗去了污垢,也让过往的伤疤变得透明。

若干年后,上下郢子消失了,搬进了一幢幢高楼里,通家的路是一个个升升落落的电梯。不过小河、方塘依然,它们已成了一抹美丽的风景。

(张建春,安徽肥西人。中国作家协会会员,中国诗歌学会会员,中国微型小说学会会员。作品散见于《人民文学》《诗刊》《人民日报》《光明日报》等报刊。出版散文诗歌集《向阳草暖》等。曾获安徽省社科奖[文学类]、中国微型小说年度奖等。)

小麦喊着我的小名(外一篇)

叶 静

有什么让我觉得羞愧的呢？从广阔的田野上走过，穿过晨雾和春风，泥土的气息带着乳香，露珠的明眸四处张望——我一一答应着来自静寂中的呼喊：欸，我在这儿！

小麦喊着我的小名，喊着晨风、露珠、暖阳的小名，喊着地葱、野蒜、酸蓟苔的小名。她在料峭的寒风中，还没来得及梳理稍微散乱的秀发，就用苗条的手臂挽住一缕晨风，拈起一片朝阳，向一个似曾相识的早行人发出呼唤。大地宁静，婴儿酣睡，小麦懂得黎明是一个起点，而晨曦中的脚步是一串逗号。

也许有一两只鸟儿应和着，像我一样，从麦田走过。鸟儿并不隐讳去年冬天曾在麦地里偷偷衔走一粒麦种，恰恰是这粒种子落在了鸟窠之下，今春才冒出了一茎绿色的新苗；而聪明的鸟儿就是从这株新苗发现了春天，它振动羽翼，决意趋往另一棵树去。村庄还没有完全醒来，我和鸟儿在麦田边上相遇，朦胧中互相不可言说的情愫像晨雾，像朝晖，像水汽，弥漫在熟悉的麦香里。

也许还有几只虫子的初鸣跟着应和。春晨的寒意并未影响小生命的蠕动，因为地气的温暖，它们活着，活到另一个年头。只是，它们依然记得自己的小名：蝼蛄、蝈蝈、金铃子、油葫芦……一个冬天也许过于漫长，就像母亲对于儿子远走他乡，很久没有喊他的小名了。这些省略号似的小名，在麦棵间蠕动着，是生命的象形符号，是春天蛰动的音符。

我的小名也是这样一个音符，大地盛放着它，抑或托举着它，像露珠，虽并不晶莹；像麦粒，虽缺少淀粉。然而，春天呵一口气，我们就在无边的诗意中踮起脚尖，遥望麦浪起伏，嗅见麦香弥漫，听见麦笛响起。在前面更前，在村庄旁侧，哪怕是昔日少小顽童，或青梅竹马，他们站在小麦中间，站在油菜花和马铃薯中间，站在古老的乡音和习俗中间，喊着我的小名，喊着不为人知却带着面条一样长长的故乡方言韵尾的小名。

我的小名被父亲母亲喊过之后，被水稻小麦蔬菜喊过之后，还被桑园边的风喊过，被花园边的蝶喊过，被小溪边的石菖蒲喊过。我记得第一次跟母亲来到茶园，半掩在晨雾中的大妈大婶们，争先喊着我的小名，跟着吃鼻子花过来了，老鸹蒜过来了，马兰头过来了……这些家乡土地上和我一样有着春天气息的小名儿，聚到一起，像开会，像过家家，像修一回小名的谱牒。母亲把我交给大地，交给那些有着绿色小名的植物，她自己也成了茶棵中的一株，她的巧舌，也成了姑娘嫂子们羡慕的雀舌。

后来，我知道雀舌是一种兰花茶，制成后形似雀舌，倘若有诗人的想象，雀舌是会吟唱的，"雀舌莹然吐玉音"，我觉得那玉音中，就藏着鸟儿们的小名，否则，怎么一只鸟儿刚刚鸣叫，其他的鸟儿都跟着应和起来，一时间应接不暇，啁啾满林。

是啊，这土地上万事万物，都有自己的小名，何止小麦、野菜、野花与尚未知名的鸟雀。

小麦永远喊着我的小名，大麦、荞麦、莜麦和大豆、高粱、谷子，都跟着喊我的小名，同时，我也喊着它们的小名：玉榴——是喊玉米；小粟——是喊谷子；榴稷——是喊高粱；卷筲箕——是喊卷豆……多么亲切的乡音啊，所有的被乡音磨光棱角的小名，在四时八节的风风雨雨中，像小河边上的每一颗鹅卵石，握在手里无不感到圆润可亲。

不是所有的小名都被小麦喊过，被故乡的风喊过，被雀儿们喊过，陌生的过客，哪能听懂这些来自土地的呼唤！知识青年上山下乡那会儿，小麦亲昵地喊着他们，喊着他们来自城里的学名——它以为那就是小名，然而他们听不见，或者听不懂。他们拿着菜刀或是镰刀，到畦垄间去割韭菜，韭菜煎鸡蛋是属于城乡人共同的美食。他们把韭菜割回来，洗净，煎了鸡蛋，可是怎么也嚼不烂——他们把小麦当成韭菜了。怪谁呢？小麦曾经喊过他们的小名啊，不，学名，那时他们的小名还留在城里的爸爸妈妈的思念中。韭菜无语，锋利的刀子割去了一茬春天，好在"夜雨剪春韭"，过两天，韭菜举着"懒人菜"的小名，齐刷刷铺满地畦。

家乡发小范泼儿最怕他父亲到学校喊他的小名。那位穿着黄大衣的老头儿一旦在窗户边上出现，范泼儿就赶紧抢在父亲开口之前逃出教室。谁知他越是这样躲避小名，越是遭到同学们的讪笑，课后一个个模仿他父亲的口气和音调儿，对着他一个劲地喊他的小名。后来他懂事了，看到老父亲腰弯如犁的样子，干脆在身份证上用了小名，以致现在连他的大名我们都想不起来了。

我们那地方叫榆树拐儿,地方小,乡音纯,几乎每座山每条河都有个小名,疙瘩岭啊,枞毛尖啊,癞痢崖啊,毛狗垄啊……山水尚且如此,人更不必说了。所以啊,当庄稼喊着你的小名,时令喊着你的小名,或者一棵树、一条河、一栋老屋喊着你的小名,你别惊讶,也别羞赧,小名是父母赐予的,是爱的内核,是亲的甘瓤,是温软柔韧的甜心。

我永不拒绝小麦和它的伙伴喊我的小名!

每颗大豆都睁着圆圆的眼睛

立秋,大豆开始饱满。大豆的孕育只需两个多月,这比人类要简捷。在如火的炎夏里,大豆自撑一方阴凉,渐渐蕴蓄母性的情愫。

乡下的大豆多种植在窄长的田埂上,单行,等距离,间隔一足之距,男人女人赤脚都能从它们中间走来走去,除草的锄头也能从它们的脚下走来走去。开花的时候,白色或紫色的小花是大豆们喜悦的交流语言,花香细细的语音,氤氲在绿色田畦的旮旮旯旯。

大暑开花寒露角。角,豆角,大豆温馨的居室,三室两厅或两室一厅,不要相信这是上天的设计,其实这是大豆自家的架构。这里的居民,只要能圆满金秋的梦,到时候都能欢欣得滚出泪花。大豆一笑,天就高气就爽,就会有人跟着高唱"喜看稻菽千重浪,遍地英雄下夕烟"。

也许,乡下的大豆压根儿听不惯喊它"菽",甚至误以为是"叔"。其实,菽作为华夏谷物最主要的种类,岂止是叔伯辈,简直是高祖。5000多年前,它就和稻、麦、黍、稷一起,被称为五谷。《神农书》有"大豆生于槐"的记载。《诗经》有云:"中原有菽,庶民采之。"

收获回来的大豆,像睡熟的婴儿,被秋阳拍醒。这时我们就看到,每一颗大豆都睁着圆圆的眼睛,打量秋天,打量谷场,打量怀抱它们回来的农夫或农妇。在圆圆的簸箕和竹筛里,或者圆圆的谷箩里,不同"家庭"的大豆终于走到一起,开始切磋,交流,感知,甚至产生肌肤之亲。谁也不知道,下一刻,等待它们的,将是水深火热,是遭受煎熬,是历尽坎坷。

在水深火热中蜕变、再生,是大豆们共同的宿命。

深冬,雪花飘飞,大豆们赤身裸体,接受严格的目光审视和苛刻的筛眼验证,然后被石磨碾碎,被开水泡烫,被石膏点化,被刀子规划,成为餐桌上白玉无瑕的佳肴。

俗语说,千张有头,万张有尾。这第一页千张被压在最底层,成了受桎梏的典型,而后一层一层堆叠上去,最后承受敲骨汲髓的重压。千张单薄瘦削的身子终成一张纸,你可以在上面涂抹山肴海错的鸿文,也可以在上面书写含辛茹苦的诉状。

在油锅里走一遭,生腐应运而生。别看这胖胖乎乎的一族,它们那飘虚浮肿的命运,那备受煎熬的平生,不正是"生不如腐"的写照吗?我看见巨大的捞篱在油锅里,像收割机一样收获那些焦黄憔悴的条形、球形果子,看见那些老油在上面泛着热辣辣的亮光,就不寒而栗,就想起悲剧作家笔下那些悲欢离合的人物命运,何曾如生腐所承受的痛苦凄切深沉!

还有在黑暗中把生之肉体发酵成死之精灵的大豆汁液,我不忍心把它称为"酱油",因为一不小心可能呼为"将由"——将由石碾粉碎,热锅熏蒸,暗室变异;将由烈日暴晒,棍棒伺候,时间幽禁;将由巨手在伤口上撒盐,在躯体上汲油,在灵魂上标签……金色的大豆被涂抹成乌黑的色泽,去调和世间千差万别的苦涩与腥膻。

最倒霉的还是坏了名声。大豆们做梦也不会料想到,经受了水深火热的煎熬与压榨,病变成霜鬓老翁或者垂垂老媪,遭受暗无天日的长久禁锢,此后,居然将其命名为"臭豆腐"。多少双觊觎的眼睛盯着,多少双饕餮的筷子夹着,多少红白清爽的口齿喊着咕着。倘若豆秸在旁,目睹这一情景,岂止想起"豆在釜中泣"的悲切,莫不焦襟自燃,要一发草民之火了。

豆浆、豆腐、千张、生腐、酱油、霉豆干、臭豆腐……一干涅槃的大豆子民,生生不息,代代相传。当它们遭受苦难时,神佛们无动于衷。由是,每当小年祭祀灶神的时候,父母要我三缄其口、不乱说话,我偏要以秽言诳语亵渎他,以不敬之举贬损他。作为一个唯物主义者,我不相信天上或地上住着神仙,然而我坚信神住在人的意念里。一个人如果失了神,他就会落寞、委顿、痴愚、涣散,一如豆浆如果离了石膏,就不会凝结成豆腐,也就做不成千张、生腐了。想到此,我以为豆腐及其兄弟姐妹才是我们日常生活中的神,设若离开了它们,我们有滋有味的日子会突然失去神韵。面对视众生如草芥的所谓神灵,我若怒目如大豆,定当有人怒目亦复如我!

每一颗大豆都睁着圆圆的眼睛,我们不要哀其不幸,怒其不争。

我们应该敬大豆,就像敬我们的先祖。大豆的颜色是土地的颜色,也是我们黄皮肤种族的颜色,所以我们称它为黄豆。

我们应该爱大豆,就像爱我们的母亲。大豆留下的那个脐蒂,带着母性的纯良,熬过寒冬，挺过炎夏，风里雨里，它镌刻着遗传的基因，铭记着胚胎的密码，春风一吹，谷雨一洒，就又萌发葳蕤的生机。

我们还应该感恩大豆，就像感恩土地、季节、年成和岁月。在华夏广袤的土地上，东北平原、黄河流域、长江流域、云贵高原等等，都是大豆蓬勃生长的原野。大豆的根原本扎在中华大地上，"豆"字的形状，其一为人形，一位怀孕的母亲艰难地站立在辛勤劳作的土地上；其二为器具形，为古代盛放肉食或其他食物的高脚盘。宗祠联语多以"俎豆"对"箕裘"，喻指祖业传承，"俎豆"就是古代的祭器，古人就是捧着这样的祭器，在神农坛或社稷坛，向天地人三才匍匐拜服。

大豆色香味形俱全，是任何一种谷物所不能完全具备的，它们浑成如中庸，圆润似诗韵，饱满若国风，清香出众卉。陶渊明稼穑单种豆，纵然"草盛豆苗稀"，仍乐此不疲；杨万里歇宿偏嗜豆，念叨"风烟绿水青山国，篱落紫茄黄豆家"。

清明节，除了祀先祖，也祭一祭我们的大豆吧。清明前后，种瓜点豆，先把大豆种下去，把我们对土地的虔诚和对季节的信任种下去。到了谷雨，两小瓣黄里带青的嫩芽就从微寒的日子里拱出来，像一双小小的手掌，拍响了又一个春天的音符。而后，伸枝散叶，拔节发棵，开花结果。一个种族的不屈繁衍，一种精神的坚忍传承，一缕精魂的涅槃再生，在大豆身上体现得神形毕现，栩栩如生。

我们对视大豆圆圆鼓鼓的眼睛，终于发现，那是一种暗示、一种敦促、一种提醒——提醒你不要忘记自己也是黄皮肤的大豆的子孙。

（叶静，男，教师，中国作家协会会员，中国散文学会会员，中华诗词学会会员。出版散文集《源头》《笔底天蓝》《晨曦在歌唱》《秋天里的单音节》等。）

小镇(外一篇)

一 禾

一

记忆中的小镇在整体上似乎总是蒙着一层雾,让我看不清楚。这很奇怪,那雾是从哪里来的?

小镇的每一个细节却不受这雾影响,非常清晰。例如,小镇的春夏秋冬独有的韵味。三两只肥肥的齐毛鸭腆着个大肚子摇摇摆摆地走过,扑棱一声在村前的小溪溅起一片水花,清澈的水面便一圈一圈漾开去……春,被划动的赤红鸭掌搅动,一点浮着的薄冰融在了潺潺的溪中,几条小鱼惊慌地蹿进碎水草,留下一溜烟沙石莫名看着。

柳,嫩绿的芽该从柔枝上钻出吐一串绿了,那一团垂影还是昨春的画,在日夜相思的煎熬中憔悴成一缕清风,一曲深情的渴盼。

一只、两只、三只……一只只春燕忙碌于原野,它衔着泥将春天筑在农家屋檐,等待春光悄悄走近,孩子们探一张好奇的脸。

脚步声是农人的,牵着耕牛的身影渐行渐远。撒满红花草的田间铺满了绿,一朵朵一簇簇火焰在燃烧,在绿的广袤上翻腾;春,像个顽童在奔跑,忽左、忽右,忽前、忽后……他调皮地穿梭于田野,偶尔,陡然一两声吆喝打破了田野的静寂,几只灰白的鹭鸶从田间掠起,丢下一丝惊慌、一串惊讶,蓦然向西边的杉木林快速飞去,铅灰的细腿划过天空的瓦蓝。

老人说,穿过那黑黝黝杉木林、翻过山岗、穿越一片平坦原野,再到一座高高的山巅,便是仙人的仙境,每天太阳从东边升起,却在这树梢挂一轮彤红的圆,血色云彩铺满晴空、铺满如翡似翠的太平湖,在那烟波浩渺中洞开一扇红门,美丽的传说汩汩似水。

几十年的老皂角树在半亩见方的池塘中又展现了生机,它稀疏的枝伸在水中。我把蒜杆的钓符藏在水的阴影里、两眼骨碌碌地盯着。用母亲缝衣针制成的钓钩总能拽上几条活蹦乱跳的鲫鱼,美滋滋地捏紧,用细竹枝小心翼翼穿上,然后,在李家奶奶的责骂声中,几个小伙伴一哄而散,一溜烟跑回各自家暂时消停会。池塘回响起老井边洗衣木槌用力捣衣的清脆声,捣衣声里透着那份不满和无奈!

阳光温暖了山野的时候,山林就热闹起来:野鸡和斑鸠在灌木丛里踱步,松鼠从一棵树跳跃到另一棵树,偶尔也会在树枝上"吱……吱……"唱上几句,好像啄木鸟"嘟、嘟、嘟"的击鼓声成了伴奏。这时,我便是这片山林的不速之客。循着幽兰的清香,在一株高大的栎树下我触摸到那丛绿,那份让人无法亵渎的高贵。陶醉在沁人心脾的幽香里,在厚厚的枯叶上躺下,盯着青色的栎果,太阳旋转着。

山坡上的杜鹃白的、黄的、蓝的、粉红的……

二

褐色的瓦鱼鳞般错落有致,平铺在矮矮的屋顶,几株不知名的瓦草孤零零待在马头墙上,眺望远方——是蔚蓝和一望无垠的绿将稀稀落落的村居掩匿。那村居的墨色像开叉的毛笔在宣纸上随意点就,东一点西一点地散落在青绿和素白上,袅袅炊烟在屋顶,用淡蓝色画下村庄的早晨和黄昏。村庄亦像河流一样在岁月中流淌,像一段平缓的音乐缓缓渗透进思想。

月色如水的夜里,拎着一盏马灯独行。还没有到夏夜虫鸣的时候,田间到处是蛙叫,像鼓瑟。昏黄的灯光映着湿漉漉的青草,身影被拉得细长。不远处,是微微的风。硕大肥壮的桑叶在枝上轻轻摇曳,将冰凉的露水都摇落在月光里,摇落一地细碎的银……

花格子的帐篷披着油灯黯淡的光,哥哥安静地读着书,读着他梦中渴求的远方。一只只蛾寻找阳光,它们围着油灯旋转,绚丽的彩色扑向生命之谜,完成一次次瞬间顿悟。

我谛听每一个细微的声音。哪怕是狗獾或穿山甲乘着夜色出来觅食悄悄溜过,我也会牵着轻吠的狗悄悄跟上去……寂静的夜、村庄可以熟睡,母亲和像母亲一样喂蚕的人却不行,他们一夜几次在蚕架上轻轻撒下鲜嫩的桑叶,看着蚕宝宝"沙……沙……沙"地啃着鲜叶,慈祥的目光里一定多了份温暖和深情。

母亲守着夜,守着一个希望……

三

细细的雨也会翻越群山而来,留下一路的湿润,在村庄屋顶细密地轻击。一些雨珠藏在瓦角,闪闪的,渐渐破碎在瓦沟,从屋檐滴下,瞬间灼伤樱花般的心。墨绿被细雨洗去尘了,千枝万枝摇曳,从远山到近水。

戴着斗笠的父亲在雨里,红褐的蓑衣余着爷爷的体温,泥土的肤色照亮挥动的锄,湿漉漉的,挥动着一片汗水,那绿是不久以后的事。卷着衣袖的父亲不时往掌心吐上口水搓搓湿滑的手心,锄柄在他手中便会被攥得更紧。远处低头啃草的水牛偶尔抬起头听听风中动静,然后悠闲地甩着尾驮着鹭鸶晃悠在雨丝里。嫩黄的蒲公英又开花了,飞絮的花语刚飘过阳光明媚的四月,又在泥土的怀抱里温柔绽放,对土地恋得如此痴情。

父亲,像我一样,在山野奔跑过,在溪中嬉戏过;在火堆里煨过山芋,在熟地上拔过萝卜;数过星,猜过谁在白云上……我们的第一次狗爬游泳都在溪的深处。

爷爷,给父亲留下一杆竹烟管,至今还挂在老屋灰黑的木板壁上,总让人想起他的火纸和烟叶。父亲,会给我留下些什么呢?

终究有雾。那雾,是故乡小镇久远的时间融化而成的,更是我心中那连我自己也不曾觉察的某种永远不会流出的泪水。

桃之夭夭

我没见过银,也没见过彩红,那时我还没来到这世上。

银他家兄弟很多,金银玉满齐全了,这也显得他父母对财富是多么的渴望,善良的愿望总是美好的。银八岁时父亲死了。他不知道自己父亲是怎么死的,那个风雨飘摇的冬夜却深深地烙在了他记忆里:父亲没有血色并且浮肿的脸没有丝毫惊诧,他深情地看着母亲,眼中充满期望,母亲明白这是份深深嘱托……

那年冬天在困苦中挨过了。母亲深藏着自己的伤,照顾着银和他的兄弟。

土地渐渐解了冻暖和起来,溪水也活了起来,一些枯枝和碎叶在水面漂浮,转眼消逝在视野,另一些新的枯枝碎叶又漂浮而来,匆匆流向远方。一些新绿已闯进了眼睛,在溪的两边茸茸着新鲜春意。福根高兴不起来,心情甚至有些沉重,虽然米皮糠、观音土就着主粮帮村子熬过了冬,但这只是暂时的,保命的种子是不能动的,新一年的希望还指望着它呢。他有点恨恨的！

　　福根不愿意让人看出他自己内心的脆弱，在生产队他是绝对的权威，没有人也不会有人敢对他的话产生怀疑。他所碰到的目光都是奉承的讨好的胆怯的，他觉得自己的话就是道理。每天夜虫唱得正欢、月挂中天时，他那小草房的松木油便被点亮了，昏暗中飘落一丝漆黑的炭灰，喝水已成了他的习惯，他静静等待，看着水煮开，那根竹烟管握在手里便想吸上一口。东方鱼肚渐白，他背着双手踱步来到队部开始社员一天的分工。队部是一间四进的青砖木制房，土改时没收的一户地主的。青石的门框进门是天井，光亮毫不吝惜地倾泻而下；阴沟四遭全由一尺多宽，三米多长的麻石砌成，阴沟里有浅浅的雨水，屋子的立柱是白果树的，垛在雕刻着花纹的圆圆的石墩上，宽大的松木柁连着立柱，上面用薄薄的杉木板隔着，这屋冬暖夏凉。屋子被杉木板隔成了四间，进门最大的堂厅他做了队里开会和每天分工的地方，那窗棂刻饰着各种人物和雕塑图案的另外三间便做了队里储藏粮食的地方，锁匙只有他和保管员有。队里的每一个人在他心里都有一本账，他清楚哪些人适合干这，哪些人适合干那，他也知道大伙都是出工不出力，也出不了力。

　　清晨的第一缕阳光照在草尖上时，显得那么温柔，不愿那些露珠立时从那绿上滑落；银已把他放的几头牛喂得差不多饱了，那几头牛在田埂上有时侧耳停下，有时呼哧呼哧啃上几口悠闲地甩着尾巴。银喜欢这样的早晨，阳光是安静的，小鸟从一片草丛扑向另片草丛，空气里留下它们清脆的叫声，他可以随意折断一根树枝在泥土上乱画，远山云雾缥缈……

　　银认识彩红的时候是那天队长让他和母亲一道去采鱼腥草，自从他父亲死后，福根大伯对他一家就一直很照顾，挑队里一些轻松的活给母亲。母亲过得好憔悴，皱纹爬上了四十岁不到的脸，丝丝秀发白成银霜，母亲突然间老了。鱼腥草长在一片潮湿的山坡下，赤色的紫茎上对生着卵形的阔叶，一片白色的四瓣小花点缀，风中有些鱼腥气；母亲弯下腰极力蹲下，她用小铁锄挖开沙质的土壤，将鱼腥草的老根掐断须去掉，只留下那嫩白色的，看似很繁杂的事，母亲竟然很快采了大半竹篮。银偷偷抓了一把藏在手里，在衣服上擦干净吃了，有些苦涩。采完这片，母亲带着银向前，她必须尽可能多寻些。越过山坡是一片平缓的桃林，粉红艳丽的桃花已凋谢，枝干扶疏的绿叶下是一个又一个毛茸茸的小桃，母亲说再过两三个月就有桃吃了，那一个个黄色中夹红晕的果子挂在枝头，藏在绿叶间，桃林真的好美好诱人——银的心期待着……母亲在桃林的地上东一棵西一棵地掐着一种线形的叶片,她告诉银这是野蒜,现在还没到它成熟的时候,只能吃它的叶,地下的果才好吃。就在银和母亲采满转身回去,一个穿得破破烂烂、面黄肌瘦的小女孩一蹦一跳地出现了,拎在她手中的小竹篮也一蹦一跳地晃来荡去,看见陌生人,她靠近母亲,躲在了母亲身后。银的母亲是认识小女孩的母亲的,银便认识了彩红。

相仿的年龄使银和彩红成了好朋友。他喜欢她的活泼可爱,把她当作了自己的妹妹。他帮她抓蝴蝶、蜻蜓,帮她抓鸟捕蝉,帮她摘花编花环戴在她头上,静静注视,直到她转身,他让她骑自己最喜欢的"大将军"牛,他愿意给她自己一切能给的。银记忆中最好吃的是冬天父亲从自家草屋檐下掏出的麻雀,母亲用开水烫褪去麻雀毛,做成一碗汤,别提有多么鲜美了,银咂着嘴巴想。他便盼着冬天,也能为彩红掏上几只麻雀让她解解馋。冬天的村子很安宁,农事不多,三三两两的草屋慵懒地散在冬日的阳光里,草屋的屋檐下,一根根像短剑的冰凌锋利刺眼,人是不敢在屋檐下晒太阳的。一些拿草绳套鹁鸪的孩子藏在牛栏前的草垛下,小心翼翼设下自己的陷阱,迅速躲开,等待那些鹁鸪傻傻地上套。

日子一直忙碌着,银已好几日没见着彩红了。傍晚,福根大伯告诉母亲,彩红一家误食了彩红采的毒菇子,被送去了县医院,叮嘱母亲千万小心。银听到彩红的消息心拧了起来。

彩红走了,无声无息。把银心底仅有的一点快乐也带走了。那清脆的笑声遗失在风里。

彩红和她父亲一起葬在那片桃林。

彩红的母亲几年后改嫁到很远的另一个村子。

(一禾,本名徐涛,另有笔名安徽黄山人,中国诗歌学会会员、安徽省作家协会会员。安徽省散文学会会员、1987年开始写作,在《安徽文学》《青春》《中国诗人》《长江诗丛》《湛江文学》《回族文学》《岁月》《辽河》《鸭绿江》等报刊发表散文、诗歌、小说等,出版诗集《冬日的河流》。)

归去来兮

有 光

正当地上的影子准备接住爸的身体时,他及时伸出胳膊,一晃,又一晃,终于平衡了身体。待在树上偷听他们说话的麻雀,被这情境吓到了,一阵扑棱,全飞走了。

原来,爸踩在脚下的半块砖头碴子翻了个。尽管这样,他还是没有停止叙述的欲望。

我没看错,爸和叔在谈论这事时,一脸笑意,牙齿明晃晃地亮。

爸接着说,咱小姑前天还在念叨,她太能撑了。病病叽叽十来年,硬是把整个村子的老人都熬下地,把自己熬成了东方不败。

下意识地瞅瞅身后爷爷的小屋,我发现,门上的油漆早就鳞次剥落,锁也锈迹斑斑。也是,对于一扇永远不需要开启的门,钥匙就是一种毫无意义的摆设。我突然醒悟,刚才那块砖头,是不是爷爷给它弄翻的?

对于我爸,爷爷活着的时候都拿他没办法。爷爷还活得好好的,虽然每天躺在床上,吃喝却没有问题。那时候,爸和叔就在屋子外,也就是现在站的这个地方,开始给他谋划后事了。办多少桌,招呼哪些人,要不要请鼓乐班子,坟地是在自家老陵,还是找风水先生另处寻觅。这些关于自己的终身大事,爷爷还没听完,心脏病就犯了。第二天这个时候就被他们烧成一盒灰,第三天就已经睡在土里了。

爸和叔就像秋天冷冽的风,不把树上的叶子吹干净不罢休似的,而今又念叨起姑奶。我们村子偏偏有这么一句俗语:小梁庄地邪,念啥啥来。果然,在我们吃过午饭的时候,姑奶的儿子就来了。他拿着白纸缠的柳木棍子,一进门就磕头。说是姑奶今天早上觉得不舒服,到村诊室挂了瓶水,水没滴完,就找他舅舅,我爷爷去了。

爸赶紧打电话把叔喊了来,他们哥儿俩在表叔面前,难过了好几分钟,很快就敲定大概事宜。姑父是大前年过去的,按照风俗,小姑下葬就得选双日子。今天是初二,只能选后天初四了。这边算是她娘家,除了我们兄妹仨,下面的小辈也要去。村里肯定一家派出一个代表,具体能有多少人,到时再电话通知,等等。

报丧人走了,爸就抱着茶杯和叔一起,来到门口,站在爷爷的破屋前。我们村的老队长也来了。他吃饭不论点,啥时饿啥时吃,端着碗,他们就凑到一起,唠起了闲嗑。那半块差点把爸闪倒的砖头碴子,早就被他一脚踢一边去了。看它倒霉催地躺在地上,虽没长鼻子眼,竟也越看越像爷爷生前那张无奈的老脸。

记忆中的那个村庄在没有我之前就已经存在,我去或者不去,它都在那里。在我的印象中,它遥远得像孤立在荒渺的天际。我和奶奶踩出的脚印,仿佛才是通向它唯一的道路。

村庄里的人,都是姑奶的村民。她成为这个村的媳妇,已经四十多年了。那时候,奶奶领着我住在她家。当年的时光里,她们姑嫂聊着一些世俗。声音缓慢轻柔,在房间幽暗的天光里飘浮。那些话题持续地流动,浸漫了房间的每一个角落。所有的一切,都氤氲出格外饱满的俗世温度,使得她们暂时忘却生活的拮据和日子的艰难。

这时候,我被遗忘在了一旁,安静地看着门外漫天飘飞的大雪。我看雪花落在地上,一片覆盖一片,地就成了白色的。下午还在北风里呼啸纷飞的麦秸,此刻慢慢被雪花抚慰得低眉顺眼,像个听话的刚吃过奶的胖娃娃。

我和雪花俱静,它落给我看,我看着它落,天地这样美好。我的小梳子姑姑,就是从这大雪中走过来的。她远道而归,一放下行李,就和大人们打了招呼。接着,从包里拿出她的围巾,围在我的脖子上,软软的,香香的。她拉着我的手,我们一同走出屋子,走进我向往已久的大雪天地里。

她喊我小允子,这是妈妈所没能给予的宠溺称谓。我们在雪地里一路奔跑,欢笑,一大一小的两对脚印,像两只调皮的兔子。

雪停的晚上,我们不睡觉,去邻居家玩。有围在火堆旁,裹着大衣唠嗑的村民。我们把瓜子皮扔进火堆里,火就旺了一点。火光映照着每个人的脸,闪烁出异样的光彩。我的眼睛眨啊眨,觉得我肯定是个好看的小孩。再看看小梳子姑姑,比我想象中还要漂亮。她是那么年轻。

忽然有一天,爷爷就来接我们回家了。姑奶和小梳子姑姑把我们送到村外的大片麦地处。她们默默地望着我们,我和奶奶坐上架子车,直到走得很远,她们还在挥手。空气清冷,青灰色的云静止不动。遥远的天边,太阳被冻成大大的咸蛋黄。她们还在不停挥手,直至夕阳缓缓沉入西山。

几个月前,我曾经不经意地问了妈,姑奶那个村叫啥名,哪天闲着没事我想去看看,她还有几件衣服在我家,我给她送去。

妈当时正在吃饭,一脸不解地看着我。她不会知道我对那个村庄,以及姑奶内心深处的感情。妈选择性地不去记起一些事,包括奶奶和我的事。因为这,她成了村里老辈人嘴里的笑话。

一路上,秋收早就过了,麦子也已种下地,有种得早的,麦苗都已经蹿出头连着几片嫩叶了。从车窗里望出去,就有了草色遥看近却无的春天之感。风却强行把人拉回凛冽的蒸汽里。它肆意吹在脸上,时刻提醒你,这是与春天截然不同的秋天。秋天里发生的事,无不挟裹着伤感。所以姑奶死时,甚至不需要情感的酝酿,哀伤已经布满了天地间。

很久以前,奶奶的哥哥突然死在了傍晚。这就像一扇落满灰尘的古老大门,被郑重开启。接着,他们这一辈人,排着队,按照时间顺序领取属于各自的生命号码牌。拿着它,陆陆续续走向死亡。奶奶这边,她的哥哥、大姐、自己本身,方阵式转移了。妈妈这边,外婆、外公、姑姥、姨姥,再转移。爸爸这边,爷爷只有他和姑奶兄妹俩。姑奶是这棵老人树上的最后一片叶子,终于落在了深秋的季节里。

我一直留意道路两旁的景物,妄想让它和儿时记忆里的一切,重新契合起来。可我发现,路越走越远。我终于忍不住问,小时候,奶奶带我去姑奶家,我们是怎么过去的啊。感觉今天的路,怎么这么远。

弟弟开车,爸坐副驾驶,我和妈坐在后排。怎么去的?你爷天天无所事事,拉架车子送你们,你奶闲着没活干,就爱走亲戚呗。妈说。时至今日,妈好像对爷爷奶奶仍颇有微词。我不再说话,头再次扭向窗外的麦田。我想起来了,最后一次见她还是四年前。

那时候姑爷已经去世一年多了,姑奶不愿跟儿子住在一起,也不想成为他的累赘。说自己能照顾好自己,他们该打工继续打工挣钱。家里只剩下她,她的老寒腿病犯了。那边医院治不好,姑奶就把家里收拾干净,带上随身换洗衣服,院门一锁,坐上同村来我们镇赶集的车,到我爸家,准备好好在我们医院调理一番。

姑奶只住了三天不到,就开始有点受不了了。爸爸和弟弟每天凌晨三四点钟起来杀猪,猪的号叫让她胆战心惊。她听不得那些瘆人的声音。接着弟弟也开始不耐烦,嫌她年纪大了事多。爸说她吃饭老是讲老皇历令人心烦,妈嫌她洗澡时弄得浴室一片狼藉。在妈第二次和我说起姑奶洗澡的问题后,我说,去我家吧。我家房子多,离医院又近。就这样,她住到了我家。

晚上吃过饭,孩子还没放学,她不想看电视。我们俩独处的时候,她就开始给我讲从前的事,爷爷、奶奶、姑爷都在她的回忆里再次复活,甚至变得年轻。她讲那时困苦的生活,讲他们的父母饿死,兄妹相依为命。讲姑爷对她的好,讲奶奶对她的接济。只有听她讲,我才觉得离爷爷奶奶那么近,他们没有离开我很久远。我一遍遍让她讲,复读机一样,怎么都听不够。

当时是夏天,她的腿疼又发作了,我让她坐在浴室的板凳上,拿莲蓬头给她洗头,冲洗身子。她就哭了。她和小梳子姑一样喊我小允子。她说小允子啊,你小姑姑在上海那么远,我想她,也不能去。她有一家子老小,想来有时候也不能。我享你的福了,怪不得你奶奶生前最疼你。她说到奶奶的时候,我也跟着哭了起来。

我没想到那次就成了最后一面。事实上,因为离得远,她来我家的次数真的是屈指可数。我一直想不明白的是,二十里的路程,为什么在我们心里就仿佛如天边那么遥远。我们从不过去,她也很少来。是什么造成了这种心理上对于路程遥远的障碍?

这么一想,我困惑了起来。

我到今天才知道,姑奶的名字叫梁从英。可这是个错误的名字,她和爷爷都是崇字辈,爷爷叫梁崇华,她应该是梁崇英,而不是梁从英,一定是这样的,这是错误的。一直到离开,我都在心里反复认定着这是个错误。

可我什么也改变不了。

我问一个过路人,那个去世的老太太,从前她的家在哪里。他说,什么从前,一直都是住在灵棚搭的那个破房子处。

远处迎面又走来三个老太太,也许吃饭的时候喝了酒,也许是被这大晌午太阳晒的,脸都红红的。一路赶来,晕晕的感觉。她们小声说着话,仍然被我听到。其中一个说,那是谁?另一个说,不认识,别处来烧纸的吧。剩下那一个说,附近村也没见过,娘家那拨人吧?其中一个又说,那孩子今年估摸着有多大了?另一个又说,小梳子今年都快60了。算算,她也差不多三四十了吧。你见过吗?没有,还就小时候,瞎小小的时候来过几天,打那再没来过。

小梳子娘倒是常去,毕竟是自己的亲……

我们都在走向对方。她们说着走着,我走着听着,然后擦肩而过。在听到那些话之前,我那不死的心还想问,姑奶从前是不是住在村里,而不是那搭着灵棚的村头吧。

一定是哪里出现了问题,我站在记忆中最像她家的那个位置,脑海里给它排列小时候的房屋布局。那是堂屋,那是锅屋,那是牛棚,那里有一个石磨,那里是个大水缸,那是通往屋后的小路。一睁开眼,呈现在眼前的,只是一块荒地。一块长满杂草,上面落满干枯树叶的荒地。记忆被篡改得面目全非,在眼前的现实里,它们早已荡然无存。一时间,所有的一切如梦如幻,什么都在颠倒错乱。我不知道是从前的记忆更真实,还是眼前的所有更可靠。

这时候,我听到村头那边的鼓乐声再次响起,风声送来了哭声,那是在辞灵送别了。我知道,一切都结束了。

接下来,我要快步走过去。回到和我一起来的亲戚那里,跟他们一起回家。还是坐弟弟开的那辆车,里面坐着我的爸爸和妈妈,是的,我的妈妈。

是该回去了,只是有点不甘。所有影像,慢慢向身后闪去。这一切,像小时候做错了功课,橡皮擦一过,什么痕迹都不复存在了。

暮色,开始苍茫着远近的景色。

(有光,本名杨云,1984年生,安徽濉溪人。安徽省作协会员,有若干作品发表于国内报刊。)

赤水河左岸

高 众

1

赤水河是条神奇的河流,随着季节的变换变换着颜色,在崇山峻岭中急速迂回和穿梭。

坐在飞机上俯视,感叹一条河流的伟力,是如何深深切开大地的肌肤,奔流在大地的脊背上。河的两岸多数的场景,绝壁千仞,错落的树木生长在悬崖的缝隙中,和着荆棘及伴随众多的草本植物,装点着、怂恿着赤水河亿万年不变的涛声。

赤水河右岸是贵州习水,左岸是四川古蔺,一条人为的地域分界线是赤水河。两岸的盘山道在不同的地域盘旋上升或下降,在赤水河的狭窄处,总有桥梁连接着两岸,连接着赤水河子民的血脉。

此行,赤水河左岸是我们的目的地,但是,飞机降落在离赤水河右岸数十公里的茅台机场。机场与赤水河有着紧密的亲情关系,一个生在赤水河,长在赤水河,随着赤水河流淌在广袤祖国大地上的响亮的名字。

从右岸穿行至左岸,如今极其容易,一座百余米长的桥梁,行车时间以分钟计数。但是如果你站在桥梁中间,看赤水河两岸的悬崖峭壁,铁凿的行人步道依稀可见,千百年来,多少行人盘旋在绝壁之上,为了生计日夜奔波,脚下便是奔腾不歇的河水,时时刻刻足以吞噬鲜活生命的河水。生于斯长于斯的一位诗人说,这一片原是四川井盐输出的必经通道。四川境内的井盐走水路只能到达二郎滩,也就是我们此行的目的地。再从二郎滩外运,必须翻越乌蒙的崇山峻岭。也就于此,诞生出盐工这个专业的工种。能做盐工的人，必须是身强力壮的汉子，而且必须胆识过人。作为运盐途中重要的中转站，二郎滩，在壁立千仞的赤水河两岸，虽然是最宽阔之地，却仍然显得拥挤，但是热闹。

"好个二郎埠，四面都是山，天天背盐巴，顿顿菜汤淡。"这首在二郎滩不知道流传了多少年的歌谣，其中盐工号子的歌谣中所描绘的这么一个如此穷苦的地方，谁知道盐与酒能产生关联呢？

因为盐工的劳累和寂寥，于是微薄的收入里，或许很大一部分变成了遣愁和解乏的酒。很快，精明的盐商嗅出这个巨大的商机，开始自行酿酒，让自己付出的真金白银在盐与酒之间，在盐商和盐工之间发生自然的微循环，从左口袋掏出付给盐工的薪水，又进入右口袋，变成酿酒的收获。

最终，盐运带动酒运。盐运早已消失，而酒运却长盛不衰。

眼前的赤水河两岸，星罗棋布着上千家酒厂，同行的四川朋友笑道，赤水河流淌的不是河水，而是黄金。

如今的二郎滩，早已不是顿顿菜汤淡的二郎滩。如今的二郎滩是只要你踏入二郎滩，你便坠入其中景、醉卧花丛中的二郎滩。小雨初停的晚上，行走在赤水河左岸的二郎滩镇，遇一脚步匆匆的同龄人，我便向前，问他是否是二郎滩本地人，他说是也不是，祖先从川北讨生活落于此，并扎下根，几代都是盐工。这位盐工的后代，是二郎滩的酿酒人。郎酒以二郎滩为名，他说在郎酒上班的，大多数是本地居民。

2

俗话说，山有多高，水就有多高。

但是，山高水冷。

赴二郎滩时，正值雨在山谷中乱飞，随着风舞。云雾在群山中穿行，隐约见山泉飞流，醉汉般跌跌撞撞坠入赤水河，惊起一片又一片水花。不见飞鸟掠过，但闻林间鸟鸣。

站在赤水河左岸，俯视脚下数百米悬崖下的赤水河。一处名为"二郎滩渡口"的地标在河边矗立，赤红色圆柱体的建筑，与周围的景色格格不入，像是时时刻刻提醒路过的人们。这里，便是当年红军四渡赤水中的"两渡"发生地。作为红军长征中最为经典的战役，中央红军在长征途中，处于国民党几十万重兵围追堵截的艰险条件下，巧妙穿插于国民党重兵集团"围剿"之间，不断创造战机，在运动战中大量歼灭敌人，牢牢地掌握了战场的主动权。

四渡赤水何其艰难,水流湍急,只能依靠小船、床板、楼梯等常见器物搭建百余米浮桥,并且要经得住千军万马轮番踩踏,经得住战火烧烤,经得住狂风暴雨侵袭,这本身就艰难得超出想象,更何况赤水河两岸的绝壁天险。于是在赤水河岸边,才真正体悟到那段历程闪耀着以少胜多的光辉、向死而生的悲壮。

太平古镇离二郎滩十数里,处处都有四渡赤水的故事。这个位于古蔺河与赤水河交汇处的古镇,自古以来便是古蔺出川入黔的东大门,是两省边民互市、商贾云集、物资集散之地。

短暂逗留于此,古老的太平镇少有行人,安静而祥和。古镇依山而建,街道顺山而行,逼仄的街道只容得下两三人并肩同行,两侧的房屋飞檐叠加着飞檐,骑墙错落着骑墙。几百年栉风沐雨,虽被青苔染绿了墙砖,模糊了瓦缝,屋里依然鸡犬相闻,人声频传,屋外依然炊烟袅袅,与烟雨混合,与雨雾相牵。每一栋房屋都是长征的历史,每一间铺面都留下了红军的印记。沿街道拾级而下,两侧都是当年的机构旧址,司令部、政治部、宿舍、食堂、中央医院……走在其中,融入其中,尤其是我,一位曾经的军人,不禁感慨万千,脑海中总是想象千军万马枪林弹雨的场景,总是闪现当年在军队时的峥嵘岁月。

在太平古镇临河一侧凭栏而望,对岸的山如画,拿起手机欲拍照,旁边一位摄影师过来手指一旁,对我说,应该从这个角度照,因为太平的山水不是全国独有,但是从我这个角度,出来的照片便是全国第一。我从他的角度望去,果然,飞檐、杨柳、河水、青山皆入相框,最为独特的是二郎滩渡口,当年中央红军主力两渡赤水的地方。

现在的二郎滩渡口,依然在使用,两岸的人们,同是赤水河的子民来来往往,真正的一衣带水。

有一幼童,从我身边快速路过,沿着石阶而上,笑容灿烂,后面跟着年轻的母亲,抓着幼童的外衣,气喘吁吁。看起来刚上幼儿园年龄的幼童,灵活的身影,同样是我镜头里的风景。

准备离开太平古镇,在一家店铺,再次遇到幼童,他悠闲地靠在门边吃着冰淇淋。我便进入店铺,买水,递给我水的是这孩子的母亲。这位年轻的母亲说,这就是她家,她娘家离太平镇不远。并说她公公的父亲,当年是造浮桥护送中央红军的民工,说她公公的父亲当年才十二三岁。

3

二郎滩人世世代代酿的酒,在盐道盛行的年代叫二郎酒,便是今天的郎酒。如果从没有名字的酒算起的话,至今已逾千年。千百年来,多少盐工饮此梦到家乡,多少文人醉酒挥毫。

只有赤水河的水才能酿出最好的酒,这好像是人们的共识。正因为此,来自赤水河水酿出的酒,成了文化,也成了文化中的酒。酒与文化的交融,产生的不朽诗文灿若星河。

一粒高粱,如何变成一滴好酒,需要在向死而生的悲壮中孕育和蜕变。这犹如一个个文字,在诗人的浪漫想象之下,再经过千锤百炼、反复推敲,变成一首首不朽的诗文。

端午制曲,重阳下沙,再经过堆积、发酵、流酒,酒酿成了,但这不是好酒。

郎酒的十里香广场,位于天宝峰的最高处,万只陶坛整齐排列,错落有致,蔚为壮观。新酿的酒在陶坛中需要存放一到两年,再转移到山谷大罐中储存。千亿回香谷建在高山峡谷之中,这里雨水充沛,烟云环绕,宛若仙境,十里香储存的酒在此地还需修炼数年之久,再经过监测,只有品质上好的酒才可以进入洞藏。

命名为天宝洞、地宝洞、仁和洞的三个洞穴,其实是位于半山腰绝壁的三个天然溶洞,数千万年的沧海桑田,鬼斧神工的自然杰作。上好品质的郎酒在此闭关静养三五十年,赤水河左岸便会美酒飘香了。

郎酒庄园的主人甚是热情,相邀去仁和洞餐厅做客。一部长近百米的观光电梯,将我们送往仁和洞。站在餐厅的幕墙前,观群山之巅,奔流赤水河,不必饮酒便自醉,真正心旷神怡。

4

离开郎酒庄园的前一天晚上,作家朋友相约,从赤水河右岸看赤水河左岸。

赤水河左岸的灯光,在深邃的夜空之中,与繁星相融。在如墨的群山之间,与赤水河相互映照。

古老的赤水河,在星空的注视下,带着万家灯火,与群山相伴,奔流不息。

美轮美奂。

(高众,本名王志祥,中国作协会员,现供职中国作协。发表文章近200万字,作品散见《人民日报》《光明日报》《解放日报》《诗刊》《当代》《读者》等。著有长篇小说《白衣江湖》、散文随笔集《生如兰花——一位医生眼里的生命与死亡》等。)

六尺巷的宽度(外二篇)

东方煜晓

到文都桐城,不能不看六尺巷。六尺巷很小,名气却非常大。

关于六尺巷,在桐城地区流传着这样一段佳话:康熙年间,在京做了"宰相"(文华殿大学士)的张英,他的家人打算扩大桐城府第,与邻居吴府就地界问题发生纠纷。张家遂修书一封送到京城,想让张英出面干预。张英见信后,立即复信表明自己的立场,信是用诗写成的,全文如下:"一纸书来只为墙,让他三尺又何妨?万里长城今犹在,不见当年秦始皇。"张家人看后,深受教育,主动退后三尺筑墙。吴家得知此情,很是感动,也让出了三尺。这就是桐城"六尺巷"的由来。

这个故事,留给后人的最大教益是:凡事均需谦让、退让,与人相处要和睦、和谐……这与中国传统的儒家思想一脉相承,因此千百年来备受尊崇,影响深远。

当地政府已在六尺巷旧址前修筑了一座高大的石牌坊,上面题写的正是"礼让"二字。至今,在桐城地区还流传着"争一争,行不通;让一让,六尺巷"的民谣,发人深省。在中国古代,类似的故事还有不少,如尧皇禅让、泰伯让贤、鲍叔牙举荐管子、孔融让梨等。

礼让的前提在于宽容。六尺巷的绝对宽度实在狭小,人的胸怀却可以无限。

此时,我联想到鲁迅先生的一句名言:"其实地上本没有路,走的人多了,也便成了路。"我想套用鲁迅先生的这句话,把它化用成这样的话:"其实地上本没有路,礼让的人多了,就会开辟出更多更宽的路。"

很多时候,路不仅是"走"出来的,更是"让"出来的。

葵　花

　　春天,是种子的季节。

　　唐朝诗人李绅《悯农》诗云:"春种一粒粟,秋收万颗子。"张老师家的二宝,仿佛听到了葵花籽的呼唤,央求妈妈带着她,拿起小铲和小桶,下楼去寻她的葵花园了。

　　菁菁校园,草木英华。校内没有现成的植物园,二宝只能见缝插针地去"点"葵花籽了。她找到了两个地方:一处在教师公寓旁边,一棵桂花树的下面,近处还有一棵高大的香樟树;一处位于科学馆左前方的四岔路右下角,一丛绿植中间。娘俩一块一块地清场、除草、挖土、点种、浇水、培土……每一道工序都堪称完美。我猜想,二宝今晚的梦里,一定会长出绿油油的希望。

　　作为一个好奇的旁观者,不知不觉中,我的梦,也无声无息地种在了桂花树下和绿植中。每天上班下班,都会停下匆匆的脚步,瞅一瞅、瞧一瞧,这已成为我的牵挂。

　　一周之后,所有人的梦想都长出了新芽。你看,那一株株倔强的嫩芽,争先恐后地钻出了黑夜,迎来了光明,奋力地顶翻了头上的皮壳,伸展出两只绿色的小手,那是在为生命之歌而欢呼!

　　葵花苗的诞生,聚焦了更多小朋友的目光。每天观察幼苗的成长变化,成为他们的基本课程。每每看到幼芽的一点点变化,都会高兴地欢呼雀跃。有时还会齐声高唱幼儿园学过的儿歌:"春天里发芽啦,阳光下在长大,开一朵金色花,对太阳笑哈哈……"在我的眼中,这些天真烂漫的孩子,正是一棵棵快乐的向日葵!汉乐府《长歌行》中唱道:"阳春布德泽,万物生光辉。"今天的孩子,光照充足,雨露润泽,这是多么幸运的一代啊!唐朝诗人杜甫在《自京赴奉先县咏怀五百字》中写道:"葵藿倾太阳,物性固莫夺。"葵花向阳,本性不移。此刻,我的眼前不停地闪烁着葵花—太阳、太阳—葵花,两种物象好似一对心心相印的伴侣,相逢而笑,互送温暖。

　　同一片蓝天下,同一天播下的种子,半个月之后,两处的葵花幼苗却形成了明显的反差。桂树下的幼苗,由于树荫的庇护,白天黑夜地往上蹿,显得胖乎乎、水灵灵的,生长非常迅速。科学馆前的幼苗,由于中午前后受到强光照射,总是耷拉着叶子,显得又黑又瘦,没精打采的。孩子们总喜欢打量又嫩又壮的幼苗,在他们看来,桂树下的幼苗已经赢在了起跑线上,看到它们就像看到了茁壮的自己。有两个小朋友打赌说,桂树下的葵花一定会远超科学馆前的葵花,秋天一定会结出许许多多饱满的葵花籽。

一个月之后,却颠覆了孩子们的认知。科学馆前那片又黑又瘦的葵花由于沐浴着充足的阳光竞相生长,宽阔鲜亮的葵叶迎风而舞,蔚为壮观,煞是喜人。再看桂树下的葵花,并没长高长大,反而变得纤纤细细,萎靡不振,呈现出一种病态。孩子们却不放弃、不抛弃,继续呵护着心中的美好。他们相信,桂树下的葵花一定会抖擞精神,后来居上,与科学馆前的葵花平分秋色!宋朝诗人刘克庄在《向日葵》诗中写道:"生长古墙阴,园荒草木深。可曾沾雨露,不改向阳心。"为报雨露之恩,桂树下的葵花正在加油鼓劲!

一天傍晚,一位从桂树旁路过的生物老师,看到锲而不舍地呵护着幼苗的孩子们感叹说:"这几棵向日葵,并不缺少水分和肥料,也不是土质不好,温度和气候也适宜。关键问题是缺少光照、不能充分进行光合作用,怎么能够正常生长呢?"生物老师的话,孩子们还不能完全理解,但他们能悟出一点道理,就是要增加光照。二宝急切地跑回家中,拿来一只袖珍手电筒,开始给葵花们照光。她不知道,这种光照的作用真的微乎其微。二宝的妈妈最理解孩子们的用心,次日便修剪了一下桂树下端的枝叶,此后的清晨,便可从枝叶中漏下几缕珍贵的阳光。孩子们的希冀被重新点燃。

不久,科学馆前的葵花开了。那一张张写满阳光的笑脸,不仅引来了蜂群的嗡嗡声,还迎来了孩子们的欢笑声和大人们的赞扬声。向日葵早迎朝阳,夕别晚霞,怀揣赤胆忠心,紧随着太阳的步履,不曾停歇,永不懈怠。宋朝诗人金朋说在《葵花吟》中咏道:"绛萼累累承晓露,含英蕴质并朱云。庙廊忠梗谁堪比,能展丹心向日倾。"这,就是不一样的葵花;这,才是不平凡的葵花!

桂树下却没有这么热闹。可喜的是,小葵花逐渐有了生机,气血不足的问题也得以改观。一位路过的政治老师见状,很有哲理地告诉孩子们:"任何植物的生长与成熟,都取决于内因和外因这两个条件,二者缺一不可。孩子们,你们要知道,只有爱心是不够的,还要懂得事物的生长和发展的规律。"孩子们虽然似懂非懂,还是礼貌地点了点头。接着,二宝妈妈开导他们说:"孩子们,只有播下了种子,才有收获的希望。只要我们实践了,努力了,即使收获很小甚至没有收获,我们也得到了锻炼,得到了成长。小朋友们说是不是呀?"孩子们异口同声地说:"是——"声音拉得很长。

秋天来了,科学馆前的葵花如期收获。这是一个令人惊喜的收成,很长时间,大人和孩子们都沉浸在庆贺丰收和回味劳动成果的喜悦之中。人们似乎已经忘却,还有一组羸弱的生命在拼命地追赶秋光。

终有一天,这些被冷落的小葵花,再次映入人们的眼帘。不料,百年不遇的台风"烟花"来了。过境之后,原先的三棵小葵花,其中的两棵因不堪风雨倒毙入泥土,只剩下一棵孤立无援的小葵花半躺在泥浆之中。我轻轻地将它扶起,用清水冲洗一下,找来一根枯枝,撑起了它的脊梁。我默默地为它祝福,希望它能够坚强地活下来。

雨过天晴,大病初愈般的小葵花,已经挺直了腰杆。没想到的是,几天之后,它竟然独自盛开了!只是花朵很小,像极了戈壁上的野菊花,不知情的人根本认不出来。这朵极不起眼的金色小花,却瞒不过辛勤而智慧的小蜜蜂。小蜜蜂围着它转,亲它的脸,使它体会到从来没有过的幸福滋味,霎时整个世界都醉了。小葵花在经历了多重磨难之后,终于绽放出生命的灿烂,我觉得它算幸运的。此后的早早晚晚,它拼尽力气地昂起坚贞的头颅,时刻目视着太阳的方向。宋朝诗人梅尧臣《葵花》诗云:"此心生不背朝阳,肯信众草能翳之。真似节旄思属国,向来零落谁能持?"在我眼里,小葵花不仅一点也不脆弱,更是不忘初心,永葆本色。看到这些,我本不忍再奢望什么,可是在花与果相距仅一步之遥时,我又怎能不奢望它能留下一粒种子呢?

然而,就在次日傍晚,我心心念念的那棵小葵花却突然不见了!我急忙打听后方知,下午有几个员工在校园里除草时,误把它当成野草连根拔掉了……唉,我能怪罪除草的员工吗?我想,员工们压根就不会有铲除葵花的想法。这仅存的一棵不像葵花的葵花,一路走来,极其不易,苦苦撑了大半生,最终只落个昙花一现的结局,怎不令人悲叹?唯一令我欣慰的是,我恰于昨晚无意中拍下了小葵花的倩影,这是我半年多来做过的最有意义的一件事。

某夜,路过桂树时,我意外地发现那棵小葵花复活了!我看见,那朵金灿灿的小花,在寂静的夜色里光芒四射,熠熠生辉。当我走近它时,它突然开口说话:"哈喽,亲爱的东方先生!衷心感谢你一直关心、观察、记录我的生命历程。因为你的文字和图片,悲情的小葵花才可能在你的文图中活下来。祝你一切安好!拜拜!"我正要与它对话时,它却一闪不见了!

梦醒时分,我辗转反侧,再难入眠,脑海里突然蹦出几行小诗,我及时把小诗记录了下来。明天,我将站在桂树旁,把这首小诗读给它听——

种子渴望黎明,是种子的天性;
　　幼芽渴望果实,是幼芽的本能;
　　葵花追逐太阳,是恒久的忠诚;
　　苦难感恩坎坷,是人生的圣境;
　　灵魂遇见知己,是至纯的真情。

生命活出了自己,便是永生!

金秋太平湖

　　寒露将近,淮上的风一夜转凉。马路两旁,铺满了黄中见青的秋叶。高大的杨树,尚不习惯早早地脱去衣衫,所剩无几的枯叶漫不经心地降落,不情愿似的。

　　太平湖,是完全不同的一种颜容。

　　高速时代,皖北与江南的距离,不过两三个钟头。对于南方,北风来得再猛,也难以迈过季节的坎堑。金秋的太平湖畔,照样是山清水秀,茂林修竹,不似北方层林尽染貌。或许,这才是江南,这才是黄山,这才是太平湖,这才是西山村。于是,我方知晓,为什么有那么多人挤破头地往江南跑了。

　　好不容易放个小假,何苦去追热闹、看人头?不如让疲惫的脚停下来,让躁动的心静一会儿,觅一片栖处,鸡犬相闻,坐享其乐。或拎一只竹椅,斜倚于青山绿水间,啥也不想,啥也别做,昼览云霓变幻,夜观星子闪烁,不问今夕何夕,好让应该消磨的消磨,应予找回的找回。

　　出门走走,眼明心亮,像是转世了一个自己。

　　西山,是一个不见经传的小渔村,位于太平湖上游,二十几户人家,百十号人口。上游居民,需有一种规则意识,所有的行为都得替下游着想。在这方面,西山的村民是自觉的。行文至此,笔端流出一首打油诗:太平湖光美,源头在上游;上游山水秀,下游汇清流。

　　村子是安静的。南来北往的,鲜有游客,多是钓友。钓友们不喜喧嚣,也不希望小村变成游览区。村中只三四户开办了农家乐,客人们可以简餐,夜宿。

一大早,垂钓者纷纷临湖,各居各位,专心致志,乐此不疲。鱼多鱼少,并不重要,重要的是享受过程。我不谙此道,却也不为之着急。人各有志、各有所好,本质上无高雅、低俗之别,愉悦身心,归于一途。如此,该把这一行当看作是一门艺术,抑或一种境界了。店主又告诉我,有夜钓者,支起帐篷,风餐露宿,夜以继日,自得其乐。路人疑之,这不是花钱买罪受吗?足见,旁观者不知垂钓者之乐也!

整个村子粉墙黛瓦,一派徽风。多数人家建起了漂亮小楼,零星尚存几处起脊的瓦房。二三老人,做伴屋檐下,细语柔声,自在言笑;澄澈的夕阳,见证着那一寸寸老去的时光。身子硬朗的老伯,找一把带锈的铁镐,悠闲地劈柴,又一根根地码上柴垛,齐整而温暖。我在想,难道他们都无依无靠吗?其实不是的。他们的儿女们,有的在外地工作,有的到城里务工,日子都过得殷实,有几家还在城里买了套房。子女们也都孝顺,屡次接老人们进城,他们死活不肯,只说进了城总不习惯,除非哪天真的走不动了,不得已才会搬离世居的老屋。

路过阿婆家,发现一个惊喜。两层小楼,一、二楼的走廊顶,筑着四个精巧的燕窝。在我的老家,这些年来,小燕子已成了稀客。缺席燕子的春天,一年年地叫人沮丧。民谣说,燕子进家门,多福多儿孙;又说,燕子不进恶人家。燕子是益鸟,燕子入户乃吉祥之兆。家有一组燕窝,阿婆引以为荣,合不拢嘴。她欢喜地告诉我一个秘密,眼下,燕子已启程南飞,行前则将空巢交于麻雀安居了。她特意补充道,这可不是麻雀强占去的。春回大地,燕君归来,麻雀自当让位于紫燕。还有这等趣事?我半信半疑。仰观片刻,真的发现有两只山麻雀从燕窝里飞出飞进,欢呼跳跃。我忙用手机抓拍了这个难得的镜头。燕、雀间的君子约定,让人看着也眼红。

早上,被清脆的炮仗声叫醒。立于二楼阳台,正可俯察袖珍的丁字小街。一根有两丈长的毛竹横在路口,挡住了裱花的婚车。不过,这可不是拦路、打劫,而是亲友们向迎亲队伍讨彩头、要喜烟呢,好沾一点喜气。男方有备而来,也不小气,满面春风地散罢喜烟、喜糖,欢天喜地地迎走了新嫁娘。乡亲们夹道欢送,拱手道贺:恭喜!恭喜!

湖畔小憩,按捺不住好心情,在朋友圈里发了一组"人间草木"照。家人看到后,一心要我带几株芭茅回去,留作插花之用。临行前,我央求房东去湖边割了几根,扎好,放在车上。转脸问女主人道,这满山遍野的芭茅,除了山野的孩子扎火把玩,还能有什么用呢?她笑着说,你有所不知,过去山里穷,盖不起砖瓦房,都是用芭茅草做屋顶;现今,山里人都用它做扫帚,可好用啦。庄子曰,无用之用,方为大用。没想到,并不起眼的野草,会有这么多用处,既可为百姓遮风挡雨,又能为庭院净化环境。人们喜欢它,也在情理之中了。

放空几日,重回既有的轨道。忙碌之余,不妨再邀约于江湖。生活的面貌冷峻,虚幻的乐土迢遥。山水有情,草木有意。每个人的心里,都有一处迷人的桃花源。

(东方煜晓,业余作者,在《人民日报》《光明日报》《半月谈》《文艺报》《北京文学》《散文选刊》《歌曲》《清明》《安徽文学》《诗刊》《绿风》《诗潮》《诗歌月刊》《散文诗》等上百家报刊发表文学作品数百万字。出版诗文集多部。多篇作品入选全国散文年选,获得各种奖项,被文摘类报刊转载,多次入选中高考模拟试卷。《寿县珍珠泉》入选人教版义务教育标准化课程四年级语文上册教科书。作词的歌曲入选中宣部"中国梦"主题第二、四批推荐作品,并在央视及各省卫视展播。荣获安徽省第十三届精神文明建设"五个一工程"奖。)

皖地风

南湖笔意（外一篇）

张旭光

人声,只有乱点蓝天的水鸟,只有按兵不动的野鸡。我相信,水下还有数不清的鱼虾,在打量一群远方来客。

湖滩之上,成堆的石砾,纹路各不相同,故事浓淡各异。再硬的石头,也硬不过这湖水,没有一样东西,经得起水的撞击。贝壳杂散在石头之间,洞开的躯壳,像庙宇,深不可见。除此之外,在南湖的沙滩之上,我没有看见更多的东西。这正是南湖的珍贵之处。七月间,不宜看山,最适合走水。天热,林山元气殆尽,你去看她,多少有些唐突。水就不一样了,瘦下来,清清凉凉爽爽朗朗轻轻快快地流,精气鼎盛。

去看南湖。

南湖,一方浩渺的古水。世间呼为"南湖"者,不胜枚举。我眼前的南湖,别名南漪湖,生在宣城。正是应了宣城友人的邀约,我们一行数人,出城,进村,过山野阡陌,直奔南湖。

同行者互聊欢悦,对南湖竟无半星兴奋之感,仿佛此行是来看人而非水。好东西,往往如此。第一眼平常,第二眼生出味道来,再一眼便是一生。慢慢地打量,南湖空到极致,无亭无阁无台无槛无桥无雕塑,似一天然的处子。这湖更像一片海,悠悠荡荡,湖风猎猎,目光丈量不到边际。水,很野,一浪攮着一浪,将天边一点一点地推向苍茫与遥远。水中的岛,锁着无序静卧的野舟,湿漉漉的湖风唤醒成群的芦苇。

我们一群人越来越沉默。不得不安静下来,因为辽阔的湖水正在淹没一切。

观水,是一门学问。在水边漫步,水中泛舟,看水上风流,窥水底百态,终是潦草浅薄了。于浩浩汤汤的流水前,最堪赏处,亦是最静寂处,静到思接千古,静至灵魂出窍。

佛家曰:空即是有。古老的南湖,收录了多少人和事,是一个谜。我笃信这里曾经有钟声浑厚的古刹,有船帮野性的号子,有等一个人等到望断江楼的爱情,有沉入湖底的风流诗章……当年,白乐天在南湖的浪声里高声吟唱:"风回云断雨初晴,返照湖边暖复明。乱点碎红山杏发,平铺新绿水萍生。翅低白雁飞仍重,舌涩黄鹂语未成……"早春时节,草长莺飞,这白姓男子,饱饮了湖山声色,作为酬答,他把故事写在流水之上。

而我,期待在一个大雪的节令,来读南湖的前世与今生。白雪皑皑,南湖褪尽衣衫,天地寂寥。这时,你解读一湖深水的内力,便升腾起来,便渐渐明了,世间没有什么比水更长寿,没有什么比水更具备斑驳的历史感。冬夜的月,格外齐整,月色下,村庄酣眠,蓝蓝的湖水酣眠。这便是最接近生命的样子。在月色下,南湖邈远的另一端,是塞外长空,一幅冷峻的现实主义泼墨大作。那是最接近生活的样子。面对同一轮明月,参出不一样的禅机,悟出不一样的大美烟火。

只是,南湖让我更接近生命的初始。

出得南湖边,出得静寂。我们一群人,在好客的宣城友人的引领下,背湖而行,没入湖边的村落。

阔大的南湖喂养的鱼米之乡,曾经是何等丰盈饱满。数百年前,梅文鼎如是说:"错水田间路,依山湖上村。林岚风过静,鸡犬客来喧。秋涨遥连汉,春船曲到门……"访客,一年一年不曾断过,只是沧海桑田,物是人非了。

湖上村落,数百年风雨改易,叫江南的水浸出了柔和、宁静的风骨。漫步其间,渔网、木筏、斗笠、鱼篓、篱笆……都清寂无声。鸡犬相闻、人群穿梭的景致,无处可寻。偶有耄耋老者,皱染开渔民古铜色的面颊,淡淡地笑。我问道:阿婆,村里的人呢?老人淡淡地笑:没人啰,都走啰,去城里啰。

这水一样的村落,几近空村。这是博大的水留给我们的伤感和隐痛,留给时光和历史的拷问。

宣城的友人中,有一位水一样的女子,生于斯,长于斯。她在我们跟前反复念叨:老了,在这水边盖一栋房子,种菜、养鸡、喂鱼……我仿佛看到,又一个村落,在炊烟里苏醒过来。

七月的阳光与清凉的湖风,将我裂为两半,一半肉身,一半灵魂。恍惚中,水声浩荡,自我头顶缓缓升起。

旌德散笔

一

去旌德。一行五人,去采风。

旌德多山。远山的线条,像奔牛之脊,顶破一袭深蓝的棉袍。裂开的豁口上,洁白的棉絮漫作云海,浩荡而疏朗。那么多山,都默不作声,低眉的样子,谦卑、木讷、羞赧、沉静。斜靠在车内,陡然生出阅尽红尘、心归云山之感。旌德有古水,曰徽河。敢择"徽"而名,其人文定是不浅。

史载,唐宝应二年(763年),置旌德县。《元和郡县志》:"本太平之地,以县界阔远,永泰初'土贼'王方据险作叛,诏讨平之,奏分太平置旌德县。"又《太平寰宇记》载:"冀其邑人从此被化,故以旌德为县名。"零星数语,这货真价实的千年古邑,瞬息便生出包浆气来。

车过之处,间或冒出些老屋。白墙黑瓦,檐牙高啄,仿佛哪位丹青妙手刚刚一笔天成的白描,墨色尚未干透。那些徽式建筑,不成群,零星地挤在沿途不算气派的新式楼房中,真实,苍然,清寂,突兀,凄美,清癯骨立,孤绝泠然。

久闻旌德富徽韵,这算是浅尝吧。

我想:去陌生的地儿,便做个陌生人吧。慢慢走,慢慢看,慢慢想,慢慢地遇见另一个自己。人在旅途,很多时候都有种奇妙的心境。譬如,你背着行囊在人海中匆行,忽然发现一个背影,恰似故人;你在一个陌生的地方,遥望远山与村落,越看越觉得这就是故乡;你在遥远的海边,听见一只燕子呢喃着飞过头顶,忽然感到这就是小时候见过的那一只……

鲁迅说:"无穷的远方,无数的人们,都与我有关。"旌德,注定与我、与你有着千丝万缕的关联。

又行半盏时间,车子抵达旌德江村。我猫出小车,放开身子来。此时,青山卧水,白云补天,和光融融生暖。随意扫视了一眼,这村子,懒懒散散,吊儿郎当,透着股久经沙场,惯看秋月春风的味道。

二

下午,就地走江村。果不其然,老得很。苍古,散淡。

江村风雨近 1400 年。据记载,南朝杰出文学家江淹,也便是那"江郎才尽"的主角,曾知宣城。后,其五世孙江韶,择旌西金鳌山族居,始得"江村"一名。悠久的历史,造就了江村丰厚的人文。如今,徽河东去,浪淘千古风流。那些名人巨子都成了风烟,尚余古塔、古碑、古祠……以及那些已厚植于这片土地之上的传奇与故事。

然而,我想避开他们,仅仅走走我的江村,专拣那老街深巷走过去。

这些老街小巷,闹就闹到沸反盈天,空就空至死寂。逼仄的老街,商店、肉铺、茶馆、酒肆、马扎、摇椅、案板、箩筐、木梯……都散落两旁,毫无章法。挂霜的老人、追逐的稚子、穿针的妇女、赤膊的壮汉,吆喝声、哭闹声、呱天声、磨刀声、炒菜声、烧水声……交织在一起,让人感觉安稳、散淡。在这里,你可以大口吃肉大口喝酒,不急不赶,不争不斗,就那样卸下生活的包袱,懒懒散散地过日子。这是我们在努力挣脱,又无比向往的生活,这是我们用来存放另一个自己的地方。

小巷寂寥。出得老街,一拐,便是幽深的巷子。这是一个古老、空灵的境地。那些青条石板随意拼接着,像远古恐龙的肋骨,淡定、安素。轻轻地走,一定要轻轻地走。走着走着,有穿青衫的人撑油纸伞迎面走来,有挎着竹篮子梳麻花辫的卖花女子走来,有打马悠悠晃晃哒哒穿行的诗人迎面而来……你还看见自己放下手机、电脑、应酬、疲惫,靠在老墙上,看星星与月亮。

巷子没尽头,就像我们心灵的渴望没有彼岸一样。踏着高龄的青石板,我多想将这静谧的时光封印在脚下,等下一个有缘人来读我。

三

过江村,去庙首镇太白村。此村拙朴。

那些流过村庄的河流,野野地、轻轻浅浅地流。河岸参差,水草葳蕤。沿河的人家都有小院,都有菜园,都有老树把门,都有鸡鸣狗吠。村里的路,和老树的根须一样,盘根错节,四通八达,勾连着一户户院落。

看到一群陌生人进村,那些老人、儿童都出来了。他们从木门中、瓜藤下、篱笆后、河沟里,出来了。在一条土路上,三个上了年纪的老妈妈,都柔柔和和暖暖融融地笑看着我们这群陌生人,仿佛认识多年一样。一个坐在门槛上的老人,请我们进去喝茶;两三个孩子,跟在我们身后,咯咯地笑,像过年一样欢悦。

正值六月间,瓜果都挤破了脑壳。那些果子,一律不光滑,生得疙疙瘩瘩,有的残留了鸟喙的啄痕,有的布满虫洞,有的像刀口一样裂开了。但是这又有什么关系呢?这不正是生命的样子吗?在一户人家的门前,一树桃子,沉甸甸地压到地脚上了。同行采风的一位女文友深爱此物,试探性地向女主人购买。那女主人爽朗地说:不卖,但可以随便摘着吃。

我们吃着桃子,吃着久违的乡愁。

太白村的泥土上,不但养着草木百姓,还育有历史与名人。譬如,一个民国奇女子吕碧城,"近三百年来最后一位女词人"。关于她的人与事已不是秘密,而是载入史册的共识。在吕碧城故居内,什么也没有,除了令人敬重的空寂。里面的一切都原生态地存在着,包括灰尘与烟火的熏痕。终生未嫁的吕碧城,传播着自由平等的思想,引导着女权运动,以仰望星空的姿态,令无数男儿汗颜。

黑格尔说,一个民族要有一群仰望星空的人,才有希望。走出吕碧城故居,我耳边有童声浅吟着这位女中豪杰的好词:"水绕孤村,树明残照,荒凉古道秋风早。今宵何处驻征鞍?一鞭遥指青山小。漠漠长空,离离衰草,欲黄重绿情难了……"

在太白村,我遇到了我的祖母,遇到了我的母亲,遇到了了不起的女性,遇到了童年的自己,遇到了遥远的故乡。无尽的乡愁,缓缓爬上我的脑门。

四

最后一站,是古村朱旺。

走进千年朱旺,走进小桥、流水、人家,走进浓郁的徽文化气息里。围着我们一群过客的是青砖、黛瓦、马头墙、曲巷、阁楼、石桥、高门、古井、宗祠、牌坊、当铺、书院、官厅、砖雕、木雕、石雕……她们庄肃清寂,迎来送往,阅尽人间无数!

青山依旧在,木棉几度红。游走在古民居中,唯有风声呼啸。杏旗高挑,高门半开,却不闻当年的人声兽语。拴马石上,岁月绕过一圈又一圈。那些高大的石阶,谁曾坐在那抽过水烟?谁曾在那候过夜归人?谁曾在那送过戍边的男儿?谁曾在那上过花轿?谁曾在那就着月光苦读?这些老屋,从一块砖一片瓦到一扇窗一道门都很讲究,都有气韵流动。放眼看去,暗红、黝黑、灰白、木黄,旧气弥漫,清清疏疏。古人已去,空楼风满堂。

在很多低矮的院墙上，青黑的瓦当匍匐着，上雕栩栩如生的瑞兽。这时，一些碧绿的藤蔓自墙后爬上来，覆过瓦当，指向青天。瞬息之间，两种时光便交融在了一起，使人恍恍惚惚。在这里，将马灯挂起，将木门掩上，将棉被铺开，靠山枕水而眠。屋外，风荷影动，有哪家书生在子夜吹响竹笛。

朱旺清古，使人刹那跌入其中，不愿醒来。

出民居，过河桥。桥下是浅浅的大溪河。大溪河成就了朱旺"九井十三桥"的江南美景。河岸边，石踏逐级游向水中。有石踏处，便有井。井在水中，水绕井而过，井水不犯河水，两者相安无事。这比桐城的"六尺巷"动静小，却不输半分教化。

水中有鱼，生得巴壮。它们在云朵上嬉戏游弋，令人艳羡不已。同行的文友冷不丁地说了句话："你要是鱼，你快乐；鱼要是你，它也快乐。"

此时，朱旺就是一条古水，我们是一群穿游其中的鱼。

五

时光匆匆，短短半日定读不尽古城旌德的浩深。返程的车上，有人说旌德经济尚不发达。我想，经济的巨轮在碾过旌德，会不会收割了我刚刚打理过的禾苗？向来缘浅，奈何情深。我已在旌德种下了我的种子，但愿再顾如初。

旌德，没什么了不得，但又有哪儿比她更了得呢？

在这日新月异的时代中，唯你是旧的，像月亮，一个姿态一挂便是千年。

（张旭光，1982年生。广德市作协主席，宣城市作协副主席、散文家协会副主席。作品散见于《美文》《清明》《浙江文学》《天津文学》《安徽文学》《中华文学》《时代作家》《散文选刊》《作家天地》等刊物。获"吴伯箫散文奖""中国散文年会奖"等各类奖项三十余次。）

匠人街（外一篇）

苗秀侠

我的故乡在西淝河湾里，是个老集镇。镇子不大，有南北、东西两条主街道。东西街骑着国道，街两边多是公家办公的地方，按现在的说法，东西街道属于集镇的政治文化中心。南北街道是老街区，街两边是原住民。街中间有一条小街道，把南北大街拦腰划开，东边直通我念书的学校，西边连接我居住的村庄。这条小街道，就是匠人街。

匠人街不算宽，各色铺子两厢排开，银匠铺、灯笼铺、响班子、鞋匠铺、铁匠铺、皮匠铺、自行车板车修理铺、箍桶铺、棺材铺、糕饼坊、制面坊、米花团铺……一律前店后宅。打铁的叮当声、吹唢呐的呜哇声、劈竹篾的唰唰声、砸白铁皮的咣咣声，就像一场盛大的交响乐，轰然炸响。伴随这交响乐的，是各色诱人的香味，芝麻香啦，糕糖香啦，米花团香啦，在放学时分格外勾人。

匠人街上最得小孩子喜欢的，不外乎吃和玩。吃当然要数糕饼坊，芝麻糖啦、枣糕、豌豆糕啦，羊角蜜啦，想起来就要流口水。但还是比不过米花团铺，因为米花团不仅好吃，还耍着玩乐式的热闹。一串串米花团高挂在门脸上，长长的红纸绿穗子随风飘拂，店家站在柜台后面，手里把玩着一只木盒，一边摇着木盒，一边合辙押韵地唱着："东街的二舅，西街的姨，看看来得齐不齐；三家了，四份了，还有一家就够了；抹开盒子大家瞧，十八的大点归你了。"这叫"唱会和摇会"，一局要五个人参与，一人二分钱，参与者每人摇一次木盒里的骰子，店家负责开盒唱点。抹开木盒看谁的骰子点大，米花团就归谁。小孩子难得有二分钱的私房，跟着听，凑热闹，有那心活手痒的，掏出被焐得热乎乎的二分硬币，尽力豪迈地掷过去，参与"摇会"。倘或骰子点儿大，二分钱就能换得价值一毛钱的碗口大的米花团；不幸点儿小，这二分钱就打了水漂，等于赞助他人口福了。

还有那非要争口气的,攒了半年的一毛钱全搭进去,连着摇了五次"会",也没换回来星点儿米花团,眼见着咧嘴就要哭,店家就疾手摘下一串核桃大的小米花团递过来,哭声立刻压住了。这样的把戏玩多了,店家难免折本,所以"摇会"一般不给小孩子玩,怪没意思的。

灯笼铺就好玩多了。扎灯笼的匠人手真巧,竹篾劈得如细线,扎出来的灯笼造型各异,兔儿爷啦,猪八戒啦,冬瓜西瓜南瓜灯啦,看得人迈不动步。不过灯笼要到春节才派上用场,平常日子,灯笼挂满灯笼铺四周的墙壁,心不急气不躁地等着年节的来临。家境好的人家,过年时大门口要挂两只大红灯笼,小孩子则是人手一只——多半是平平无奇的圆筒灯笼,要是谁能提着一只鱼灯笼,那可是倍儿长脸!鱼灯笼上蒙着彩色的鱼鳞纱纸,活脱脱一条锦绣鲤鱼。灯笼里面装有蜡烛,提在手里走动时,鱼嘴一张一合,别提多好玩儿了。只是鱼灯笼比圆筒灯笼贵几倍,我在故乡度过的十几载少年时光里,只得过一次鱼灯笼——那年期末我语数考了双百分,爸爸狠心从工资里抽出一张簇新的票子,四个孩子,三个圆筒灯笼,一个鱼灯笼,鱼灯笼是奖给我的。我太高兴了,年夜里忙不迭提着鱼灯笼,到伙伴们跟前显摆,哪想到蜡烛一歪,灯笼顿时化作一团火球、一片飞灰。

匠人街上匠人多,故事也多。最出名的是银匠铺的吴银匠。他出名,一是凭着过人的手艺,二是他那个长辫子的大闺女。20世纪70年代末,日子还是贫困的,银匠铺的生意主要靠着四邻八村嫁闺女、娶媳妇打首饰,或给头生子过周岁做长命锁。也有人拿祖传的银饰来重新淬火改样,或把银簪改成银手镯,或把银项圈改成银锁、银耳环。改银饰时顾客要坐着等,看着吴银匠在操作台上熔化银块、注进模具,再敲敲打打一番,顷刻间旧貌换新颜。改银饰的往往是殷实人家的大闺女小媳妇,穿着赶集上店的时新衣服,涂得脂红粉白。但只要吴银匠的闺女一下楼,新衣和脂粉登时就失了颜色。

或许是南方人的缘故吧,吴银匠一家人都长得极白净。吴银匠奔六十的人了,仍然白面长身。他那大闺女看不出年岁几何,也是高挑的个子,脸儿粉嘟嘟的,像刚剥壳的鸡蛋,一双黑亮亮的大眼,虽然常常是含着笑的,旁人却总不敢跟她对上。最惹眼的是吴姑娘的发型。那时候街上流行梳两根发辫,吴姑娘却是一根独辫盘在头顶,盘法也是老集镇没有的式样——从头顶分层次编织后盘起来,仿佛头顶上开着一朵墨菊。她家不缺银饰,她这盘辫上却不插戴一花半朵,反而格外清雅。有人说她那辫子跟个子一般长,放下来能拖到地上,不过谁也没见过。

吴姑娘美得这般出众，四邻八乡赶集的人都喜欢去银匠铺转转，盯着她看。吴姑娘也不恼，看谁盯她最狠，就转过眼去也回盯那人，盯人的往往撑不住先别开眼去，吴姑娘就微微一笑，傲娇地走上二楼，靠着窗看街上的行人。她家这二层楼也是匠人街上独一份儿，吴银匠疼闺女，自己住楼下，二楼是吴姑娘自己的闺房。吴姑娘不是匠人街上长大的，不记得哪一天突然回来，街坊邻居才知道吴银匠还有个大闺女。有人说吴姑娘嫁过人了，丈夫去了国外；又有人说她在南方城市的大学里做教书先生，因为有病才回来休养。偶尔，二楼的窗户里飘出手风琴声，絮絮密密，如一场细雨，盖过了一街的喧闹。长大后离乡许久我才知道，她拉的是《卡萨布兰卡》。

进入80年代，乡下人可以通过考学成为城里人，而因了种种理由做了乡下人的城里人，也一一回到城市原来的位置。那一天，突然来了辆小轿车，停在银匠铺门前，车上下来个身材挺拔的俊朗的男子，他把吴姑娘的手风琴从银匠铺的二楼轻轻抱下来。吴姑娘跟着款款下楼，仍然是一副云淡风轻的样子。吴姑娘离开了银匠铺，吴银匠仍然操持旧业，坐在柜台里，安安静静地给银饰整形、翻新。

铁匠铺在匠人街最西头，铺子外面就是田野。一般打铁的都膀阔腰圆，铁匠孙师傅也是如此，但他的腰圆却被自己老婆的阔膀比了下去。后来我在国外油画上看到肥美健硕的女子，才发觉打铁的孙师娘可与之一拼。孙师娘本来是不打铁的，她嫁来时还是小巧玲珑的身板，一连生下四个娃娃后，孙师傅的徒弟另起门户，负责拉风箱的孙师娘就抢起了打铁的大锤，和孙师傅夫唱妇随。她身体的潜能就此被发掘出来，不但体胖腰圆，一双臂膀更是发达健壮。孙师娘打铁也是匠人街一景，她穿着红衬衫，胸前吊着黑皮围裙，两根辫子系起来直接竖在头顶，就像蜻蜓的翅膀。在赶集的农民围着铁匠铺说说笑笑中，她就把割麦用的大镰刀、耪地用的大锄头、拾粪用的粪铲逐一定制完毕。

铁匠铺门口支着一扇门板，摆着打制好的铁家伙，前来购买的人，丢下钱拿了就走。铁匠铺的地上，孙家的四个小子爬着玩弹子，个个带一脸的煤灰。其中的大小子见有人把钱丢在罐头瓶里，立刻爬起来，抓过钱，直奔大街而去，不一会儿，就举着半只符离集烧鸡，得意扬扬而回。孙师娘举着大铁锤，敲得叮当有声，就像给铿锵阔步的儿子助威。

岁月不知不觉老去。

有那么七八年，从家里到学校，从学校到家里，我几乎每天穿行在匠人街。存留在记忆里的，除了银匠铺吴姑娘高高盘起的发辫和她的手风琴，铁匠铺孙师娘抡锤打铁时臂膀的呼啸，还有响班子呜咽作响的唢呐声。唢呐不管吃不管用，本与我关系不大，自从我的同学张二狗辍学学吹响,我对匠人街上的唢呐班才生了几分探究之心。

张二狗家里穷,弟兄多,成绩平平,不爱运动。更麻烦的是他五音不全,上音乐课只对口型不发音,这样的人也能吹响?

放学经过匠人街响班子门前,偶尔会碰到匆忙进出的张二狗,他涨红着脸,地老鼠似的咪溜一声闪进门。后来听说响班子学徒学吹响不会在匠人街上吹,要拉到野地去学。于是趁一个周六下午,我拉上班里的几个女生,终于在镇子北头野沟边的杨树林子里,见到了响班子一帮徒弟。那里头就有张二狗,他老先生吹得鬼哭狼嚎,不成个调调,却眯着小眼睛,鼓着腮帮子,恨不得把唢呐杵上天。倒羞得我们猫腰躲在麦秸垛后,直到他们散场才敢走。

许多年后,回老家参加亲戚的葬礼,响班子的头号师傅就是张二狗,那一把唢呐,吹得山呼海啸,撼心震肺。

八大块

红烧肉这道名菜,各地有各地的味道和讲究。我故乡阜阳的红烧肉之所以成为著名菜肴,和苏老师的力推不无关系。苏老师能文善书,多才多艺,还喜欢烹饪美食,尤其擅做红烧肉。在阜阳做太守时,他已经拥有"东坡肉"的冠名了。那是苏老师在杭州犒劳修建西湖民工时获得的美誉。虽然无法考证他在"执颍州"的时光里,是否亲力亲为、烹饪美食宴请众友亲朋,但阜阳红烧肉的美名发扬光大,绝对有苏老师的功劳。

不过,阜阳红烧肉并没有蹭"东坡肉"的热度,它仍然实实在在叫着自己的本名:八大块。为何叫八大块呢?其一,肉的块头大;其二,数量只有八块。这焦红透香的"八大块",一直是乡村宴席上的一道大菜,永远排名第一,无论红事白事,绝对不能缺席。

而且这八大块的大小、色相和味道,绝对考究。从一个角度讲,烹饪出一道外焦里酥、汁液饱满、红中透亮、味美色纯的八大块,是评判一位乡村厨师技艺的标杆;而席面上呈现出多大分量和质量的八大块,也是衡量一户人家经济实力和礼貌周全的标尺。

八大块的烹饪,首先食材要选对。肉要厚、肥,一定是膘肥体壮个大腰圆的公猪身上的五花肉。然后均匀切块,先放水里焯到七八分熟,再放上精盐、料酒、味精、蜂蜜等配料,搅拌均匀后过油,直炸到肉块表皮呈现半焦的微红,捞出放凉,而后切成方块,配上八角、肉桂、茴香等辅料,摆放在大碗中,上蒸笼蒸。蒸肉的关键是拿捏好火候,要等到肉块溢出油花,香软酥烂了,才能出锅上桌。

八大块的块头多大才算合适？首先得跟通常意义上的红烧肉拉开距离。这里就要说道说道我老家的另一种红烧肉了，它是八大块的兄弟，乳名叫菱角块，样子和分量就像普通的菱角。这道菱角块也是撑台面的大菜，于宴席中间先上来助威。菱角块下面要垫着干豆角或干眉豆壮碗，让冒油滴香的菱角块鼓堆堆地立于碗中，显得有模有势。和菱角块相比，八大块是它个头的两至三倍。块头小的八大块用小碗盛，块头大的用粗陶碗或小陶盆来装。红事宴席上的八大块要比白事宴席上的大，但数量一直是八块。这也是八大块为何被叫作八大块了。乡村宴席上，每桌规定只能坐八个人，八块大肉，一人一块，不多不少。就算有人带着小孩子过来，一桌多出来三五个小孩，八大块的数量仍旧是八块大肉。那时候肉金贵，小孩子可以上桌吃菜，八大块的待遇却享受不到，约等于未成年没有选举权。

在那个过年才能吃上肉的朴素年代，只有参加红白喜事的宴席，才能逮着和八大块眉目传情互致问候的机缘。老家人赴宴不说赴宴，说"吃席"。吃席的兴奋点，不仅是豆腐烧萝卜、粉丝炒豆芽、丸子烩豆饼那样的普通菜肴，勾得人口水滔滔味蕾疯狂绽放的，就是那道撑席面的招牌菜八大块。

因为爸爸工作忙走不开，妈妈身体有恙，家里吃席的差事，就落到我身上了。谁让咱是家中的长女呢。吃席的机会多，跟八大块打交道的机会也多。但八大块绝不是当场吃掉的独享之物，在它被香喷喷地端上席面，让吃席者观赏片刻后，立刻就会被大家自觉地一人一块地瓜分掉。瓜分八大块时，大家会突然安静下来，伸出的竹筷像饥饿的利喙，于微颤中带着虔诚，当竹筷和软糯的肉块相触时，会有一种压抑的吞咽声在各人的喉咙间轰隆作响。事先已经掰开了一只白蒸馍，被筷子轻轻夹起的八大块，傲娇地卧在蒸馍里面，被蒸馍片紧紧包住，再顺势掏出早就准备好的手帕，把夹着八大块的蒸馍，用手帕牢牢扎起，八大块的归宿就算定下来了。现在大家明白了吧，八大块的意义，绝不是吃席者在席面上独自吃掉它，而是代表全家人把八大块拿回家，让一家人共同分享。

拿回家的八大块，尽管失掉了刚出锅时的部分香气，但放在灶上重新蒸热，满屋满院的香气便再次萦绕开来。重新回炉的八大块，会被切成跟家庭成员一致的数量，仍然是用蒸馍夹着，一家人各自捧着夹着八大块的馍馍，小口小口地细品慢咽，有滋有味地完成对这道来之不易美食的虔诚享用。

在老家乡村各类美味中，八大块的味道，绝对无可替代。尽管过年时，家家都会炸鱼烧肉,但相较专业厨师烹制的八大块,自家烧制的肉食,味道相差甚远。因此,对八大块的念想,不仅仅是属于孩子的,也是属于大人的。八大块的香酥和解馋,是别的肉食无法比拟的。所以,家里一旦有人出去吃席,就预示着会有八大块的口福降临,家中的孩子便手拉手等在村口,眼巴巴朝村路上张望着,一旦发现赴宴归来的大人身影出现,立刻狂奔而去,嘴里高喊着"八大块、八大块"!

记忆中最难忘的一次吃席,是去浉河东的姑奶奶家。她嫁独生女儿给煤矿工人当老婆,大摆宴席庆贺,邀请娘家的族人一起出动。姑奶奶爱娘家族人爱得任性,赴宴的小孩子每人一个八大块,我们一群小孩立刻发出幸福的狂呼。平生第一次当场吃掉刚刚出笼的八大块,只香得差点连舌头一起咽下。除了把福利吃进肚子里,回来时,姑奶奶又让每人带回一个八大块。带回的八大块个大膘肥体壮,相当养眼。酒足饭饱的一群人,兴致勃勃浩浩荡荡返回,高高举着包着八大块的手巾兜,走在春天的田野里,把太阳的光扯得满天满地都是,而幸福饱满的手巾兜,仿佛得胜者的旗帜,姿势盎然,猎猎有声,志满意得。

今年春节前夕,家族里最小的堂弟从合肥回老家补办婚礼。这场现代婚礼派送的,是盛大的宴席。不用说,八大块必不可少。喜宴结束,客人散去,酒桌上还余有不少菜肴,但八大块一块不剩,都被装进纸餐盒打包带走。送走客人,我和堂弟站在村前的大路边,望向辽阔的麦田。暖冬让青麦苗长得铺天盖地,浓浓春意弥漫在村庄上空。站在现代乡村的美景里,我不由得跟堂弟说起八大块的往事。尽管堂弟比我小了许多岁,但他也经历过跟着大人蹭宴席而分不到八大块的事。这次堂弟的婚宴让八大块不止八大块,而是人人有份,客喜主欢,不留遗憾。然而,我们还是情不自禁地回忆起一家人分吃八大块的甜蜜场景。

多少事,许多情,都埋在往昔中。在这个全民怀旧的时代,值得念想的东西太多,我独独对八大块充满深情。因为她带着当年的那份成长,及成长里弥足珍贵的温馨。

(苗秀侠,中国作协会员,文学创作一级,《艺术界》主编。在《小说选刊》《中国作家》《北京文学》《芳草》《作品》《长江文艺》等发表中短篇小说若干,出版中短篇小说集《遍地庄稼》《迷惘的庄稼》及长篇小说《农民的眼睛》《皖北大地》《大洽水》等。曾获老舍散文奖、安徽省社科奖、北京文学奖、安徽省"五个一工程"奖、新芒文学奖等。)

大通印象

高岳山

澜溪老街

四通八达,通衢九州。位于青通河与长江交汇处的铜陵大通镇,堪当此誉,遂得名"大通"。

这是一个千年古镇。南宋诗人杨万里《舟过大通镇》诗云:

淮上云垂岸,江中浪拍天。
须风那敢望,下水更劳牵。
芦荻偏留缆,渔罾最碍船。
何曾怨川后,鱼蟹不论钱。

能得到诗人的青睐和赞美,大通自然美不胜收。

到大通,澜溪老街必去。

澜溪老街属于典型的徽派建筑群,飞檐翘角马头墙,还有灯笼高挂,酒旆飘扬。这些描述在江南乃至沿江江淮地区任意一条老街都司空见惯,但澜溪老街则据说是全球唯一铺四方石的古街,就显得独一无二了。比如屯溪老街、孔城老街,地面都是青石条或麻石条,且上面有深深的独轮车辙痕,显示老街历史的久远和厚重。澜溪老街呢?平平坦坦,十几米宽,具有现代街道的特点。难道大通人有超前意识?若说超前,起码超前了几百年。可是没有独轮车的凹痕,他们当时是利用什么运输工具呢?一串串的疑问在我脑海里盘旋,令我不得其解。

澜溪老街的北头拐角处是一座两层楼房,像一本打开的书立在那里。其实这就是一本书,一本血泪书,记载着日军侵略大通犯下的种种罪行。1938年8月,日本飞机轮番轰炸,大通大多数建筑毁于战火。日军占领大通后,又以此为据点,寻欢作乐,无恶不作,继续向铜陵沿江内地侵犯。这个俱乐部成为日本侵略大通的罪证之一,现为铜陵爱国主义教育基地。我没有进入楼内,心潮起伏,对着大江感叹:落后就要挨打,这是千古不变的真理。民族要发展,国家要强盛,实现中国梦,需要我们团结一致,努力奋斗。

我在街道上彳亍,恰好一瞥,看到了大通主题展馆。信步走进去,观看一番,让我茅塞顿开,大长见识。

大通是民国第一镇,这个名头可不是信口开河、自吹自擂的。民国时的大通沙盘,立体再现了那时的房屋鳞次栉比,建筑规模较大。大通有八大商帮、八大钱庄和八大银楼,富可敌国。清末民初,是大通古镇的鼎盛时期,小小的古镇上居住着10余万人。1876年,大通古镇与当时的安徽省府安庆一起,被《中英烟台条约》列为对外商开放的暂泊口岸;在辛亥革命时期的1912年,它更是安徽临时省政府所在地。大通还是安徽省军政府所在地,特别是大通自立军起义,在这里打响了反帝反封建的第一枪,拉开了辛亥革命的序幕,其历史意义不言而喻。

大通也是明清天下首镇。作为晚清厘金收入过亿的小镇,可见当时的商业和金融是何等的发达。大通虽是小镇,却与蚌埠、芜湖、安庆这些中等城市并列安徽省四大商埠,这在全国绝无仅有,没有超强的实力怎么能有如此高的地位呢?北宋设镇,明洪武元年(1368年)设河泊所,收船舶税,兼管鱼课。可见大通在明清具有举足轻重的地位,名副其实。

再往前追溯,大通的历史悠久,春秋时,吴楚争霸的"鹊岸之战"就发生在这里。西汉设铜官府,实行"梅根治"。唐设"大通水驿",据说新罗国僧人金乔觉从这里上九华山,修成了地藏菩萨,这里成了九华山的门户——"九华山头天门"。老街始建于元末明初,历经战火,多次毁灭与重建。大通古名澜溪,因此老街被命名为澜溪,

长江自西而来,遇到江心洲,拐了一个弯,折向北流入铜陵,成就了大通。大通一直走在时代的前列,过去有"小上海"之称。大通是民国时东西方文化的交汇处。美、英、德、法、西班牙等国建立的洋教堂林立。还有西班牙人建立的钟楼,有七八十年的历史,高高耸立在长龙山上。

走出主题展览馆,我们参观了龙泉古井,它始建于清朝嘉庆丁丑年(公元1817年),距今已有200年的历史。井口圈内侧,一道道井绳勒出的深深沟槽可以看出它年代的久远。

径直向街南走到澜溪古桥。古桥有600多年历史,东面是祠堂湖,说是湖,其实面积并不大,一眼就能望到对岸。清风徐徐,水波不兴。古桥的西边是青通河,水流比较急,一些水葫芦、菱角菜打着旋儿往下游。这些植物本来想到天通河玩耍,不承想被急流裹挟,背井离乡。

古桥下一条不宽的河段连接着祠堂湖和青通河(与鹊江相通),不过平时有节制闸(已300多年)拦住,不让它们血脉相连。一边风平浪静,一边水流湍急,一地两重天,别有趣味。一只白色的水鸟从湍急的江水上方掠过,迅疾地飞到祠堂湖湖面,又一个俯冲,继而跃起,估计捕捉到食物,然后拍打着翅膀悠闲地飞到岸边慢慢享受大餐。

古桥东西的堤埂边长满了芦苇。喜欢静的,就到祠堂湖边,安静听湖的均匀呼吸;喜欢动的,就到天通河边,听江涛拍岸。

远眺朝天门牌坊,心里想着金乔觉的自在放下,不管你是否是佛教徒,没有了膨胀的物欲,过得自在自然多好呀!

大通生姜久负盛名。大通生姜具有块大皮薄、汁多渣少、肉细脆嫩、香味浓的特征,是佐餐不可多得的小菜。

澜溪老街没有了昔日的辉煌,从江心洲来的菜农担着蔬菜卖几个小钱生活,却是那么心安理得——居民们的心态好,过简单生活,才是最好的生活。

和 悦 洲

江心洲,有一个好听的名字:和悦洲。从航拍图上看,像是一滴水珠,又似一片树叶,还如一尾游鱼,不得不令人惊叹大自然的鬼斧神工。

和悦洲,沉寂了百年之后,再次被世人唤醒,抑或被炒作。

我所说的沉寂,是相对于最繁华的时候而言,并不是一点声音或活动迹象都没有的。和悦洲的沉寂,确切地说是抗战后逐渐衰败,新中国成立后稍有起色,最近几十年日渐凋敝的。衰落得默默无闻,可以让人忽略不计。

近年来,不知何种原因,和悦洲声名鹊起,越来越多的人前来旅游参观。从网络和朋友圈照片来看,断壁残垣,荒草萋萋,一派凄惨景象。如果说有美感的话,也只能说是残缺的美,就如维纳斯雕像一般。这对于一个曾经有"小上海"之称的繁华商埠来说,的确令人唏嘘,扼腕叹息。

说到和悦洲,不得不说说它的身世。长江在大通段拐一个弯,再折向北流去。这一拐,泥沙堆积,日积月累,就成了江心洲。因为只有荷叶才能浮于水上,抑或洲的形状像荷叶,故名荷叶洲。据说,后来两家为生意打官司,有位智者希望洲上居民和谐相处,改名和悦洲,沿用至今。但在大通老街看此江洲真像一片飘浮的荷叶,水波荡漾,江心洲似乎也在波动,所以有不少居民仍然称其为荷叶洲,觉得这样叫贴切、亲切。

说到和悦洲,自然要说说大通。春秋鹊岸之战发生在大通,也许正是这个原因,此段江面称作鹊江。西汉设铜都府,唐设大通水驿,直到北宋设大通镇,因此大通镇有千年历史。清末民初,大通蜚声国内,与蚌埠、芜湖、安庆并称安徽四大商埠。而且大通是迄今为止独一无二的江心古镇。大通古镇的枢纽机关都在和悦洲,因此广义上的大通,包括和悦洲在内。换句话来说,和悦洲是大通镇的重要部分。理顺了大通与和悦洲的关系,我迫切想去和悦洲走一走。

从大通码头到和悦洲有200多米,乘约莫十分钟的轮渡即可到达。轿车、三轮车、电瓶车先上,占据中心位置;行人接着排队陆续而上,分列两边。从青通河流出不少水花生,在鹊江上打着旋儿与浑浊的江水一起向下游奔去。在江上乘轮渡,我还是第一次,感到格外新奇。船头看看,船尾也看看。拍张照,留个影,忙得不亦乐乎。那些菜农反应平淡,这应了那句"熟悉的地方无风景"的论断。

下了渡船,"清字巷"映入眼帘,进入巷子,走几十米,就到了头道街。

头道街曾经是和悦洲最热闹喧哗的街道,商号林立,商业兴隆。如今满目苍凉,让人不忍卒看。街道地面铺的是印度红色花岗岩,东半边是长条形石块,如天然的琴弦,人走在上面,像是在用脚弹奏美妙的曲子,空谷回音,美妙极了,原来下面是排水的阴沟。西半边则是60厘米的方块,密密麻麻,相互耦合,放眼望去,好似一张张方块形花纹地板革铺在街道。这些石块上面粗糙,有防滑功能。街道足有五六米宽,可以想见,这在当时属于比较高规格的设计。沿街两侧一律为两层徽派建筑,典型的马头墙和吊脚楼,门大多是活动插板。往昔的《清明上河图》般的繁华一幕幕浮现在脑海,我仿佛成了和悦洲的一员;也许我是士绅,穿着貂皮大衣,迈着八字步,神态悠闲地观景;也许我是一镇之长,端坐轿子里,前面鸣锣开道,威风八面;也许我是一名渔夫,担着鲜活的鱼虾,急匆匆地赶集;也许我是店小二,手执长壶,正在给顾客倒水沏茶……我能穿越历史时空,演绎各个朝代的人物。当心啊,这段是危房! 一位游客的提醒,打断了我的遐思。

岂止是危房,有的连房顶都没有,只剩下摇摇欲坠的墙壁。那些坍塌的山墙和沿墙似步履蹒跚的老人,实在走不动了,一个趔趄倒下,半天才爬起来,弓着腰,望着路边行人。可望眼欲穿,也没有人来搀扶,一声叹息,让人心碎。哎,这些老人,曾经大富大贵,怎奈家道中落,落得如此尴尬呀! 有些砖块悬空欲落,但还牵着墙体,毕竟有很多年感情,怎忍分离呢? 一些草木抢占地盘,顺势旺盛地生长,有的甚至从窗户探出头,随风摇曳,肆意招摇,也不管曾经屋子主人的感受。其实,也不能怪这些花草树木,你丢弃房屋,难道还不让它们来陪伴吗? 可见草木有情,不是诳语。邮电局、盐务招商局、银楼……有的只剩下遗址,有的巍然矗立,虽有些破旧,但仍不失威严,过去的辉煌可想而知。特别是那些破旧的门板,镂刻着逝去的光阴,沉默不语,从容淡定。

二道街和三道街依次在头道街后面,街道明显窄了许多,房屋留存还算完整,其地位也明显逊于头道街。二道街是行政管理中心所在地,各种行政、商业等办事机构云集于此。三道街为密集的居民区和一些小的商铺。三条街道南北走向,与十三条东西走向的巷子经纬交织,组成了四通八达的网络。十三条巷都以水字打头命名,以水克火,每一条巷子都有许多故事,不再赘述。如此破败不堪的场面,犹如刚刚经历了一场激烈的战斗。如果来此拍战争片,不需要多少布景,就格外生动逼真。

大通也好,和悦洲也罢,它们的真正衰落与战争有着千丝万缕的关系。1938 年 8 月,日本战机疯狂轰炸这一带,和悦洲军民实行焦土抗战,奋起反击,给日寇以沉重打击,留下了可歌可泣的事迹。从此,大通和悦洲一蹶不振,没有再现昔日的风光。新中国成立后,和悦洲和铁板洲以及潜洲还住着 3 万多居民。此后,居民陆续搬迁到东岸的大通,房屋无人居住,逐渐倒塌。目前三街十三巷只有几家居住,还有 3000 多名居民在其周围定居。

洲上居民主要种植蔬菜。每天摘新鲜的蔬菜乘轮渡到对岸的大通古镇渡口叫卖,这是居民的主要收入。

看江豚去,同来的一位小朋友兴奋地说。我们离开了伤心之地,前往铜陵淡水豚国家级自然保护区迁地保护基地。参观了海豚馆,我对江豚和白鳍豚有了大致了解。白鳍豚已经绝迹,野生江豚只余千余头,也有濒临灭绝的危险,所以人工养殖江豚显得尤其必要。下午 2 点钟是江豚喂食时间,临工两点,喂食亭台有江豚活动了,泼剌剌的声音吸引着我们。

饲养员拎了一个塑料桶,里面有冰镇的杂鱼,是早上买的,大约10公斤,刚好是江豚一次的食量。饲养员说,江豚的视力退化,完全靠声呐来捕获食物。果然,饲养员把鱼抛向水面,江豚迅速游来,嘴巴准确地捉住,欢快地游走。继续抛,没吃到鱼的江豚竞相争抢,抢到的又高兴地游走。循环往复,都能抢到的。看似争抢场面混乱,其实非常有序,基本平均瓜分食物。非常奇怪,有一头总是离抛食地方远远的,自个玩耍。原来那是只幼江豚,还在哺乳期,所以对抛出的鱼没兴趣。

平生第一次看到江豚,我委实开了眼界。江豚最初是陆上哺乳动物,有腿有脚,行走自如。后来不知何故,喜欢在水里生活,腿脚退化,变成鳍。最后背鳍也退化了,只剩尾鳍和腹鳍。流线型的身体便于在水里游动,鼻子在头顶,过一定时间要出水换气。江豚是不睡觉的,大小脑总有一个清醒着。如果脑子完全休息,江豚睡着了,就会闷死。物竞天择,适者生存,达尔文的理论千真万确。

江豚圆滚滚的身子,真像猪似的,又称江猪,名副其实。赭色的皮肤,如同橡胶,富有光泽,富有弹性。和悦洲是长江中的小洲,四面环水,基地的水文条件和江水相差无几,最适合江豚的养殖。

和悦洲,北面是衰败萧索的三街十三巷,南面是生机勃勃的淡水豚保护基地,让人欢喜让人忧。走近和悦洲,我的心情极度复杂。谁懂我心?也许江豚能懂吧!

时隔六七天后,我再次来到和悦洲。

和悦洲正在打造旅游景区。由于处于施工阶段,不便去三街十三巷游览。乘旅游车观光是不错的选择,有时走马观花也有收获。正如读书,既要精读,也要略读。穿街走巷,一个小时,把和悦洲看个遍,只在黄复彩旧居停留一会。

黄复彩,与共和国同龄,安徽籍著名作家,佛教文化研究学者,资深报人。我读过他的长篇小说《红肚兜》,情节大起大落、炫幻迷离,场面繁复变化,细节精致入微,令人拍案叫绝。和悦洲是黄复彩的根,滋养了他的童年和青少年。出了名的黄复彩反哺故乡,是和悦洲的一张文旅名片。

戊戌六君子之一的林旭,曾在光绪二十二年(1896年)在大通和悦洲生活近50天,留下的诗作在《晚翠轩集》中有《荷叶洲杂诗》四首,其一为:"新建(勒中丞方锜)词中唱卖盐,雕镌荷叶我犹嫌。只从和悦渠侬语(土人音转和悦),春尽潺潺不卷帘(来此未尝见月)。"

可见和悦洲有很深厚的文化底蕴。

修旧如旧的和悦洲,会以什么样的面貌示人呢?

拭目以待吧!

(高岳山,安徽省作协会员,合肥市作协理事,庐江县散文家协会主席,《庐江文艺》编辑部主任,在《诗刊》《青海湖》《海燕》《鸭绿江》《诗歌月刊》《中华诗词》《人民日报海外版》等报刊发表散文、随笔、诗歌400余篇。曾获第三届刘鳃散文奖提名奖、"纪念新诗诞生百年——2017年桃花潭国际诗歌周"入围奖和首届"国际诗酒文化大会"现代诗入围奖。与他人合著长篇小说《九里河》。)

剔银灯

中国现代文学馆（外四篇）

江耀进

徐庆全《名家书札与文坛风云》，其中有一篇《胡乔木与中国现代文学馆的建立》，读后颇为感慨，又很有意思，现试着解读。

新时期文学伊始，巴金在香港《大公报》上发表文章，后结集为《随想录》，反响巨大。在《随想录》中可以知道，巴金想创办中国现代文学馆的念头最早在1979年。他写道："甚至在梦里我也几次站在文学馆的门前，看见人们有说有笑地进进出出。醒来时我还把梦境当作现实，一个人在床上微笑。"写这段话时为1979年。

1981年2月14日，巴金在香港发表的系列文章《创作回忆录》一节中的《后记》，第一次正式提出建立中国现代文学馆的倡议。随后《人民日报》发表了这篇《后记》，立刻在国内外引起了强烈呼应。茅盾、叶圣陶、夏衍、冰心、丁玲等老作家纷纷表态赞成和支持。罗荪、臧克家、曹禺、唐弢、周而复等著名作家，则发表文章以示声援。巴金提出，他准备献出稿费15万元作为建馆基金，并愿意捐出自己的全部手稿和有关资料。后递上报告，经中央宣传部批准，由中国作协筹备建馆。

新中国成立以来，《人民日报》的影响力可以说无与伦比。该报最为权威，更是党和国家领导人必读报纸，当然也是国内外关心国家大事读者的首选。想必胡乔木应是在该报上获知这一信息的。其时，胡乔木是主管意识形态的中央书记处书记。

胡乔木对建馆热心积极，他写信给周扬表达了意愿。而周扬此时为中宣部分管文艺的副部长、中国文联主席。建立中国现代文学馆应属于周扬管辖的范围，周扬同样积极回应，立刻让中国作协成立建馆筹备小组，开展工作。

其间，还有一个细节值得"玩味"，巴金从巴黎国际笔会回来，从北京顺过，胡耀邦同志在北京热情宴请了巴金。巴金终于有机会向胡耀邦面陈建馆问题，胡耀邦很干脆，明确表态中央支持这个建议。

建馆非同一般事务，首先是选址。这是牵动地方的大事，必须征得北京市的同意和支持，才能进行下去。

恰好胡乔木的夫人谷羽曾与北京市副市长白介夫(分管基建)同在中科院工作过，比较熟悉，经常来往，胡乔木也与他很熟悉。于是找到他，白介夫倒也爽快，积极帮忙，立刻敲定了潭柘寺这个选址。胡乔木终于舒了一口气。

想不到的是有人认为选址离市区远，有点偏，胡乔木为难了。好在北京市很支持，找了万寿寺20多间房，但房子其时被总政歌舞团占用。总政歌舞团属于军队系统，胡乔木写信给时任中央军委副主席杨尚昆协调解决。

经过了10余年，作为过渡性馆址万寿寺房屋已不够用，亟须建新馆。此时不仅是选址地皮问题，还有最重要的资金问题。建馆需要大笔资金，以及随之而来的人员编制和日常维护费用等问题。

1993年初，90高龄的巴金终于提笔上书江泽民。其时，江泽民是党和国家最高领导人，接到巴金的信后，他批示道："世界不论哪个文明国家，总是要拿点钱支持文艺工作的。"从此，建馆走上了快车道。

2000年5月23日，新馆落成，巴金厥功至伟。也许为了表达对巴金的敬重，每个门的把手都是按照巴金的手模制作的。

往事并不如烟。我的女儿上初中时，学校要求学生参观中国现代文学馆，我曾陪伴女儿，进馆给女儿义务讲解。

散文大家吴泰昌

今年春天的一天下午，我约了《中国作家》编辑部主任俞胜兄拜访了散文大家吴泰昌老先生。3年没见面，今年他已86周岁了。

我与吴老相识缘于20世纪90年代末，其时我正在编辑一家报纸副刊，吴老是安徽省马鞍山市当涂县人,而我曾在马鞍山工作过,吴老是当地文学界"崇拜"的对象,如雷贯耳。同乡加大家,向他约稿,理所当然。约稿后,他立刻写了一篇怀念赵朴初的文章,情真意切,其时赵朴老刚逝世。

21世纪初,时任《中国纪检监察报》副刊编辑、作家沈俊峰兄,开了一个名家专访栏目,于是约我一起采写吴老。俊峰兄出手很快,执笔写了一篇六七千字的文章,并挂上我的名,在该报发表,足足占了大半版面。

没想到,文章发表后,影响不小,不仅引起了安徽省领导关注,也引起了中国作协的领导重视。安徽省领导打电话给他,期待他回家乡指导。时任中国作协党组书记金炳华和铁凝主席分别打电话给吴老,说读了这篇文章。著名作家王蒙等也打电话给他,向吴老表示祝贺。

之后几年,我与吴老时常相聚,除了拉家常,我问得更多的是新时期文学有关"文坛风云",吴老谈了不少"内幕"。他还讲了很多现代大家的趣事,比如有关钱钟书、杨绛、巴金、朱光潜等。其间,他捐赠了价值百万元的现代文学大家著作签名本,由老家马鞍山市图书馆专门陈列。马鞍山市所属当涂县又为他建了一个500多平方米的"吴泰昌文学馆",由中央文史馆馆长、北大著名教授袁行霈题写馆名,开馆当天,铁凝、王蒙等发了贺信,或书写贺词。

后来,吴老搬了新居,我拜访过两次。再后来,2021年疫情期间,我们又聚会过一次。其间,经常用微信交流。

吴老20世纪80年代曾任《文艺报》副总编,退休前任第一副总编。他是散文大家,近些年来,他的散文著作被多家出版社(如三联书店多次重印)出版,安徽文艺出版社还推出了"吴泰昌集"。

吴老多年来单身一人居住,我看到每个房间甚至厨房几乎都被报刊信件塞满,显得凌乱,于是我向吴老建议,将报刊整理一下,该处理的处理,该捐赠的捐赠。他点头称是。

吴老气色很好,他仍在埋头写作,只是他不会电脑,全是手写,写完后,雇人打字成稿。他这段时间的作品主要是散记现当代文坛大家作文做人的风范,给文学史留下一份珍贵的历史和文学资料。如今像他这样的文坛耆宿不多了,祝福他健康长寿!

《论语》就是一部"聊天录"

早就想谈论我们最伟大的原典,被称为"经"的《论语》,但又很是犹豫。原因有二:

是否有贬损中华优秀传统文化之嫌;或者,更让人不爽的是,会不会砸了一批啃《论语》的人的饭碗?

我收集了相关《论语》著作多种,除古人相关《论语》注释集解外,现代名家的"译注""别裁""集释""新解""今读""新注新译"等大体都有,比如,其中有杨伯峻、陈鼓应、南怀瑾、钱穆、李零、李泽厚、杨逢彬、于丹等人的著作,包括著名作家王蒙洋洋洒洒谈《论语》的大作《天下归仁》。

中国社科院著名学者杨义曾写过一部《论语还原》,属"国家社科基金后期项目",已出版,上下册,80万字左右。杨义先生下了很大功夫,对《论语》进行了几乎是抽底釜薪似的"还原",大体意思是,《论语》不是一次性成书,而是长期"累积"而成的,其间至少有三次大的增补,时间跨度很长,孔子的后代和相关弟子都参与其中,而每次增补,编撰人都把自己的"语录"塞进去了(可参读此书,不赘述)。

自《论语》横空出世,历来对该"经"的"经解"是有分歧的,包括文本(现在又有出土的帛书《论语》)、语序、断句、用字等都有一些不同,对某些句子在理解上也有差异,甚至意思相反,以致历代聚讼不已。

不过,在我看来,这些不同、差异和聚讼,大体上是枝节问题,并不影响对《论语》整体思想的通常理解。

汉武帝"罢黜百家,独尊儒术"后,《论语》成"经"了(当时尽管也有"古""今"《论语》之争)。此后,儒生们开始争夺《论语》的话语权,把自己的"注""解""疏"等,奉献于世,甚至贡献于皇上,向皇上邀宠讨好。当然,也成了士子们心仪官服的一块含金量最重的敲门砖。

历史上,先是"五经""六经",到了宋朝,终于有了"十三经",《论语》总是其中最"显赫"的"经"。再后来,朱熹的《论语集注》钦定为"国考"的唯一范本,士子们更是趋之若鹜。

现在,我想说的是——或者公开亮出我的观点,《论语》就是一部精彩的值得记录下来的"聊天录",而且最"显学"的地方就是怎样做人成人的问题。打一个不恰当的比喻,就像我们小时候,高明的父母教我们长大以后怎么做人一样。当然,《论语》是教导"如何做人成人"的原典,我们的父母哪怕再高明,也只是《论语》的"跟屁虫"。

我这样说,并没有贬低《论语》的意思。事实上,《论语》最早成为我们的"经",并为古代中国学子们"必读书",因此它已成为华夏民族最重要的"原动力"。今天,我们的血脉里流淌着《论语》的血,我们的性格传承着《论语》的"基因",在长期的滋养中,《论语》相当一部分"话语"已成为我们灵魂的一部分。

尽管如此,我们不能没有反思。如何做人,如何成人,甚至如何成"仁",在"聊天录"里,一部《论语》不可能字字珠玑,句句真理,说实话,现在连当时"聊天"的一些背景、场景、缘由,如今我们都无法还原了,遑论其他。

我以为,当下我们所要做的,首先,切不可将它视为现代人的"经"来供奉,下跪叩头,烧香供奉;其次,应把《论语》里的一些"聊天"和"语录"认真清理一下,不必过度阐释,该扔掉的毫不可惜,该留下的,则进行创造性转化,以改造和重塑中华民族的性格,面对现代世界的挑战。

幸福如何可言

一天上午,我与在国外读大学的女儿探讨哲学中关于灵魂和身体的问题,也即灵魂和身体二元还是不可分离。我在朋友圈发了交流的截屏,竟引起关注。

有人私信给我:"我怎么觉得人是有灵魂的,打个比方,我们读的唐诗宋词不都是古人灵魂再现的吗?我感觉灵魂是看不见摸不着,但是确实存在……"

我的回答很简单,读唐诗宋词,那是你的体会。人喜欢分类,你总不能说用身体去体会吧,姑且就用灵魂、心灵之类的。总之,都在人的身体内。

就像灵魂、心灵、幸福之类的词(概念),它们不是物理(质)性的词(概念),语言学称之为"抽象名词",哲学则把它们划归为难以定义的词(概念)。分析哲学对这些词(概念)大都予以"悬搁",不予讨论。正如维特根斯坦的一句名言:对不可说的,保持沉默。哲学中日常语言学派认为,这些词(概念)只要"心领神会",不误用即可。

比如说幸福到底是什么含义?或者说,从时间上看是一辈子的长程,或者是仅一段时间,甚至很短时间(很短时间,可用"快乐""愉快""爽"等词)。从内容上说,升职了,挣钱了,夫妻更和美了,找到对象了,孩子有出息了,等等,都是幸福。

说到底,每个人对于幸福的理解或感受,并不相同。对你来说是"幸福"的事情,对别人未必是,甚至相反。比如说,你的孩子考上哈佛,作为有财力的家长,也许很幸福(也不排除担心,小孩一个人在外是否适应,生活是否能够自理等),而对于贫困家庭,即使考上哈佛,大概也会很纠结,拿不出学费呀,这时你能说家长幸福吗?

如果你确实心情很好(哪怕很长一段时间),也不能断定你就幸福。一旦好心情消失,这时还能说你幸福吗?幸福难以量化甚至难以定性。当然,作为个人,你认为自己幸福也可以,但你的幸福没有普遍性。幸福无法定义。

至于我们常说"幸福指数"这个"定量"的幸福,属于社会学范畴。无论你怎么设计幸福指数里的指标,都不能作为普遍性的幸福来看。

加入作协的自白

在中国作协新会员刚公布的那天晚上,著名诗人、作家,安徽作协副主席李云兄发来2024年中国作家协会新会员名单(中国作家网),本人忝列其中(属安徽),如不是他发来,我还不知道。谢谢啦!

因为我是安徽省作协会员,要求从安徽省作协初审合格再申报中国作协。

年轻时,一心想加入省作协,根本没想过加入中国作协,因为这简直是奢望和梦想。到了退休年龄,想不到却跻身中国作协队伍。

遥想20世纪80年代,能加入省作协就是地方大名人了,若能加入中国作协,简直就是"大熊猫"了。记得,那时全国也只有两三千名中国作协会员,一个七八十万人口的县,也就一两个省作协会员,很多县甚至一个都没有。虽然我19岁开始在省、市级报刊发了一些作品(那年代发表作品很难),但不够格。

20世纪90年代时,我熟悉的一位颇有成绩的散文女作家,对我说了一句印象很深的话:这辈子能加入中国作协,在中国现代文学馆能找到我的名字,是我一生最大的愿望。

20世纪90年代后,我转入传媒业,与文学创作渐行渐远。尽管如此,我仍然是一个文学爱好者,只是停笔而已。

2000年刚过,忙里偷闲,写了一部长篇小说《城市面具》,并顺利出版。承蒙著名文学评论家、北大中文系教授陈晓明、张颐武"抬爱",在封底各写了一段"评价极高"的推荐语。我本想挣一笔小钱,但只印了5000册,似乎卖得并不好,没挣钱。

前年元旦,偶与时任《文艺报》总编、著名评论家梁鸿鹰兄相识,说到诗歌创作时,交谈甚欢,他突然问我有没有加入中国作协,我说没有。接着我补充道:"我只是文学业余爱好者,从没想过加入。"梁鸿鹰兄"斩钉截铁"地说:"应该加入!你的诗够数量吗?再出一本诗集,就符合加入条件了。"我说:"疫情期间写了一堆破诗,基本上没投稿。"他说:"发给我看看。"

于是，我"精心"选了140首发给了梁鸿鹰兄，宁"少"勿"臭"。他读后觉得很好，但认为数量少了点，做成诗集大约200页，他说起码要有300页，才有分量。遵嘱，我又挑了100首，让他严格把关，把烂诗一定要拿下，否则太丢人！没过几天，他回短信说，没有"烂诗"，够"分量"了。

一切顺利得出乎我的意料。梁鸿鹰兄鼎力向时任作家出版社有限公司董事长路英勇、总编辑张亚丽推荐，随后让我写个诗集梗概（附二三十首诗）和个人简介，想不到，两位掌门人立刻拍板并签订版税合同，指定资深编辑田小爽女士责编，整个流程前后不到10天。我必须要感谢路英勇、张亚丽两位著名出版人的厚爱！

仅半年左右，诗集《在人间总比天上好》出版，首印3000册。梁鸿鹰兄不吝笔墨，倾情写了近5000字的序，着实让我感动。著名文学评论家陈晓明教授、敬文东教授在封底热情洋溢地写下了推荐语。腰封又有名家吴思敬、林莽、陈晓明、欧阳江河、邱华栋、李少君、陈先发、王山、臧棣、杨庆祥、敬文东、杨碧薇等推荐，应该感谢。

还要提及一句，责编田小爽女士审稿非常细致，也很宽容，只改了几处错字和标点符号，我提供的文本一切照旧，这让我宽慰。

诗集出版后，想不到的是，不仅得到一些著名诗人和评论家的点赞，甚至有祖孙三辈对诗集给予了好评，热情购买，这让我忐忑的心情开始平复。

我知道，写诗难，出诗集更难，诗集市场销售情况不好，可以说"惨淡经营"（当然，不排除例外）。于是，我自告奋勇帮助出版社销售，经我的手，目前已售出1000多本。前不久，又有朋友买40本，一打听，出版社库存仅剩77本。

我不是文学圈里的作家、诗人，说实话，对于写作，我没有任何压力和负担，仅仅是业余爱好而已。如果还能写，仍将我手写我心，不迎合，不媚众，写自己想写的东西，至于能否发表或出版，听天由命了。

疫情期间，我恢复了写作。感到欣慰的是，承蒙文学报刊的厚爱，发表了一些东西，其中有的还得到了一些名人、大家好评。尤其是有一篇文章在《文艺报》上发表，中国作协党组书记张宏森当晚发来微信点赞，我才知道自己的拙作发表了。

如今既然入会，便成为中国作协大家庭中的一员了，如果可能，争取写一部能够让自己安心的作品，不负中国作协会员这个"名头"。

（江耀进，现为国家广电总局《中国广播影视》杂志总经理，《广电独家》主编。中国作家协会会员,中国电视艺术家协会融媒体研究委员会副会长,多所大学兼职[客座]教授或研究员。曾策划多档品牌节目,多次主持并撰写国家广电课题。北京写作学会副会长、北京演讲与口才学会副会长。出版长篇小说《城市面具》、诗集《在人间总比天上好》。曾在《人民日报》《光明日报》《文艺报》《诗刊》《诗歌报》《中华辞赋》《诗歌月刊》《安徽文学》《北京文学》《四川文学》《天津文学》《诗林》《扬子江诗刊》等发表文学作品数百篇/首。)

金蔷薇

把镜像搬到现场

陈旭明

回忆一座草原

老豹子下山。星辰卧雪。

辙印里,有九粒青稞手提灯盏走来。

年轻的牧羊人,卸鞍鞯,抱柴火,把羊皮氅折叠成枕。在此时,在此地,若用回忆取暖,疼痛,会有弯曲之美。

磨坊里的旧木头,香气还是细腻。

风不动,星空吱吱旋转。

天穹,从来不是摆设。

酥油,经幡,唐卡,玛尼堆……重叠的世相里,命运,更加鲜明。天高地阔,没有一座松林会用呓语补白。怪石的前生,比孤独更洁白。

哗哗——最后的秋天,抖动一身金色豹纹。

最后一道闪电,藏在第一颗露珠里。

内心暗蕴雷霆的人,偏偏抱膝静坐成石。在他身边,明月刚圆了一半,又被一声骨笛托起。

仿佛时间,踮起了脚尖。

岁月,轻如一叶。

空,往往藏着神迹。

远,是最神似的真。

骑　　行

没有一条路,会裹足不前。

在刚经过调整的速度中,你似乎察觉到了夜的光滑。

路弯曲着,像是自己在寻找自己。

逆行而上,那条河流,把天空磨成一面镜子,放进水底。时间,在不远处泛着光泽。

人流渐稀。在城郊,一棵野草扶稳落日。月亮的正面留着归鸟的擦痕,另一面呢?

树影大大咧咧。景致多了,建筑大同小异,反而易生乱相。形形色色,是一种变相的抄袭。

好在,身边总有芬芳,不知来自何处。

红灯停,绿灯行。八岁的女儿也懂得交通规则。有时候,疲惫有成人之美。

风吹过,要允许幻觉飒飒而起。

生活,从来不是抱着自己的影子跳舞。倘若莫名其妙的厌倦,比虚无至少蔚蓝三倍,在小心翼翼时,命运敢不敢僭越?

旋转的辐条中,光斑一闪一闪。

天空,比梦境平坦。夜晚,在摇晃的灯光中奔跑。

拒绝贸然的漫游。两道目光,在删除所有的堆砌。从不自乱阵脚的人,拿手的本领,是知道如何轻快地唤醒内心绵密的耐力。

——你用安静,向速度致意。

偶　　尔

如果树停止飞翔,这个深秋,能走多远?

一粒词拦住我。

路,比去年宽了。

走着。走着。需要一些草(最好是青的),来做心情的状语。

宽容皮鞋突然的懒惰。

吆喝声中,土菜馆的座位占满人行道。

没有牌照的摩的,直闯红灯而去。

宝马迎亲。自行车让路。

一幢晚清的老建筑,刷着去年的漆。红色的。门关着。砖块斑驳。花,小如盆景——悄悄,飘出巴赫的圣咏。

我,立即停了下来。

一节树蔸

从涧水中捞起。洗尽陈垢。

轻巧。苍老。嶙峋。有野火烧过的痕迹。有岩石铲削的伤疤。

苔藓如补丁。

细孔两个,如双眸洞穿岁月,仍在苦苦寻找失散的兄弟——干、枝、叶、果、星光、露水、擅长口技的鸟、练习体操的昆虫……

横是龙之形。竖是虎之姿。

同伴甲却说:一块疙瘩。

同伴乙帮腔:像马不跑,像鸟不飞。啥都不是。

结论:一文不值。

归程三个小时。在阵阵奚落声中,我一直紧紧拿在手里。

回家第一件事,摆上书案。

不去皮打磨。不抛光烫蜡。我没精雕细琢的本事。

真正的美,拒绝道具之魅。

把烟缸挪远,书籍移近。把案几擦洗一遍。就放在那里啦——真好,旁边诗歌,对面暖阳。

见过太多能走、能笑的,什么都不是,偏偏装得样样都像。

还是看着它——舒服。

晚上,星光照过来,我看见它抖了抖身子。

其皮,灿如金鳞。

旧 花 园

风把所有的花带走了,像此处删去"××"字。

外墙斑驳,一条七字油漆标语,喷绘于二十年前。但已有头无尾。

恰巧是一种切合。

上班路上,我忍不住好奇,透过水泥花格窗,踮着脚望去——

里面除了空,什么都没有。

大门紧闭,板着一副保安的脸。

傍晚,下班归来。

再次经过时,风停了。里面有口哨声。

再次透过水泥花格窗,踮着脚望去——

里面,半躺着一个中年民工。他刚从工地回来,一身湿透的衣服,还来不及换。

在他旁边,摆着一摞水泥包装纸,半瓶矿泉水,几块蛋糕,两枚明天用来乘坐公交车的硬币,压着一张彩色全家福。

虚掩的门缝,像挤出一丝无奈的笑。

对面街道,一条红色条幅从 21 楼垂直而下,上书:

"封顶大吉。"

站在山顶,看落日越来越大

——大吧!
哪怕大到十万顷金斑把肉体凡胎填满、挤疼,哪怕大到云朵不敢再白,
大到天空小如一钵盆景,仅仅种植这颗孤傲的心。

你抖动熟透的时间,哗哗……
落满我一身。
所有声音,都是岁月的灰烬。

大象有形。
——只有色彩。时间开花。
大到足以撑破野心沉寂。
在慧眼与皮囊之间,叹惋,如落叶簌簌。

我看见众水奔流,万山奔赴——
之上,是最高的蓝。是最真的圆。
高贵,往往来自自身的光芒。
譬喻落日。譬喻心灵。
譬喻爱。

梵 乐

原来,寂静才是更加震颤心魂的乐声!

一万个传说死了。声音活下来。敲吧!敲出祈愿中的白荷、风雷与闪电。敲出身世里的大爱、大痛、大悲、大喜。哪怕只剩下一匹流霞,哪怕体内卧伏一头至今尚未驯服的野兽,他以青铜铸肝胆,在暮色边缘泼血成墨,诗惊天下。

蹁跹的七色玄鸟驭风而至。悬于九天的无刃之剑燎原了仙界鎏金的野火。大风所指,吉气盘绕峰涧,震飞的黄昏落地成泥,散落的众声为往事垒积成冢,迎风高诵,万象

隐遁,只有音乐从来不佩戴面具。侧身穿过殿宇、经卷、法器……超脱巫术礼仪的狂歌劲舞,心灵在场,才有无可匹敌的气场。云海浮槎,碧霄捉月,一种高贵与天接壤。

鸟啼如空。落日西下,溅起一汪汪钟声。

记忆是一条漫漫大道,岁月,还在寻找一双合脚的草履。觅路。寻道。等不及了。画心为图腾,坦然接受时间的巨木撞击,金顶的磬声把血液敲打得灯火通明。熟稔太多生旦净末丑。深谙笛箫鼓钹锣、宫商角徵羽。鄙夷用修辞去堆砌祥瑞,满山的律拍蕴心,他悄悄卸下青衣肉身,空,是最大的圆满。

若说他冷,他便是水做的火焰。

若言他轻,他会掸尽灵魂的点点剥啄。

按住箫孔,堵不住时间的沙漏。散佚的光阴在何处借宿?万物在左阴右阳的手势下还原。盛世有大音,任它洪水滔滔。被美招安,与山水结拜,他捧琴托知音,春秋煮酒,在宿命的极地不笑人无,不羡人有。信仰最美,孤独会更累——

洗礼。圣乐轻飘。是《风》。是《雅》。是《颂》。

从乐,到礼。从静,到净。人在天籁之中破窍而出,像时间一样优雅地老去!

敲吧! 敲天地巨钹。敲万世薪火。

终南:大隐于存在与虚无

入山有捷径,首选一页摩诘诗。

向清泉问路。手提一盏明月。白云在左。青霭居右。

越过秦汉魏晋南北朝。路经关中河山百二。

天之都,原是人之角。心窍开处,便是众妙之门。

——上善。

人称圣。山为尊。没有第一等襟袍,切莫登此山。

青牛远去。南山不老。

生命是一次静修。不煮白石。不烧汞铅。不扶乩占卜。不白眼看世事、看人。

穴居,并非返祖。是找出了时代的漏洞。

在茂林深处筑草庐。茫茫九州,竟没有一处房产权。
看山花遍野开放,一如所有伤口,开口说话。
动时,长啸赤霞;静处,不惊扰岭上白云。
独爱清晨的鸟声,把诗心彻彻底底洗干净。
与山川草木为伴,唤虫鱼鸟兽为友。
赤条条来,难保清清爽爽地去。
心,是最沉的枷锁。
无非礼乐诗书。无非功名利禄。无非渔樵耕读。无非吃喝拉撒。
归隐。放逐肉身,是另一种回归自我。
视孤独深处为人间至境。以诗成佛。
一生的功课:抱朴。守真。净心。度人。
佯狂,不自珍,鸿儒反而不如白丁。

风吹。草不动。岁月在摇晃。
打坐。在潮湿的洞穴。在命运的夹缝。
俯身。问心……
腰,从来不折。

(陈旭明,湖南桃江人。湖南省作家协会会员,《散文诗》杂志社编辑部主任。出版散文诗集《以诗说明》。)

老北河(外二章)

景艳玲

在时间深处,老北河一次次流过我的渡口。

这是我家乡的一条古老的河流,自打我记事起就给它起了个名字——老北河。

仿佛冥冥之中的缘分,老北河给了我诗意的童年。

每每夏季在那里经过,总是幻想着在其北岸建一所房子,日出而作,日落而息。然后伴随着过往的风声,我要将这里的故事说给你听。

或许这只能是一种奢望,随着学业的精进,离开它的日子越来越长,于是渴望与日俱增。

清澈见底的溪水,照见生命的源头。

如同身体之外的事物,被风霜雨雪眷顾。当想象一望无际地辽阔起来,我方才意识到:许多年未见老北河了!只有纯净的过往,在记忆中闪烁。

扪心自问:是否还会羡慕自由自在的小鱼小虾?是否还会喜欢形状各异的鹅卵石?是否还会记得在宽窄不同的河道上奔跑的少年?

而今,我仿佛就是当年你那清澈的溪水。

愿意沿着你的河道顺流而下,如世事流淌不息。

或前行,或迂回。

叩问光阴,我常常听见老北河的涛声。

凝　　望

远方似曾熟悉的角落。

远方有我不曾抵达的地方。

忙忙碌碌之中,心忽地一下,瞬间站立凝望远方。当我将自己慢慢清空,将自己的呼吸融入这空气之中,一瞬间我的心跳慢慢平静下来,眼神也柔和了许多。

凝望那座山,似曾一起翻山越岭,嬉笑打闹。眨眼之间我们已人到中年,当白发不经意间冒出来,我们站在一座山前,沉默许久。

山的那边还有山。

无尽的春天继续到来。

凝望那片海,似曾一起追逐浪花,静静聆听海浪拍打海岸的声音,想起你我背靠着背聆听大海的涛声,想起海风吹拂过的秀发被你捧起。

海的尽头仍有蔚蓝的念头。

许多时候,我开始幻想我就是那一只在海面上起舞的海鸥,等待着浪花的亲吻,等待着与你交颈,等待着更加浪漫的事情发生。

凝望那座桥,似曾一起翻越护栏,相互扶持,低音交谈。

凝望远方,不同的事物纳入眼中之时,我是幸运的!

一份沉甸甸的承诺充满心海,心与心相惜,魂与魂相系,用时光之笔书写余生的每一个音符,似朵朵浪花汹涌,似涛声拍岸。

在　风　中

如影随形地与自己一同走过。

每当走过一段岁月,心中便有一些感悟。

无论现实与梦幻,总是时时激励自己前行,即便是沼泽与泥泞,也未曾歇息。

任无尽的努力,化作午夜的泪滴,血肉之躯已然成为钢铁女侠。而唯有在午夜,寂寥与无助悄然浮现时,我才开始寻找自己。

阳光再次照射身体,灵魂深处的忧伤与悲切瞬间离去,依旧是自信满满地回归世界。

一轮夕阳,告别另一轮夕阳。

一个清晨,重复着无数个清晨。

在风中,我的执着像尘埃般,久久挥之不去……

(景艳玲,笔名语蝶,沈北新区作家协会副主席,沈阳市作家协会会员,辽宁省当代文学研究会会员,辽宁省散文协会会员,辽宁散文诗艺术学会会员。现任盛京文学网沈北风散文编辑。)

千古风流是柠檬

王贞虎

01

大江东去浪淘尽,千古风流磅蛋糕。

必须是柠檬口味的。

你总以为蛋糕之上的柠檬糖霜是重心之所在,香气之所来,其实在出炉时刻,趁着热气氤氲,缓缓将新鲜柠檬汁慢慢淋下,让蛋糕吸收其汁、其香,让其酸融合再不分离,最后,才调拌柠檬糖霜淋于最上层,将磨碎的柠檬皮撒上,如白雪之上的绿秧秧。

以一种完全奉献的心情臣服于对方的是磅蛋糕,五体投地向柠檬投降,诉说,是多么爱她。

要怎么吃?

这样的柠檬磅蛋糕,不可大口,须得切厚片,再切井字,万分优雅拿起银白色小叉食用。记得,搭配伯爵红茶。(当然,你喜欢的是日晒耶加雪菲,总是笑笑,不与我争辩。)

跟你说过的,轻含下第一口蛋糕,比起初恋更叫人低回再三。你不肯信,却不知我每次饮茶,都要想起柠檬的新鲜香气和扎实的磅蛋糕之甜蜜。

湿润的口感饱含一种新鲜清香,酸已尽融化,只留其浓郁,像是春天的惊蛰时节,又像夏日的芒种时节,每吃下一口,都如承接那天地的春夏精华。

今天,我又以轻舞般的速度慢慢滴下柠檬汁,一次又一次,直到……再度完成最美味的柠檬磅蛋糕。

我还在。

柠檬磅蛋糕也在。

当年那些玩笑儿语一样在。

就连午后光芒湛亮的山脉青青亦在。

只是,你不在了。

02

君有所不知,是哪一个城市为柠檬疯狂?正是法国的蒙顿,世界上独一无二的"柠檬节"就在这里。人家说有熊出没要小心,蒙顿是有柠檬出没要小心,以免被柠檬砸到。一个只有三万名左右居民的小城镇,盛产柠檬能到可以举办柠檬节,还要用掉约五万吨的柠檬来展示,像是花车大游行(没有花,全是柠檬搭成),还有各式各样的雕塑:人物、动物、城堡、教堂、跑车……(全由一粒粒圆滚滚的柠檬和柑橘类水果组合而成)。

不疯狂吗?不骄傲吗?不得意吗?若我是当地居民,肯定引以为傲。

"人家法国蒙顿柠檬节,那叫浪漫,好不好把人家讲成风流?况且,柠檬节举办至今,不过八十年吧,也不是千古,怎么被你说成千古风流是柠檬了?"你不以为然地吐槽。

所谓"磅蛋糕",就是油、糖、粉、蛋比例皆为一比一,混合在一起烘烤成四条长形蛋糕,每条刚好是一磅,于是乎,就被叫作磅蛋糕,也有人称为四分之一蛋糕。真是有意思,完全以重量来命名。

看我不理会这"柠檬千不千古、风不风流"的问题,你耸耸肩,在我身边绕来绕去帮忙递器具。对了,我们今天要做的,正是柠檬磅蛋糕。

本来是英格兰的传统甜点,流传到欧洲后,大受欢迎,何故?磅蛋糕属于愈陈愈香款(没有人叫你放几年喔,又不是做女儿红),它真的是放几天,其味道更显浓郁沉稳。听说欧洲人若是和朋友相约周末聚餐,会在一周前就做好磅蛋糕,等到周末拿出来享用,其美味恰恰好,因而又被称为假期蛋糕。

先把低筋面粉过筛……

其实磅蛋糕大受欢迎的原因,除了其绵密又扎实的口感之外,最主要还是做法超简单,只要打发奶油霜,加入蛋液,加入面粉,混合后去烤,就是厚实的磅蛋糕了。只不过,咱们今日做柠檬磅蛋糕,要其香,要其味,要其更浓郁,做法也就稍稍复杂了些。

"为什么一定要做柠檬口味的,我比较喜欢苹果口味的。"你一边嘟囔,一边给柠檬磨皮。

什么苹果？瞧瞧吧，闻闻哪，磨柠檬皮时，那散发的清香如此沁人心脾，宛如五脏六腑都被洗了一遍，总是让我以为处身为林地里的大自然，远比芬多精更让人愉悦啊！更何况是吃进身体里，说是小清新，但为了那股愉悦感……喂喂喂，我盯着你的手，切记不要磨到白色内膜，会产生苦味，只要绿色的皮就好。此点万不可妥协。

法国甜点大师最吸引人的创意，就是将柠檬皮和砂糖先仔细搓揉，务必让其香气与糖融合到一种"我再也无法离开你"的状态。信不信，这可是柠檬鲜香释放热情洋溢的秘密。

你高兴地说："知道啦，不就是你侬我侬忒煞情处……你侬我侬……"

正是这感觉没错。抓着这感觉搓揉柠檬皮和砂糖至"我泥中有你，你泥中有我"，绝对能创造最完美的口感。

把奶油打发后，我拿起你搓好的柠檬砂糖分次拌入，你忽然伸手一沾，轻点在我唇上，凝视几秒。我转开头，舔去那香与甜，默默笑了。接着，将蛋液分次加入搅拌。其实，这道甜点必须注重：搅拌时保持速度平稳一致与均匀。太快太慢太任性太随便，都不可以，会让蛋糕伤心。一致性，口感将更加绵细；手紊乱，口感也会变粗。

"你这是在说我吗？"

何必对号入座。

"哼，本人就喜欢任性！"

小心，这样蛋糕不好吃，人生……也不甜。

你有一颗旅行者的心，宁愿和天地在一起，宁愿埋在草原里，也不想……我想的是，我想要埋在柠檬树下，做柠檬香的魂。

"那这样，那棵树的柠檬一定没味道。"你笑，"因为香气都被你吸光了。"

我耸耸肩。将柠檬汁等材料加入，再将已经筛好的面粉及其他粉混入拌匀，这就是完美的预备体了。然后，就是进烤箱啦！这么简单。

屋子里都是香……你看柠檬和蛋糕如此绝配，它不只是甜点，它是一种自由飞舞的好心情。

嗯，烤好了。微微冷却后，最神圣的时刻来了，在蛋糕还带点儿温度时，将柠檬汁缓慢地滴进去，必须要慢慢滴，未经烘烤的柠檬汁更加散发出鲜美的味道。

"未免太费工了，真是太费工了。"揽了这项工作，你虽细细念着，手下还是不马虎。

细心点。我一边叮咛一边做柠檬糖霜,必须调到半透明的流动状,当糖霜淋上蛋糕时,静静凝固后,口感犹如丝帛般的衣裳贴上身般美妙。等你完成任务,我立刻为蛋糕刷上柠檬糖霜。瞧那流淌而下的糖霜,是不是正像你流浪的感觉?一种不知远方的自由。然后,再将磨碎的柠檬皮轻撒于上。

大功告成!

03

等候蛋糕冷却的时间里,我说故事给你听。

柠檬到底从哪里来是个谜,有可能是印度,有可能是缅甸,十五世纪时,意大利有了种植纪录。

"偏偏没有人认为柠檬是意大利的,极希望它来自神秘的东方。"

西方人远洋航海曾经有个致命的疾病——坏血病,据说,英国海军就是用柠檬来补充维生素C,解决这个问题。

"所以出海时,就带着整船柠檬吗?"

柠檬精油确实可以作为杀菌剂,增加身体对抗感染的抵抗力。对解决胃溃疡、焦虑、忧郁、消化等问题,都大有帮助。

"果然,难怪你这么热爱,它真的会让人快乐,是吧!"

我不理会你的乱问乱答,继续说故事。

《圣经》上说,亚当和夏娃因为受蛇的引诱而偷吃了禁果,被上帝逐出了伊甸园。他们带走了那枚没有吃完的"金色的果子",夏娃还依依不舍地选了个好地方把果子埋起来。这个地方就是后来的法国蒙顿,所以他们一直盛产金黄色的柠檬。

"骗谁啊……"你不服,"明明是苹果。"

《圣经》上并没有说亚当和夏娃吃了苹果啊,也没说禁果就是苹果,明明就是金色果子,苹果有金色的吗?肯定是当时的人没见过金黄色的柠檬,倒是苹果很多,想当然就直接说成苹果了。所以你想想看,千古风流的,是不是柠檬?

"可是,亚当和夏娃若当时啃下的是柠檬,应该会更理智才对,根本不会……被赶出伊甸园吧!"你不怀好意地笑。

历史是人写的,辩论是不会有答案的,还是吃蛋糕吧!

你喜滋滋地抱起我,在空中转了一大圈:"若你是柠檬,那我就是磅蛋糕"。

04

多年以后,我还在。

柠檬磅蛋糕也在。

当年那些玩笑儿语一样在。

就连午后光芒湛亮的山脉青青亦在。

只是,你不在了。

柠檬风流吗?我笑。柠檬它其实很单纯。

(王贞虎,生于20世纪60年代,曾从事杂志编辑、史志编撰等职业,现为自由写作者。小说、散文等作品散见于《飞天》《雨花》《延河》《百花园》等报刊。)

八斗岭

走在沙溪

张道德

什么样的街镇才可以称为古呢？如果以我有限的阅历去衡量曾经看过的那些古镇古街，多是在建筑形态上类似"沧桑"。显然是人工"造古"的结果，犹如套了个马甲。这些建筑物，在现代商业的过度填充下，就更难有历史的温度了。而离开了古色古香、古味古风的所谓古街古镇，其历史文化的厚度就薄得吹弹可破了。若看一眼就不想再回首，如过眼烟云，随风而去，未免令人失望的。而对眼前的古镇沙溪，我却是带着期盼之心的。

走进沙溪之前，简单做了点功课。知其地处云南大理剑川县，是名震天下的"茶马古道"上唯一幸存的主要商街。据文献记载，沙溪古镇起源于唐朝南诏国时期，已有约1400年历史，是世界上101个濒危保护建筑之一，与旷世的万里长城同期入选，可谓世界之宝了，有"活的楼兰"之美誉。我对"茶马古道"这一历史经济走廊向来抱有浓厚兴趣，认为应该与西北的丝绸之路同等重要，它们共同构建了中华民族融合发展进程中重要的经济大动脉。为避免"掉书袋"，本文不再赘述茶马古道这一历史通道，只把目光聚焦沙溪这座古镇当下的模样。

在一个盛夏的8月天，我走进了这片神奇之地。没想到那一眼之间，就再也忘不掉，大有相见恨晚之惜。

时光从寺登街口忽然切割了下来,左脚还踩在新时代的大道上,右脚已踏进千年前马帮兴盛、客商云集的古道西风画卷里。

扑入眼帘的古老物象,不是哪一座房子,哪一个物件,目力所及的沿街建筑物皆有着顶上长草、瓦檐陈黑、青苔覆面、土墙泛红的那种安静的古老。这种完全不加修饰的古朴,一下子横陈在眼前,让人不由得感叹时光在这里停滞久矣!脚步也随之慢了下来,内心那种探究的愿望便一发而不可收。

看起来有些歪斜的木板门、木格窗,以及木栅栏、木椽梁,皆已是黑斑染面,记录了岁月留下的印记,你若随手一敲,却又坚硬如铁。不知此地建房用的是何种木料,竟在与时间的持久对抗中依旧坚持"百年孤独"而不肯低头。看惯了钢筋水泥的世界,知天命的我对土木结构的房子没有任何不适,反而有种亲近感,因为当年的自己就是伴着土墙柴门草屋而成长的。只不过这里的商家建房多以二层飞角挑檐为主,有三房一照壁、四合五天井等,比我老家江淮分水岭的老房子要复杂而经典得多了。其窗户是木格镂空雕花、窗棂整体外推式,一种古旧之风似乎穿窗而来。众人正在凝神感叹之际,忽听一阵吱吱呀呀的声音响起,哪家的二楼撑开了一扇窗棂,继而从窗子里面探出一位少妇的身影来,她的目光向着街口看去。

抬眼所见,泥巴墙脚之处,或是屋檐瓦楞之间,总会有不经意的野花、野草点缀其中,有些房子整个屋面都长满了一层绿苔。在一堵有多处裂缝的土墙面前,忍不住想凑过去多看几眼,却发现裂缝里面弯弯曲曲地伸出了一些嫩绿的枝叶。原来枯萎的只是表面,内在的生命力从未曾远去。

花草自由伸展的地方,必有土壤提供其生存之源。古人建房所用的黏结材料离不开泥浆、石灰和秸秆之类,岁月日久,风来雨去,就成为自生植物的栖息之地了。

这不,几串丰饶的藤蔓忽然挡住了视线。抬头看去,这些绿植是从翘起的屋檐上攀缘而下的。是的,这些藤蔓的根不是扎在地面再攀附向上的,而是从屋面上哪一片鱼鳞小瓦的夹缝中缘起,它们顽强地穿山越岭而行,最终披挂在赭红色的土墙上。这新鲜的绿与古老的红,缠绵在彼此忘记了岁月的时空里,所有的心情只能任由怒放了。

不知谁家的庭院门口随意放置了几张木条凳子,旁边架着几箱碎花,正无拘无束、袅袅婷婷地绽放着,像是几个少女羞羞地站在屋檐之下,低头私语状,浑身散发着迷人的青春气息,让路人纷纷倾倒。陶醉中的游客不由得停下脚步,坐到凳子上与这些烂漫的使者来个亲密无间的合影。

沿街商铺全部保持着历史的原貌，有柜台式、窗口式，也有大门竹帘式，均没有任何铺天盖地式的现代化广告。门口的灯笼也是木格、竹制或纸糊的那种，不仅款式、大小、新旧不一，就连颜色也不统一，有红的、黄的，还有白的，它们在晨昏暮晓中惯看秋月春风，在霜染暑熏中静守安宁。店招多是悬挂式的方寸大小的木牌，看其做工似乎很简单，没有夸张的颜色和工艺，但店牌的名字又独具诗意，诸如"长守茶社""溪语酒馆""不二画堂""薄荷咖啡""今生有你"等，我猜想这些小店后面大概都坐着一位或多位诗人吧。

果然，在一个挂着"有风小馆"店招的庭院里，所见的确是"风光不与四时同"。店牌简洁得近似于一块小黑板，上面用手工书写经营种类：茶饮、简餐、点心。院子不大，地面铺有木板，院内有三棵恰到好处的槐树，树荫之下自然分割了三个相对独立的空间，各放置了一些茶几、座椅、沙发等设施。每个区域都有地方文创产品点缀其间，其中有个区域的沙发后面还竖起了一副书架，上面歪歪斜斜、或竖或横地摆放了一些书。可以看出来，这些书不很整齐，应该不是用来装潢门面的"样本"，被人翻阅过的痕迹明显。我随手抽出一本《人生没有什么不可以放下》，不禁哂然！在这里，弘一法师的智慧真是应了景，因为此处的古朴和安静会让所有的世俗瞬间遁形。负责店面的几位女子，都是花样年华者，她们头顶白族特有的碎花头饰，白色小衫外套着红色对襟马甲式民族服装，像一只只轻盈的蝴蝶在客人间穿梭来往，热情大方，谦和有礼。八方而来的游客，像流水般陆续登场，又缓缓离开。有的围坐在茶几边，悠悠地品着茶点；有的逗留在槐树的荫凉下，嘻嘻地打卡留影；有的对各类充满民族风格的文创产品指指点点。不大的院子显得井然有序，和谐宁静，却鼓荡着不一样的古朴风、民族风，还有不动声色的时尚风。这样的庭院的确是"有风的地方"，难怪电视剧《去有风的地方》会在这里拍摄、取景。

沿途随意一家门庭左右或窗户下面，都会有坐着、蹲着或斜着身体的人，他们架起画板、举着相机，凝神静气地捕捉着所有静止的美丽。我凑近一位画者身旁，见其画板上已清晰地勾勒出一幅老街图，那些翘起的檐角、细密的瓦当，还有旁逸斜出的绿植，纷纷落入作者的画笔之下。我是书画的外行，不敢惊扰作画人，随即拍下他凝心聚神的创作图。我想，他是专注于看风景、画风景的人，无意中自己也成了古街风景的一角，被我摄入图片中。

街道的两侧有宽窄不一、弯弯曲曲的小排水沟，从形态看绝无人工裁剪的痕迹。溪水清澈得可见人影,水流款款而行,像是和路人打着招呼。沟渠边缘野蛮生长着不知名的小草,皆纤纤细细、柔柔弱弱的模样,在水流的照拂下,站成了一道浅浅的绿色风景线。商家与街道相通处,断断续续在水沟上铺了几块青石板,放眼一看,俨然"小桥流水人家"的浓缩版。

整个街道没有习以为常的水泥地面,大小不一、高低不平却表面光亮的石子、石板匍匐地面。如果你低下头看那些石头,必有或深或浅的凹痕,不难辨出有车辙和马蹄窠深藏其间,它们静默在岁月深处,仿佛瞪大眼睛,向你诉说着往日的繁华。行走在这石板街上,有种韵律感伴你脚下,仿佛马蹄阵阵伴着叮当叮当铃声作响,商贾正接踵而至。这铃声从遥远的南诏国、大理国传来,仿佛那拥有"六脉神剑"的段誉和神仙姐姐王语嫣的马蹄声绵延至今,依然回荡在这停滞的空间里。

古街一路向东,地势缓缓走低,一道寨门兀立在眼前,乍一看,与电影《双旗镇刀客》里呈现的那道通向外界唯一的土拱门颇为神似。当年的西南蛮荒之地,商旅云集于此能汇成一市,必有其道理,而今千年沧桑已过,寨门依旧完好,睹物思史,就有种"长烟落日孤城闭"的壮阔之美了。寨门呈拱形,看起来比较低矮,也不宽阔,仅能容两匹马并行的样子。整个寨墙呈赭红色,全是土砖镶砌而成,每一层土砖之间的勾缝界线至今清晰可辨。保护墙体不受雨水侵蚀的是三层滴水檐,这是由筒瓦和鱼鳞瓦铺成的扇面形散水区。瓦行之间,芳草依依。最上层的滴水檐已呈马鞍形,两角翘起,檐线弯曲,那种凹陷感不禁让人怀疑这门楼还能在岁月中坚持多久。撑起最底层檐面的是几根木柱,其中两根柱子上刻有"溪声近作马蹄少,镇史远翻故事多"的楹联。"马蹄少"而"故事多",正是沙溪古道历史与现实的写照。既然有溪声,看来,古街不远处应该有河流了。

果然,出得寺,登街东寨门,不远处绿柳映衬之下,一条河流从门前缓缓流过,是为黑惠江。此河虽名为江,但流经此段的河床并不宽,水流也不深急,大概此段地势平坦之故吧。顺着水流方向几百米处,一座拱桥静静地卧在溪流中央,这就是传说中的玉津桥了。此桥是出入沙溪古镇的主要通道,是茶马古道的生命线。整个桥体完全是石头的杰作,石墙、石板、石护栏,墙体和护栏已呈黢黑色,一副饱经沧桑的面容。桥面石板早已磨得发亮且凹痕密布,那是马帮的历史之印。如今,马蹄声虽渐行渐远,但其承载的功能焕发出新的生命力,络绎不绝的游客在桥上纷纷牵马打卡。桥的不远处有数棵造型奇特的大柳树,树干基部阔大,到中部自然弯曲成优美的弧度,其上又直刺云霄,再

分出数枝侧干伸向四面八方,像是少女迎风而舞的娇姿,与这桥和江面又构成了另一张明信片。我有感而发,姑且诌它几句以表心迹:

  桥上马儿响铃铛,江面溪水流欢畅。
  佳人绿荫共起舞,古风雅韵秀一场。

  从玉津桥折回到古镇南门口,有株老树神一样屹立在出口处,树牌上的标识告诉我们此树已有近600年树龄。树的主干粗到要五六个人合围,庞大的根系像无数巨爪,伸出来深深扎在大地,所扩展的面积足有一间屋子那么广。深褐色的树皮以及纵横的褶皱诉说着她的苍老,而苍穹之上如盖的绿叶撑起了一片安逸的天。沙溪的古老,此树可以做证。

  人已走出古街,心绪却留在那片光阴里。已近正午时分,阳光更加热情。恍恍惚惚中迎面走来一位白族老太太,她一副山核桃似的面孔恬静如水,头缠浅灰饰巾,一身蓝色布衣,腰扎黑色裙带,身背半身高的竹篓,双手持着前胸的背篓绳子,悠悠地走在树荫下。

  我久久地凝望着这擦肩而过又渐行渐远的身影,似在影视里、书本里见过,仿佛她已走过几个世纪,把自己走成了一副不惧风雨的雕塑。一如这千年沙溪,虽饱经岁月洗礼,却容颜未改,不知疲倦地讲述着茶马古道那独特的时空魅力。如今西风瘦马虽已远去,但中华商业文化长廊的不朽传奇却通过沙溪古街走向四面八方。

  走在沙溪,只是浮光掠影的一瞥,无法观其全貌,但心早已被那种古旧的时光、安宁的世界所俘获。期待再回首。

（张道德,安徽肥东人。中国作家协会会员、中国散文学会会员。部分作品刊发于《人民日报》《清明》《安徽文学》《时代文学》《当代人》《中国铁路文艺》《鸭绿江》《百花洲》《散文海外版》《散文选刊》等报刊。已出版散文随笔集《我心我诉》《草木本心》《所遇所得》。）

撮镇的春天到了

黄永健

一、多少次与撮镇擦肩而过

我的撮镇记忆从1978年开始。1978年9月的一天清晨,我与初中同学关胜斌起了个大早,背上被褥行李,从店埠镇步行前往撮镇搭火车,当时早上四五点钟的样子。

下弦月斜挂在店埠镇的树梢上,四围夜色沉沉,少年人心中不免凄凉。主要是因为从未离家出过远门的两个少年,还是有些恋家,从广兴到古城,从古城到店埠,又要从店埠奔走到撮镇,一步一回头。古诗"少小离家老大回","少小离家"四个字永远具体落实为有些悲凉的情绪、落寞的场景——1978年初秋的那个早晨,在如今已经年届60的我来说,是个人生命某个阶段的象征,也是当时社会和中国现实的象征。

临近撮镇,一道铁路栏杆挡住了去路,红灯闪烁,像鬼火一样神秘莫测,我们停住脚步,放下行李等待路口开启。只见悠长悠长的一条铁道从西边的浓雾中奔过来,又向东边的浓雾中奔过去,我们要在铁道边等到绿灯放行,才可穿过铁路去撮镇站。

空气中传来阵阵煤炭和焦油的气味——一种乡下孩子从未闻到过的城市气味,给我们的感觉:我们真是来到城市了,而且还要去更大的城市——巢湖市。撮镇站与淮南线诸多小站一样,售票口连着候车厅,人影幢幢,烟叶味刺鼻。撮镇沉睡在1978年夏秋黎明前最昏暗的时光中,雾蒙蒙、街胧胧、屋重重,撮镇给我的第一印象:朦胧、昏暗、神秘!

火车启动的刹那,车厢晃动起来,突然惶恐得站了起来的我心想:这巨大的车厢一旦倒下或脱轨,我要如何逃生?如何保命?于是,干脆站起,四下张望,双手紧握座位靠背,做随时跳车的准备。同行的胜斌同学可能根本体会不到当时我的恐惧感。过了好大一会儿,我发现车厢很稳沉,才慢慢放松了警惕。此事后来由撮镇同学唐明在含山师范传开,全班同学给我封了个绰号——黄大呆子。于是,黄大呆子这个绰号陪伴着我,完成了含山师范的三年学业。

因此,初次见面,撮镇就把我"吓傻"了。此次跟随全国散文作家游走撮街,才知孔夫子当年周游列国,在吴楚交界的撮镇,也被当地的神童项橐吓住了,并拜其为师,大发感慨。因此,一个初到撮镇的乡下孩子,被火车吓傻了,也不足为奇。

此地一撮,火车路过,打此以后,我又N次从这儿搭火车南上北下,东走西忙,始终与此地无有居留或吟咏之缘。其间,合肥教育学院一个撮镇籍同学处于人生低谷的时候,我和撮镇的丁锐曾来看此望过他。20世纪80年代的撮镇,无甚可观,我们一路风尘地从合肥赶来安慰同学一阵,随即匆匆回返。1991年,任职于安徽旅行社时,我曾带着两个美国游客串游店埠镇、撮镇一带,记得好像租车穿街而过。新世纪以来,我曾跟随作家采风队伍,自县城直奔长临河,撮镇为沿途的风景,无关紧要,与曾无数次擦肩而过的梁园镇并无二致,撮镇几乎从记忆中消失。

二、在瑶岗感受撮镇

2003年,我在这浩浩荡荡清明返乡祭祖的队伍中返回故里肥东古城镇,在四月的原野焚香倾诉,喃喃不已,积蓄了十数年的思念化为泪水,滴落乡土。在无比宽慰释然的那一刻,抬头望天,奔波在外的所有劳碌和疲困烟消云散。

肥东在改革开放的时代洪流中前行,家乡也在悄悄发生着变化。

因妹妹妹夫家住瑶岗附近,他们推荐并领路,我得以郑重拜访那时已成为肥东旅游打卡点的瑶岗村——渡江战役总前委旧址纪念馆,在瑶岗再一次感受撮镇。

黄四娘家花满溪,千朵万朵压枝底;留连戏蝶时时舞,自在娇莺恰恰啼。时在四月,油菜花铺天盖地,诉说着肥东大地正在发生的日新月异的变化。来到瑶岗,清末五品顶戴三进四厢两座四合院出现在眼前时,我们好像回到了另一个时空——战车隆隆,炮火纷飞,中国共产党动员起来的当地农民支前队伍,从瑶岗出发,奔向撮镇,奔向巢湖,奔向无为长江滩头,马毛姐奋勇当先,手掴血臂,在枪林弹雨中向敌占区挺进……

多少次从撮镇经过,却从未听说撮镇有此人文历史景点,不免暗怪自己见识短浅,闻见匮乏。发黄的老照片在向来者诉说着发生在肥东大地撮镇附近的伟大史实,当邓小平从1949年的淮南线铁皮闷罐车下车,驻足瑶岗,撮镇这个地方就注定要被写入党史、解放战争史、伟人传记及历史教科书中,并与邓公的传奇一并长传不朽!

这些年来,我又曾二访、三访、四访、五访瑶岗。

2022年7月四访瑶岗,瑶岗渡江战役总前委旧址纪念馆已经华丽转身,演变为占地一百多公顷的"渡江战役总前委旧址文化生态园"。在全国红色文化文旅景点中,瑶岗成为华东、华中的重要支撑点;在肥东县域之内,它成为与包公故里文化园相互呼应的精神策源地。在中国共产党的初心使命中,包公精神得到了体现;在包公文化的内涵中,中国共产党的奋斗追求,得到了优秀传统文化的界定。疫情期间,我应邀参加"清廉肥东,红色文旅——著名作家写肥东"活动,有机会在瑶岗、包公镇、青龙场行走、思考。当我们走进同属撮镇辖区的先锋社区"包公家宴小食堂"时,我们终于找到了红色革命文化与古代清流文化的结合点——革命不是请客吃饭,但是干革命也要吃穿住行。革命者要成为社会的先进和先锋,成为人民中的一员,则每一个革命者必须是当代的包公,先从舌尖上管住自己,再从行为、举止、语言、体貌、态度、情感、情绪、心理、意识等方方面面管住自己。总之,因为瑶岗,撮镇"披红",因为红色革命文化成为当代主流话语,撮镇成为新的朝"圣地",并与国际文化品牌"包公"联手,升华肥东形象,助力合肥文旅线路的延伸、增长和扩容。

历史重新定位撮镇,感觉新时代的撮镇蓄势待发,并跃跃欲试。

三、撮镇的春天来了

45年前,我走出乡关,路过撮镇,撮镇用火车给一个乡下孩子上了一堂课。这堂课的内容——要从农村走向城市,从信息闭塞走向文明开放,从孩子走向成人世界。撮镇以火车给我教育的同时,也在这几十年改革开放的大时代,以及中华文化走向复兴的新时代,接受时代的淘洗,直面现实的挑战,从一个几乎为世人所遗忘的地方,突然变成了一颗闪亮的"魁星"。

2024年元月14日上午,来自全国各地的100多位散文作家,从县城驱车前来撮镇撮街采风。肥东本地人和"外来"作家的双重身份,凭借本地人和外来者的双重视角,我对新时代的撮镇——魁星镇,生发出别一番的"撮取",另一种特别的感慨。

在我的印象中，撮街——撮镇之街，本是江淮丘陵上惯见的黑黢黢的一片瓦房子联袂而成，附近的梁国古镇、长临河古镇莫不如此。而我们一行才踏上撮镇的新地标，一座凤凰国际大酒店的中英文标牌就扑入眼帘，这哪是撮镇，这分明是合肥某个街区的3.0版或4.0版。所谓撮街，非常现代；所谓撮镇，已然升级了。刹那间，数月前我在张家界惊遇当地七十二迷楼和天门山的感觉好像又回来了：

登天梯，上迷楼
天门洞开，万绿澄怀
雨中张家界，湘西小琉璃
人在画阁流转，时闻清瀑宣泄
电闪雷鸣无惊险
山水养成大自在
天门外，武陵源
驻足四顾乃仙界

与40多年前我的撮镇观感相比，今日的撮镇好像一下子成为美轮美奂的"仙界"，建筑、环艺、雕塑、楼台、戏阁、河面、马桥、楹联、草堂、栏杆、老招牌，以及美女导游一口纯正的普通话，共同构成了梦中的"小琉璃"。与湘西小琉璃不同，这是我的家乡人民以勤劳智慧塑造出来的人间仙境，因而一时无法用言辞表达兴奋之情，只得口中喃喃：奇了！

中华老字号公和堂大门悬挂对联：公则悦，四海风从；和为贵，万商云集。合肥的罍街已然万商云集，而全国散文作家云集撮街，即是四海风从，风起于青萍之末——在中华文明重又风行世界的E时代，拥有一千多年历史的撮镇以文创大手笔，创造了人间奇迹，真乃回眸一笑、颠倒众生了。

肥东是教育大县，撮镇岂能例外。作为肥东的"文化展示地、旅游目的地、商业繁荣地"，撮镇、肥东以至合肥的东向增长极在哪儿，撮镇、肥东以至合肥的根和脉在哪儿，旅游有景、商业有魂的"魂"在哪儿，答曰：在包公身上。

圣行街的魂是孔夫子，魁星楼的魂是包员外，包孔联姻无中生有，长出来的是中华民族尊师重教的伟大传统一条街——撮街。此地一撮,书重百城!不久,这里与合肥罍街、淮河路步行街,将共同构成合肥的"清明上河图"。但是,我相信,撮镇、撮街、肥东以至合肥的灵魂是文化,是包公。

事实正是如此,从先锋社区包公家宴文化开始,撮镇开始打造2.0、3.0版"撮镇文明品牌"——高校新生升学礼。富裕了的中国人不可以浪费、忘本,升级版的中国文明不可以浪费、忘本,撮镇人每年将他们的优秀子弟,雅集于圣行街、魁星楼,聚焦"爱国""感恩""励志""尊师""重道"这几个关键词,教化一方,功在广大,利在未来。所谓行稳致远,所谓郁郁乎文哉,吾从周,说的不就是今日的撮镇吗?

撮镇得名传说有三:其一,拆(挫)冯城依天河而成"挫城",再变为"撮城",总之,是个小地方。其二,其街道酷似一把铁锹,意为铁锹撮土而成,农耕文化意味十分强烈。其三,古神童项橐曾在此玩泥团,撮土为城,遇孔子而留下"只有车让城,哪有城让车"的巧辩佳话,孔夫子留言:地多一撮,书重百城。故曰"撮城"——此地虽小,但有神童在此,蕞尔小城就很有文化。从一个小孩子身上可以看到这个地方底蕴深厚,文化教养渊源有自,不可小觑。

究其实,项橐是当时齐国今山东日照人。撮镇的文化创意者选择《三字经》典故,移花接木,将这个家喻户晓的故事,搬到今天的撮镇来上演,从创新思维层面来看,采取的是叠加式创新思路。由文曲星包公下凡到合肥魁星楼(四牌楼),由撮镇文昌楼再到撮街重建新时代合肥魅星楼,走的也是叠加式创新的文创路径。孔子顺着这条光明大道,穿过撮城城门,进入圣行街,与项橐、李鸿章、马皇后对话,最后在魁星楼与包员外握手言欢,一团和气,此所谓"和为贵万商云集"!

立于撮街,眺望岁月,撮镇的今昔巨变令人惊叹、惊奇又惊喜。所谓"东方风来满眼春"说的也是撮镇吧。当年深圳记者陈锡添的一篇新闻报道稿,引发了一场划时代的思想变革,促成了深圳乃至整个中国的改革开放宏伟业绩,在中华文化全面复兴的宏大叙事中,有一阵和煦的春风,在推动千年撮镇向前奋进。古老的"天龠"在春风中"长鸣"未止,整个合肥城以及偌大的巢湖都听到了这天乐的和鸣——天地人之间的交响乐、大合唱。

(黄永健,笔名紫藤山,1963年出生,安徽肥东人,艺术学博士,深圳大学教授,博士生导师,中国作协会员。主要论著有《苏曼殊诗画论》《艺术文化学——艺术在文化价值系统中的位置》《艺术在中华文化复兴中的建构作用》《中国散文诗研究——现代汉诗背景下一种新文体的理论建构》《中外散文诗比较研究》《凝神注思——批评与探索的轨迹》《守正出新——当代十三行汉诗评论集》等。)

在 撮 镇

胡松夏

这是一座位于"中国散文之乡"安徽省肥东县的小镇,以"撮"为名,吞江吐淮,在日出日落间静静度过了两千多个岁月。漫长的时光镶嵌了无边的风景,春萌万物,夏雨柔风,秋水雁鸣,冬雪晴晚,一帧帧气韵万千的画卷构成了撮镇鲜活灵动的季节。

"地多一撮,书重百城",相对于其他地方,撮镇有着更多独特的文脉和厚重的底蕴。"昔仲尼,师项橐"的演绎与流传,"百万雄师过大江"的运筹与决胜,"公和堂狮子头"的传承与发展……地域名片数不胜数,繁若星辰。这些属于撮镇,也属于每一个与撮镇有缘的人,可以在恢宏的历史长河中领略,也可以在奔腾的时代气息中感悟。

一

冬日晨雾还未散去,太阳还悄悄躲在云层的后面,此刻,我们已经走在了撮街"平平仄仄"的青石板路上,跟随着导游的讲解领略撮镇的风光,感受着这座江淮小镇的魅力。

或许,那是一个万物勃发的春天,孔子乘坐着一辆缓缓行驶的牛车,从曲阜出发,开始漫长的周游列国的旅程。他是令人敬仰的夫子,有着渊博的知识,更有着谦逊的品质。此次游学的目的很简单,就是为了拓宽自己的视野,不断丰富和提升自身的知识储备。

一天,当孔子的牛车路经撮镇时,作为孩童的项橐正与小伙伴们在大路上玩撮土筑城的游戏。于是,车夫便让玩泥土的孩童们让路。

顽皮的项橐理直气壮地站起身说:"只听说过车子绕城,哪有城让车的道理?"

孔子感觉有趣,便下车说:"此小儿甚有意思,你知道天下什么火没有烟,什么山没有石,什么水没有鱼,什么树没有枝?"

项橐随口答道:"萤火没有烟,土山没有石,井水没有鱼,槁树没有枝。"接着,又反问孔子,"老头,你知道鹅鸭为什么能游水？鸿雁为什么能鸣叫吗?"

孔子笑了笑,自信地说:"这很简单啊,鹅鸭能游泳因为脚上蹼,鸿雁能鸣叫因为项长。"

项橐说:"鱼虾也能游,是因为它们脚上有蹼吗？蛤蟆也能鸣叫,难道也是因为它们的项长?"

孔子见项橐如此聪颖善辩,心中十分欣喜,便开始了真诚的请教,项橐见夫子如此好玩,也就笑着"撮城让路"。

在撮街"撮小童"雕塑前,导游绘声绘色的讲解,仿佛让人穿越了漫长的时光,回到孔子与项橐对话的现场,真切感受到了大师的谦虚和项橐的聪颖。

天空中偶尔有微弱的风吹过,没有冬日的寒意。大家的兴致很高,走走停停,一边用手机拍照,一边相互交流,一切都显得是那样自然而随意。

从"撮小童"雕塑前行,在宽敞的广场另一端,一座拔地而起的古城门映入大家的眼帘。导游说这是根据《肥东县志》的记载复原的"撮城"古城门,灰色的城砖、拙朴的字匾、翘起的飞檐和古风古韵的撮旗,无不透露着历史的沧桑与厚重,尤其是城门两侧端坐的石狮子,更具有传统粗犷的线条和威严的坐姿。设计者还独具匠心,巧妙运用中华古老文化中的和谐元素,结合城楼匾额上的"天龠长明",将作为乐器的"龠"进行激活,专门在撮街城门广场楼前修建了"龠曲泉",可以让漫步在撮街的游人随时听到氤氲婉转的古老龠音。

"龠曲泉"融合了古老音律的悠远清亮与现代艺术的奔放飘逸,当音乐的声音响起,泉水开始喷射,时缓时急,时疏时密,时高时低,再加上多彩灯光的艺术映衬,汇聚成了撮街夜幕下美丽绝伦的艺术盛宴。

撮街热闹繁华,更是令人流连忘返,漫步街头,时刻都会与经典的"国风"不期而遇,这里既有仿古的"先秦射礼""雅歌投壶""大宋蹴鞠"等投射场馆,也有结合《神童归来》全息投影成为标志性打卡地的魁星楼,流动的灯光与变幻的图像将古老传说和崭新科技结合得相得益彰。

大家来到魁星楼的时候,楼上正在举办一位艺术家的摄影作品展,我没有登楼,而是和朋友们欣赏了楼前一条硕大的石雕鱼,听完导游讲解后,还根据提议,伸手触摸了石鱼的头、身子和尾巴,滑润的质感中携带着清澈的凉意,犹如秋日黎明的风,悠远而静谧。

"一街文化,半街灯火",撮街的典雅源于文化,撮街的鲜活来自灯火。我们在撮街上行走,撮街也在一步步涌入我们的内心,然后,慢慢沉淀为纸上流淌的风景。

二

我对某一个村庄的记忆,多是源于她独特的历史背景或者与众不同的地理坐标,而撮镇的瑶岗则属于记忆中的前者。这是一个普通的村庄,但在历史的长河中与"百万雄师过大江"的运筹与决胜却有着千丝万缕的关联。

1949年元旦前后,在取得辽沈、淮海、平津三大战役的胜利后,党中央提出"打过长江去,解放全中国"的口号,并成立了以邓小平为书记,刘伯承、陈毅、粟裕、谭震林为成员的渡江战役总前委。经过慎重的考虑和反复比较,并接受时任皖北区党委书记曾希圣的建议,最终,总前委将指挥部设在了撮镇瑶岗。

瑶岗具有独特的战略位置和交通条件,与安徽的重镇合肥毗邻,又紧靠着铁路和公路,交通方便,便于指挥。而且瑶岗的地势属于半岗半圩,不但有利于作战,也方便隐藏。进驻瑶岗后,全面负责指挥渡江战役的总前委便投入了紧张的工作。

我想,那时瑶岗总前委的办公室一定有无数个灯火通明的不眠之夜,也一定有急促的嘀嘀嘀的发报声以及嘈杂的脚步和低沉话语。那时的每一个日夜都是忙碌和充实的,直到《京沪杭战役实施纲要》《关于接管江南城市的指示》以及《关于江南新区农村工作的指示》等众多具有历史意义的重要文件的相继完成,直到红旗插上了南京国民党"总统府"。

在瑶岗,总前委肩上的担子异常沉重,或许会有短暂的疲惫,也或许会有片刻的顾虑,但非凡的谋略和卓越的指挥始终占据了1949年的春天,他们密切合作,圆满完成了党中央和中央军委绘就的渡江战役蓝图,改写了民族的命运和历史的航向。

午饭后,我们乘车来到瑶岗渡江战役总前委旧址纪念馆参观学习。步入纪念馆的大门,迎面可以看到一面特制的中国共产党党旗和刻有"弘渡江精神"的石头,在湛蓝的天空下异常醒目,阳光暖暖地照在身上,让人仿佛回到了1949年的春天。

据导游介绍,为追忆红色革命,弘扬渡江精神,瑶岗村1984年依托旧址建立了渡江战役总前委旧址纪念馆。第二年,中共肥东县委和肥东县政府又投资进行了扩建,陆陆续续复原了中共中央华东局旧址、总前委参谋处旧址、机要处旧址、秘书处旧址和防空洞旧址等,最大程度还原了瑶岗村1949年春天时的模样。

走进纪念馆,按原状复制陈列的办公桌椅、生活用具等似乎还带有昨日的温度与气息,让人恍若置身于渡江作战的工作现场。在总前委的会议室,我看到了悬挂在正面屏风上的毛泽东和朱德的画像,两边的墙壁上镶嵌着《渡江战役敌我态势图》和《渡江战役进军路线图》。会议桌位于房间的中央,由三张大方桌排列而成,周边还摆放了几把靠背椅。1949年的3月至4月,总前委书记邓小平就是在这里主持召开了兵团以上干部参加的军事会议和华东局常委扩大会议。

那么多年过去了,在陈毅卧室的墙壁上,还可以清晰地看到他亲笔题写的七绝诗:旌旗南指大江边,不尽洪流涌上天。直下金陵澄六合,万方争颂换人间。那挥洒自如的笔墨和意象宏阔的诗意,无不透露出这位元帅诗人内心的豁达和对革命必胜的自信。

瑶岗是红色的,是江淮大地上一个醒目的坐标。在这片火热的土地上,我们可以回望风云激荡的红色历史,可以缅怀碧血丹心的革命先辈,更可以见证中国共产党人坚若磐石的初心与使命。

历史是最好的教科书。如今,渡江战役总前委旧址已经成为全国重点文物保护单位、全国爱国主义教育示范基地、国家国防教育示范基地、全国红色旅游经典景区、国家AAAA级旅游景区和安徽省直机关主题党日教育基地,游客在这里可以借助丰富的文物展品重温历史,继续接受革命的淬炼,把自己锻造成具有新时代红色基因的优秀传承者。

三

在撮镇,浓郁的文化氛围无处不在,街道有历史文化,纪念馆有红色文化,就连社区的食堂都有饮食文化。

采风途中,我们在先锋社区的包公家宴食堂用餐时,一道名为"公和堂狮子头"的地方特色美食,以其均匀小巧的体型和酥松脆香的口感,受到大家的欢迎。

公和堂狮子头非常有特点,与肉无缘,属于典型的素食,不但有别于淮扬菜系中传统的狮子头,与鲁菜中的狮子头也不尽相同。

据说,淮扬菜系中狮子头的前身是南北朝《食经》中的"跳丸炙",取七分瘦肉和三分肥肉,配上荸荠、香菇等材料做成丸子,先炸后煮。隋唐时成为淮扬名菜"葵花斩肉"中的"葵花心",由于清香味醇,吃起来有颗粒感,加之外形犹如"雄狮之头",于是被人们称为"狮子头"。而在鲁菜中,狮子头被称为"四喜丸子",以猪肉馅、鸡蛋、葱花、淀粉等为主要食材,个头较大,一个盘中只能放四个,寓意着人生中的福、禄、寿、喜,因此鲁菜狮子头是喜宴中的必备菜。

再看公和堂狮子头,其原料中仅有面粉、姜末、芝麻和精盐,似乎略有些单调,但其制作程序严格、规范,和粉、发酵、擀制、拉捏、蒸熟后,再进行油炸,冷却后方可上桌,最突出的特点就是口感酥脆和香味浓郁。由于原料中没有肉,公和堂狮子头成了实实在在的面食,既可以作为一道特色菜肴,也可以当成大众茶点,存放及储运也相对方便。

与淮扬菜和鲁菜中的狮子头相比,公和堂狮子头确实比较年轻,但其名字来源也是有历史的。据说,晚清重臣李鸿章有一年回合肥省亲,漫步街头时与现任合肥公和堂食品厂厂长李昌信的曾祖父李国诚不期而遇,老友重逢十分高兴,李国诚邀请李鸿章进入自己家的酒楼,奉上自制狮子头茶点,李鸿章品尝后,赞不绝口,并在酒宴上欣然题写"公则悦,四海风从;和为贵,万商云集"。公和堂狮子头由此而得名,并声名远扬。

时光荏苒,一百多年转眼间过去了,公和堂狮子头的接力棒交到了李昌信的手中。他深爱着这个百年老店,在继承传统时善于创新,经过不断挖掘与整理,逐步融入了现代管理与经营理念,借助先进的食品加工技术及包装,将单一的狮子头扩展为酱菜、饼等,构成公和堂系列产品,味道也从最初单一的原味增加了甜味、淡辣味等,更好地满足了消费者的味蕾。

如今,有中华老字号之称的"公和堂狮子头"已成为撮镇独特的传统名点,不仅是游客必备的纪念品,也是人们餐桌上不可或缺的早点。

千万年的时光为江淮大地雕琢了星罗棋布的胜景,撮镇无疑是最亮的一颗星。不但有传说的谦逊与豁达,还有历史的经典与震撼,更有当下的浴火与重生,这些独特的内容、底蕴与气势成为撮镇的成功"秘诀"。今天,勤劳淳朴的撮镇人民正在用坚忍与执着探索一条充满希望的阳光大道。

在撮镇,每一天都是充实的,每一天都是快乐的,每一天也都是难忘的。

在撮镇,等你,我亲爱的朋友们。

(胡松夏,中国作协会员,中国诗歌学会理事。山东成武人,1980年出生,1996年开始发表作品,在《解放军文艺》《诗刊》《中国作家》《北京文学》《伊犁河》等发表作品,著有《烈火青山》《甲午》《山河》等图书。)

撮街簪花

俞晓华

从主城区驱车半小时,黄昏时分,我到达了位于肥东的千年古镇——撮街。

说起"撮"这个字,还真有些来头。相传2500多年前,孔子周游列国,路过此地,神童项橐正率一众小儿当路撮土筑城游戏,孔子令其拆城让路,项橐对曰:"只有车让城,焉有城让车!"孔子惊愕,又出了几个刁钻问题来考项橐,岂知小项橐对答如流。一番智慧对话后,孔子喟然长叹:"地多一撮,书重百城。"史书上也留下了"城车相让"之典故,撮街因此而得名。

撮街近些日子大火,是因为簪花的小视频。"今生簪花,来世漂亮",小姐姐们身着古装,头戴鲜艳的簪花,在古色古香的城池里拍照,举止娴雅,笑容灿烂,仿佛穿越千年的美女,令人钦羡、赞叹。簪花是中国古代佩戴头饰的一种,是国家非物质文化遗产之一,出圈走红的流量密码是"小而确切的幸福",这恰恰迎合了当下年轻人追求时尚、体验文化、享受美好的感觉。不用跑老远去看山观海了,家门口也能找到快乐,撮街的簪花吸引了一拨又一拨的流量,据说节假日簪花店铺门口都排长龙呢。

书香之誉,花香之韵,再加上"撮"字自带撮一顿的美食之香,让撮街显得古老又现代,厚重又时尚,散发着独特的魅力,成为合肥市民近郊休闲的首选。尤其是簪花,巧妙打通了古代与现代的连接通道,让女性借此展现柔美秀丽,自由表达对当下美好生活的追求。不用说,这近在咫尺的小而美的幸福也吸引着我,去撮街簪个花,早已在计划中。今天我按约好的时间到达,此时光线柔和,正是拍照的绝佳时机。

簪花店铺内古装衣服款式繁多,色彩鲜艳,有汉服、唐装、宋衫等多种,簪花的头饰也是纷繁绚烂,令人目不暇接,不由得羡慕起古人的风雅。其实,簪花习俗由来已久,起于汉代,兴于唐朝,盛于宋朝。《南越行纪》中有记载,汉代的女子喜欢用花穿彩丝做首饰,而从魏晋南北朝到唐代,簪花逐渐流行,品种也越来越丰富,甚至形成了礼仪体系。到了宋朝,男子普遍簪花,不分贵贱,皇帝还经常赐花给臣僚,朝廷官员们也以簪花为荣,杨万里诗曰:"春色何须羯鼓催,君王元日领春回。牡丹芍药蔷薇朵,都向千官帽上开。"想象一下官帽插花一同上朝的盛景,为官可以这样自由烂漫,率性天真,无邪袒露对美的向往,果然宋朝为中国美学之巅峰。

店铺工作人员兰兰帮我挑了一套淡绿的汉服,精致刺绣的领子,宽服袍袖,翠绿色镶边,配的是一组由素馨玉兰茉莉花镶嵌的花冠,看起来像个花朝节上素雅的大家闺秀。化妆师熟练地在我脑后盘个发髻,插上发簪,额头则整洁不留刘海,这是簪花的规定制式。从兰兰口中我了解到,合肥也有簪花习俗,庐州通判赵葵曾说"偷闲把酒簪花去",家住合肥赤阑桥的姜夔作诗"万数簪花满御街",还有李鸿章的"簪花多在少年头",哎哟!这些我还是第一次知道,"直男"的合肥也曾有这么酒气花香的浪漫吗?今日算是领教了。

跟着摄影师,我们开始取景拍照。位于广场西北角的鼓亭是第一站,是撮街各类庆典的起点,至今在研学活动中还保留着"击鼓明志"的开笔礼。坐在鼓亭,红色旗幡与立面大鼓为衬,我仿佛置身千年前的盛会大典,有了志存高远的气质。摆个淑女造型在撮城城楼,城楼上方刻着四个大字"天龠长明"。这个"龠"字可有讲究,是古代一种可以斜吹的管乐器,龠声清澈悠扬,我似乎听到了远古的器乐和鸣,穿越进9000年前的音乐时空。凤凰湖畔,我亭亭玉立,临水照花,想象当年朱元璋诏书一封,马皇后驾凤辇亲临撮镇的情景。她当时考察地形地貌河流水系,发现撮镇老街形似一只展翅欲飞的凤凰,确是一块风水宝地,也因此留下了马桥、栖凤阁等景点。

在兰兰的指导下,我又换了一套装束,粉蓝相间的宋服,长襟宽袍,花色艳丽,花冠配的是百合牡丹等鲜艳颜色,格调相对活泼开朗,与摄影师的配合也渐入佳境。手执纨扇,背后是沿街仿宋的楼前街,也被称为国风一条街,聚集了各种业态的老字号,商铺立面设计与招幌都古色古香,我仿佛化身当垆沽酒的俏女郎。魁星楼是撮街标志性建筑,根据民间传说包公为魁星下凡,当地依此而建,借以传承尊师重学的读书文化和家国情怀。我双手合十,面带微笑,在魁星楼前祈福高考学子独占鳌头,少年强则国强。撮城广场是大型群众活动的举办场所,舞龙、舞狮、打铁花等民俗非遗常有展示,撮街迎新春民俗文化节还荣登中央媒体呢,必须留个影。我在广场上手持花伞回眸一笑,再现撮街的繁华盛世。

拍摄期间，我还看到了许多来簪花的女子，三三两两，有的穿白上衣红色马面裙，有的着素色旗袍，让我忆起自己的"鲜衣怒马少年时"。她们皆头配花冠，腰肢舒展，妩媚动人，在街头随意取景，洋溢着青春欢笑。两旁的商家和行人也司空见惯，各忙各的，毫不违和，整个街区充溢着一种慢时光的松弛感。有一家四世同堂来拍全家福，我印象深刻，最长者有八九十岁了，最小的只有四五岁，个个花冠盛装，如沐春风。从他们脸上，我看到了簪花带给人们的吉祥与祝福，也看到了撮街给人们提供的幸福与美好。

不知不觉，天色渐晚，灯笼依次点亮，广场上灯光绚烂，撮街舞台上，网红花姐的演出即将开始。游客们也从四方聚拢过来，广场上热闹一片。"公则悦四海风从听大戏，和为贵万商云集唱高台"，这联的前半部分本是李中堂为撮街的老字号公和堂狮子头题的联，请了高手嵌进每句后面的三个字，也就是"听大戏，唱高台"，作为撮街舞台的楹联倒也十分妥帖。撮街开街时我曾来过，当时舞狮表演精彩纷呈，百姓人山人海，本以为开了街以后就清冷了，没想到热闹至今，可见运营管理者的用心。

满街开始飘散美食的香味了，依次看过去，这边是吴山贡鹅、云岭锅巴、刘鸿盛，那边是谢馥春、张小泉……啊哈，不少老字号呢！这家不倒翁酒楼，外表秉承了徽派建筑艺术精华，青砖黛瓦，雕梁花窗，错落有致，令人赏心悦目。可以想象在这里用餐，吃的不仅是徽菜精华，还能享受到典雅的皖南环境，身心俱能感怀徽风皖韵。听说还有个合肥菜博物馆，可惜今天来不及了，下次再去参观吧，顺便撮一顿。"小心火烛！"一阵锣鼓声传来，迎面走来一队帅气英武的"禁卫军"，玄色衣镶金色边，瞬间让人穿越。啊，我在视频上看过的，沉浸式巡街，以古文交流，给游客营造古街氛围，也是撮街夜游的一大特色。

路过城门时，见到了孔子石刻雕像，与我以前书本上看到的截然不同，并非清瘦矍铄、山羊胡子，而是长眉长须，慈眉善目，身着大儒服，是根据唐代吴道子所绘的孔子形象创作雕刻而成。他双手交叠的地方不露大拇指，象征着谦恭有礼，而四指并拢也代表着四海大同，寓意着和谐与友谊。除了山东的孔庙之外，撮街算是我受教孔子文化最多的地方了。你看，撮城上方有孔子学堂，撮街中随处可见《论语》名句，魁星楼还有以城车相让故事为主题的全息灯光投影秀，可见尊师重教的传统文化在撮街的传承与弘扬。

"撮街不仅有孔子、项橐，还有英雄！"一直陪伴的兰兰告诉我，从撮城出去的宋晟是明朝的大将军，镇守凉州城多年。啊？是那个"醉卧沙场君莫笑，古来征战几人回"

的凉州？是的，兰兰骄傲地回答："朱棣皇帝对他委以重任，还下嫁两位公主到他家，给我们撮城留下了一门双驸马的驸马庄呢！"我不相信，赶紧打开手机搜了一下，果然，宋晟一族原是定远人，跟随父辈来到撮城，然后从撮城出去镇守边疆，立下赫赫战功，"威信著绝域"。"这里还有名人呢！"兰兰如数家珍，淮军总兵郑国魁和平解放苏州城，使苏州古城免于战火；居里夫人的第一个中国学生郑大章是中国镭学和放射化学的奠基人，为国家做出了卓越的贡献。"哎哟，感谢，今天真长知识了！"我伸出大拇指。撮街人有文有武，文武双全，还有科技人才，更让我充满了敬仰之情。

  回城的路上，翻看着簪花的精修照片，想到今日所获，感慨不已。据说，撮街号称"有说头，有看头，有学头，有吃头，有玩头"的"五有"，我看应该还要加上个"有簪头"。青丝渐绾玉搔头，簪就三千繁华梦，我选了几张满意的照片在朋友圈发了出去，还不忘加上眉批：有空到撮街簪个花呀！

  （俞晓华，中国散文学会会员，安徽省作协会员，安徽散文随笔学会会员，安徽民间艺术家协会会员，安徽旅游文学艺术协会会员，安徽民俗学会会员，合肥市作协理事。）

撮镇行

张 玲

一

肥东有包拯,更有撮镇。

撮镇有撮街,撮街的厚重感直袭心坎,只不知这古建筑存活了多少年。漫步撮城,仿佛历史再现。鱼鳞般的城墙砖,细细密密。高高的古城楼,透着威严的气势。飞檐翘角,石狮怒吼,让人心存敬畏。停驻,恍惚,只觉得时间如流。从古流淌至今,有岁月的风,穿堂而过,领着我们追逐梦的脚步。

撮街广场北面天桥边的石壁上刻着"孔项相问"的故事。讲述春秋时期孔子周游列国,经此地遇到项橐在撮街与众小孩当路玩撮土筑城游戏,孔子要其让车过程中的一番问答,寥寥数语让孔子叹服"后生可畏",并尊其为师。《三字经》中"昔仲尼,师项橐",说的就是被后世尊为圣公的项橐。一个七岁韶秀童子与孔子的故事,而让一座小城得名,这世间有几处?

有了小儿撮土成城的故事,泥巴在撮镇肯定有着不同寻常的定义,"泥巴撮城"意味深长起来。秦始皇的万里长城,是万千灵魂筑成的不朽,这泥巴撮城似乎又有了另外的况味。孔项对话,划过历史的长空。再回首,听孔子喟然一叹:"地多一撮,书重百城。"

如果一座城有生命,那么小城得名之时即是他生命的开始。撮镇是以小儿智慧开始的,小儿象征新生力量,由小而大、由内而外的生命力,那种生命力如春芽萌动,经春风掠过,定是生机勃发,浩然向上。

孔项相问石刻,刻的是历史,是千年过往。石刻上立交桥横空,承载的是现在与将来。过去、现在、将来交会于此,是诗意,也是远方。

二

撮镇是合肥店埠的南大门。南,是方位,是清晨面向太阳时右手的一边。《说文》云,草木至南方有枝任也。向南自是草木皆盛,农耕丰茂,有"吞江吐淮,吸东纳西"独特区位优势的撮镇,就有龙栖地农业生态观光园,千亩风光,万里荷香,未曾谋面也能想象其间的旖旎风光,荷塘盛事。

三五好友,摘桃、寻李、闲钓,有蜂蝶翩舞,有果香叶浓,有浮光跃金。在荷塘边留下倩影,在阡陌间洒落笑声,看云卷云舒,看花开四季。再等到红、粉、白、黄各色荷花盛开的时候,菡萏摇曳间,有"接天莲叶无穷碧"的壮观,有"水面清圆,一一风荷举"的佳景,陶醉其中,醉了心绪,恍了心神,流连忘返,好一个娇羞之城。

徜徉在撮镇的美好与惬意中,感受生活静好、幸福甜蜜的同时,瑶岗渡江战役总前委旧址纪念馆又令人回味这块土地曾经的艰辛与荣耀。走进纪念馆,空阔的院落、台阶、馆前的石碑上,被铺洒的阳光镀了一层金,他们回馈着耀眼的光芒。一抹阳光穿过门窗,斜射在挂满记录战斗画面的馆内,人们踩在那缕阳光上,又从那道有着光芒的印迹上走过,室外阳光明媚。

历史的桥横贯古今,一定有无数的人站在横亘店埠河的曹公桥上看着撮镇的时光变迁,风云变幻。而曹公桥本身就是一个故事。据清嘉庆《合肥县志》记载,明万历年间,合肥县令曹光彦为方便船只通行、两岸居民生活便利、物资交流畅通而修建此桥。查询网络得知:曹公桥始建于明万历丁未年(1607年),自明清至民国300余多年间,桥身毁坏3次,统由夏环后裔集资维修。1984年,撮镇再遇罕见大水,桥西北一角被洪水冲塌,撮镇人再次维修,以保此桥原貌。现撮镇镇政府拨款将倒塌桥身修复,保存古桥现状,并立碑记之。如今,曹公桥安稳如山,淡定从容地承载着川流不息的行人,沟通东西街市的繁华,昔日"临空频对帆樯形,隔岸常闻钟磬声"之风光重现。

三

1993年,电视连续剧《包青天》的主题曲:"开封有个包青天,铁面无私辨忠奸……"歌声响彻大街小巷,似乎每个人都能哼上几句,就连三岁小儿也能用童稚的声音唱出这首歌中最经典的两句。包青天的敬老、不畏强权的铡美案……无数个为民解忧的故事,从古传到今。清正廉明、铁面无私、秉公执法,许多廉政词语从他身上溢出,璀璨闪亮。包公千古留名。

  驱车行至肥东县城,看到包拯的塑像立于县城最繁华处,目光触及时我就感到这座城的刚毅,是包拯给予的触感。中国史书上记载的这样的人寥寥无几。国外似乎也屈指可数。这样的人物,这样的品性,是环境造就,还是一方水土滋养的?

  我曾踏进包公纪念园里去追寻,时光已走远,亭台楼阁里已然没有包青天高大的身影,但是那殿宇高耸的木柱、严丝合缝的门窗以及窗格之间透露的气息,似乎有着不同寻常的味道。有木质的清香,也有岁月的沉香,楼上的飞檐翘角冲破时空,在蔚蓝下凝聚飞翔,或是刺破,重新走向新锐。我无法用语言表达我从视觉中品味出来的感觉,或是包拯自身的气场穿越而影响我的思维。

  历史将时光一层一层地剥开,岁月的光华沉淀,将时光的渣滓纷纷泄露,留下的都是经历风雨洗礼后的精髓。比如事物,比如一些人,包公的形象像一个烙印,一圈一圈地烙在大地上,烙在人们的心头,从而让世界平实,让历史折射出别样光华。有人会不屑听有关的故事,感觉在说一个神话,这个神话是否符合现在的时代?毕竟时代的脚步早已跨越千年。我想,人是时代的产物,时代也是人造就的。如果一个时代没有它独有的产物,没有了标志性的人物与建筑物,那么这个时代就缺少了存在的内涵。同样,如果一个时代缺少希望的光芒,那么这个时代就少了前进的动力。

  于是,在今日,我们怀念过去,怀念那些值得纪念、值得被人想起的人。这是人本身的需要,也是时代的需要。我们在讲述历史、理解历史、阐明历史、借鉴历史、以史明志的时候,我们也在不知不觉中成为历史,那么,我们该为历史留下些什么?

  我站在包公的塑像前,凝视良久。

四

  朋友说肥东没有什么可玩的。去过撮街后,我就不赞同她的观点了。

  撮街不大,却有老城楼,有宋代始建的魁星楼,有孔项相问的故事,有为明朝马皇后建造的憩凤阁与马桥,有立在水中央的撮镇码头,有陈列百余道合肥地方特色菜的合肥菜馆博物馆,有泥塑馆、汉服传习馆,这些都是祖上留下来的事物。同样有新鲜的事物,比如咖啡馆、新建的民宿、夜间大型的投影壁画,以及闪烁的霓虹,还有城门脚下遇到的一群鲜活亮丽的白鸽。

在撮街,与来自宣城、桐城的两位美女作家相伴而行,看汉服馆,赏陶器,边走边聊,边走边拍。随着肥东范老师的加入,逛街的脚步多了无限趣味,做婀娜状,做羞涩状,做亲昵状,回眸一笑,美目盼兮……拍照的招数统统用上,在撮街,我们似乎回到了少女时代。

喧闹之余,看城楼无声,附近的鼓亭静立,鼓静立。想必百姓在祈求上苍眷顾的时候,响鼓重槌,求得财源广进,五谷丰登,寄托美好的愿景与期盼。希望是动力,有希望就是幸福的种子,种子种下才有收获。环视四周,卡旺卡、汉服传习馆,以及楼前街里的店铺,都是美好事物的真实呈现。仔细看楼前街门楼上的对联,字迹俊朗圆润;盈楼雅座,宾客满堂,一片片热情,一桩桩喜事,都从这门楼下走进走出,开花结果。

五

撮镇,含古衔今,从历史深处走来,又向历史的远方走去。

一个曾经偏僻荒凉的小镇,如今却是如此繁华,街市喧闹。记得有人说,世界是人创造出来的,同样,这个小镇也是人打造出来的,它的繁华是一代代撮镇人描绘蓝图精心打造,用满腔热情塑造出来的,在一次次失败中站起,在经历中继续,经时光洗礼、岁月磨砺而成。撮镇处处都有带着岁月的沧桑与睿智的身影。

朋友领着我们一边走一边看,说撮城的故事,说孔项相问的故事,说魁星楼的故事,说花花草草的故事,并指着身穿古代服装、头束独角辫的小孩儿塑像告诉我们这是项小童,是撮镇的形象代言人。

撮街的每一个角落里都有项小童。

项小童代表着聪慧、睿智,当地人希望撮镇的孩子能像项橐一样,成为举起小镇旗帜的接班人。其实我已经看到了,看到了撮镇的与众不同,它独有的气质扑面而来,正迈步走向时代的前沿。渡江战役在这里打响,红色的旗帜插上这块土地的时候,新一代的项小童从这里崛起成长,而千年前的包拯早已将土地渲染成威严的褐色、红色,加上现在欣欣的绿,这块土地已经进入春天,已经繁花似锦,蔓蔓日茂。

极目远眺这一川风月,看长空如洗,远处天际有锦星庆云。

(张玲,安徽潜山人。安徽省作协会员,安庆市作协理事,潜山市作协秘书长,安徽省散文随笔学会潜山工作站站长,《天柱山》执行编辑。2018、2019年安徽省中青年作家研修班学员。作品散见《清明》《胶东文学》《火花》《安徽文学》《时代报告·中国报告文学》等省内外报刊。多次荣获张恨水文学奖。)

撮镇,我心中的山

杨文保

中国的名山大川,构建了五千年华夏文明。每当我见识了这些名山大川归来,总会产生无限的眷念,尤其对山。

大别山,是中国一座英雄的名山,它不仅风光优美,还孕育了一个新的时代。肥东,以包公故里而著称,地处江淮之间,从东南延伸到东北方向,有一条绵延的山丘,那可是大别山的余脉,它继承了大别山的雄姿和伟岸,同样铸就了肥东今天的辉煌。身临肥东的山境,你一定会赞叹不已。瞧,优美的四顶山、龙泉山、浮槎山、太子山、岘山、岱山等山峰像珍珠一样点缀在一条链子上,它不是一种阻隔,而带给肥东一种紫气东来的气势。

作为中国五大淡水湖之一的巢湖,就镶嵌在四顶山的裙脚下。有山有水,历来是各类文人、名人不期而遇的钟情地。"仁者乐山,智者乐水",一方水土养育了一方优秀儿女。

撮镇,镇域内地势平坦,没有山,但它在我心中就是山!因为它是那么伟岸!它在不同的时期承担了不同的使命,甚至成为时代的脊梁!

翻开历史的篇章,2500多年前,圣人孔子游学到此,马车被席地玩泥巴做"城"的孩童们给挡住了。"只有车让城,哪有城让车?"经过一番智弈,孔子叹曰:"地多一撮,书重百城。"因此,这个依山傍水的广袤土地得名撮城,也就是今天的撮镇。

历史的厚重,绝不仅仅是由文人们写出来的,而是经过了世事的沉淀与积累。古往今来,遇见撮镇的名人很多,孔子、曹操、孙权、朱元璋、刘伯温、马皇后、洪秀全、林则徐……因孔子而得撮城,因明代县令曹光彦为民建桥而得曹公桥,因马皇后路过撮镇而有马桥的典故,等等。

自古以来,撮镇就是庐州的粮仓,这里土壤肥沃,农耕时代堪称鱼米之乡。人们非常重视子女的教育,读书便是最好的出路。

教育,一直是撮镇的精神之钙。据传,合肥第一所大学建在撮镇,即位于撮镇仙井村临河郢的宰相府,由晚清直隶总督李鸿章与其弟李鹤章共同建造的庄园,主宅和佃宅一共400余间,气势宏伟,坐北朝南,分东西两府,中以风火巷为界。李鸿章住西宅,门楣上有光绪帝赐"隶毅伯府"匾额。这里,除了主人生活、休息外,设有学堂,民间戏称"安徽省立学院"。位于临河集的宰相府,紧邻店埠河岸,新中国成立后设为"临河小学",撮镇籍的几位名人均在此接受过启蒙教育。

肥东办得最早的小学之一在撮镇,叫佑贤小学,是清代五品官王景贤创办的。"打过长江去,解放全中国"的渡江战役总前委旧址就是他家的老宅子,一幢四合院瓦房。佑贤,佑贤辅德,民间说是合肥第一所免费小学。佑贤小学为正规学制,开设的科目齐全,有国语、算术、英语、美术、音乐、体育等,有12名教师、280名学生,其规模可谓宏大。

在民国,祖籍撮镇的郑大章,可以说是一名神童,他是法国皮埃尔·居里夫人的第一个中国留学生,是我国镭学、放射化学奠基人。1920年从北平高等师范附属中学毕业,年仅16岁即赴法国勤工俭学。在进行一年多的语言学习后,于1922年18岁那年考进巴黎大学理学院,在年底的数学会考中,取得全年级数学第一名的优异成绩。这件事情在当时影响很大,以致法国的一家报纸竟用了这样一条"耸人听闻"的标题——《法国数学危险了!》。1934年,郑大章博士毕业回到祖国,开始筹建镭学研究所,研究用"水法"找铀矿,发现了β放射源,为我国研究原子弹打下了重要的基础。

新中国成立前,因邓小平、陈毅在撮镇瑶岗指挥渡江战役而名震世界。撮镇是名副其实的红色教育基地。今天的渡江战役总前委旧址显得那么庄重,一个旧制度的瓦解与一个新制度的建立,最终的决战运筹永远记载着撮镇!

在今天,撮镇的教育仍然是"百花齐放,百家争鸣"。幼儿教育遍布各个新建小区,小学、中学公办教育已自成体系,大学、职教倾情撮镇,省属高等院校——安徽水利水电职业技术学院,数十年来培养了一大批专业人才,享负盛名的肥东第一中学新校区也搬迁至撮镇的热土上。

从空中看,20世纪90年代,行政区划调整前,肥东乡镇企业的主引擎在撮镇区域。

长乐乡、龙塘乡、原撮镇镇呈现三角鼎立的态势,曾经为肥东作为"安徽省发展乡镇企业第一县"担当了脊梁。新世纪初,三大乡镇合并为新撮镇镇,紧握的"拳头"高高举起而更有力量。"全国发展改革试点镇""全国重点镇"两块金字招牌助推了撮镇发展,为肥东的发展做出了巨大贡献。肥东东部新城建设在撮镇,肥东重化工基地——合肥循环经济示范园发展在撮镇,工业经济始终占据肥东半壁以上江山。近年来,撮镇的发展战略调整为"退二优二""退二进三",作为主城区的副中心,大力发展现代服务业,应运而生的现代服务业基地——安徽商贸物流开发区也在撮镇。2023年,镇域社会消费品零售总额达到31亿元,占全县30%;实现服务业营业收入44亿元,同样占全县30%。跃居撮镇商业"顶戴花翎"的撮街,依临店埠河和合裕路高架出入口,人气爆棚,作为撮镇的"上海外滩",释放出巨大的消费潜力。

　　从中轴看,肥东人的母亲河——店埠河,好比"撮镇的黄浦江",流经撮镇全境,河面宽敞明亮,岸上的柏油路面连通四方,改造后的岸坡绿树成荫,俨然镇区居民休闲散步的后花园。店埠河,黄金水道在撮镇,店埠河的变迁见证了撮镇的发展变化。店埠河在流经撮镇境内10多公里后与合肥市区的南淝河相会,进巢湖,入长江,像黄浦江一样滋润着镇域两岸的人民。店埠河的水,常年流向长江,孜孜不倦,生生不息,流动的是诗情画意,汇聚的是南来北往的财气。在南淝河、店埠河三级航道改造升级后,货物运输"通江达海"既成事实,新建的撮镇南淝河码头昼夜灯火通明,运输的货船川流不息,码头岸麓各种所有制企业的办公人楼鳞次栉比,好一派繁荣的风光。

　　从历史的经纬看,撮镇是块宝地。老街巷有一口"凤凰井",传说,明朝有凤凰在此逗留,井水甘甜,常年保持在一定水位,是它滋养了世代的乡亲们。在撮镇这块风水宝地上,钟灵毓秀,涌现了很多豪情俊杰。《撮镇镇志》共载录1290人,其中:清末民初至今,有27位撮镇籍名人入传,76位名人入人物简介,1038人入人物表,116人入烈士英名表,24人入旅居中国港澳台及海外有影响人物表。

　　从立体看,今天的撮镇已经进入高速、高铁、地铁时代。沪汉蓉高速、高铁穿境而过,合肥高铁枢纽近在咫尺,合肥绕城高速环扣镇区。合肥东西向的地铁2号线首站即在撮镇,当你乘坐地铁时,每当听到广播里"本次列车开往撮镇方向,请乘客们做好上车(下车)准备"的温馨播音时,心情一定无比激动和兴奋。试想,如果孔老夫子在天有灵的话,乘地铁来撮镇游学,哪还有"是车让城,还是城让车"。的问题呢?贯穿撮镇东西的合肥地铁6号线正在建设中,不久将与地铁2号线"握手拥抱"。高速、高铁、地铁,让撮镇拥有一个地级市的"发动机"功能,带动的是一方经济繁荣,提升的是一方市民素质。合裕路高架连接撮镇与合肥市区,夜晚的撮镇灯光通明,从撮街到龙塘,哪里分得清是城区,还是集镇?撮镇片区、龙塘片区的"城市更新"拉近了与合肥主城的距离,呈现了一派省会副中心的画卷。

在撮镇,有一句民间笑语曰:全国"三大镇"——深圳、撮镇、景德镇!多么豪气与豪迈!撮镇与深圳虽不可同日而语,但都是一位伟人指点过的热土,都是改革开放的试验田;撮镇与景德镇都是有着2000多年历史的古镇,有着"先有产业,再有城镇"的相似之处。历史的惊人之处,就是良好的发展契机。当前,合肥成为中国经济发展的一匹黑马,撮镇作为其东部的副中心,做足"产城融合"的大文章,实现由镇到城或由城取镇将是新时代"撮城"的应有之义!

曾几何时,发展得越快,我们的乡愁感越强烈。过往,撮镇火车站是我们的骄傲。至今仍存的淮南铁路线,是淮南煤运往长三角的重要通道,我们习惯了那货运列车哐当哐当的铁轨碰触声。再听,绿皮客运列车的一声长鸣,它宛如一条长龙缓缓驶进站台,给喧闹的小城带来的是欢快,带走的是出行人的梦想。今天,高铁是出行人的首选,但途经撮镇的绿皮列车仍然是一道抹不去的风景线。

在肥东,我们常把撮镇比作中国的上海,因为它是肥东经济重镇,承载着省会与县城的通连功能。今天的撮镇,借力发展得天独厚,借势腾飞指日可待。新时代的撮镇人,正在贯彻新发展理念,实施"城市更新"和"镇当城建"工程,按照新质生产力发展要求,围绕"创新+",发展新动能,做强支撑产业,向着名副其实的全国"三大镇"阔步前进!

撮街有一家门店叫"偶遇",正是我心中的期盼。待到山花烂漫时,心中的那座"山"一定会更加伟岸!

(杨文保,1965年出生,安徽肥东人,中共安徽省委党校研究生,1985年元月参加工作,多年来在乡镇和县直部门任职。酷爱阅读书报,喜欢散文和诗歌创作,擅长写调查报告。)

变迁的撮镇

胡庆军

那是 2000 多年前的一天,一位长衫飘飘的老者带着他的弟子,赶着牛车行走在大路上。这位老者便是周游列国的孔子。前面的路开始慢慢变窄,这时巧遇项橐等小儿在路上玩撮土筑城的游戏,挡住车子去路。老者要孩童们让车,于是就有了孔子与项橐的"城车之让"之典,也让孔子发出了"地多一撮,书重百城"的感叹。后人以"撮城"命名此地。再后来这里人口渐多,建镇于此,叫撮城镇,又因城镇近音、近义,便省掉城字,叫撮镇了。

走进撮镇,厚重的历史和时尚的生活交织成目不暇接的人文风情,步入撮街,踏着"平平仄仄"的青石板路,古色古香的城门楼、魁星楼、街巷渐次打开,孔子游学、孔子拜师、书重百城等情景雕塑,无声诉说着撮镇与孔子的历史渊源;凤凰湖、马桥、凤凰阁等景点,向人们讲述着撮镇凤凰地的传说;特色牌匾、对联、民俗表演,彰显着撮镇璀璨的精神文化……作为撮镇的历史文化教育基地,撮街浓缩了撮镇千年历史文化和新时代生活的温馨。

"钟山风雨起苍黄,百万雄师过大江。"当年,邓小平、陈毅等率渡江战役总前委机关进驻撮镇瑶岗,指挥了著名的渡江战役,于是,这片土地上又有了一抹耀眼的红,映照着这片土地上日新月异的发展变化。

在撮镇镇内,古迹、遗址很多,它们都见证了古镇曾经的繁华和历史名人的风采。一代枭雄曹操金戈铁马、所向披靡,但水战是弱项,故在此训练水师;明朝开国皇帝朱元璋征战中也几度来过这里,并在此安营扎寨,招兵买马,筹集粮草。至今,撮镇镇的曹公桥、大头仓、马场、马桥这些地名仍被人们叫着,这都是千年古镇的历史痕迹。

作为合肥市肥东县南部地区的政治、经济、文化、商贸和交通中心,撮镇素有"吞江吐淮,吸东纳西"的美誉。这些年,这片土地上的人们传承孔子谦逊的因子和将革命进行到底的红色基因,发挥地缘优势,一手抓好商贸服务业,一手抓好物流产业,绘制了一幅中国式现代化美好撮镇的新画卷。

来撮街,欣赏历史变迁和发展的痕迹,或清新文艺,或风情万种。在撮街,你会发现,这里科技风、国风、时尚风扑面而来。入口处矗立着雕像,依"地多一撮,书重百城"的典故而建,让忠厚长者和稚嫩儿童穿越千年,与游客迎面相遇。800亩的撮街,以神童文化为主题,美食经营为主体,研学旅游为推动,商业中心为带动,突出"来撮街撮一顿"的美食文化,打造了"有说头、有看头、有吃头、有玩头、有学头"的五有街区。

历史的车轮滚滚向前,一些传说和故事里的叙述,我们只能在书本的文字里寻找,如今的撮镇,处处是一片幸福、繁荣、祥和的景象。四面八方延伸的公路、铁路、水运三位一体的多式交通联运格局,不断扩大撮镇的"朋友圈";繁华大道、裕溪路、店忠路等城市主干道贯穿全境,让撮镇全面融入合肥都市圈;南淝河、店埠河约20公里的黄金航道,中港码头、天高码头、东华码头、东隆码头,引领着撮镇迈向通江达海的新时代。

在生活中,我们迷恋一个地方,除了那里与众不同的风景和人文,一定还有其他东西渗入了我们的骨髓,让我们流连忘返,让我们乐不思归,比如美景,比如历史,比如文化,比如美食。撮镇就是这样的地方,撮镇就是让我们来了就不想走、走了还想来的地方。

撮镇的故事在2000多年前就已经写下序言,那些故事记载了风雨,那些念念不忘的情怀,扩写成委婉或者激昂的章节。如果可以,就让那些章节里加入有关生命的描述,就让那些有故事的人演绎这些章节,就让那些没有故事的人走进这些章节。

千年的岁月模糊了撮镇的容颜,千年的历史增添了撮镇的光彩。多少人追寻着历史来到撮镇,是的,撮镇从来都不是一个孤单的地方。撮镇的故事,分集点缀在撮镇的风景里;撮镇的故事,精彩在撮镇人的日子里。撮镇的四季诠释了风景这边独好。撮镇人通过文化传承致力打造幸福美好的生活,述说蓝天下的撮镇发生过和正发生的故事,如同把一个个靓丽的仙子写进撮镇波澜壮阔的变迁里。

数千年的文化沉淀造就了撮镇与众不同的性格。在撮镇,沿着温暖的光阴挥一挥手,那些风情就覆盖了这片土地上的变迁和日新月异的生活,吆喝一声,那些故事就如同一种传奇,温暖了平凡的日子。你看,那些人和事掠过晴朗的天空,谁用积淀已久的感情,让撮镇人的情怀尽情释放。这些年,拼搏、自强不息的撮镇人把古老的撮镇建设得如诗如画。小民生,大政治,新的航程,新的期待,伴随着撮镇日新月异的发展,五湖四海的人们聚集在这里,用汗水和勤劳在这片土地上建设起了一座美丽的小城。无论春夏秋冬,风都会准时把睡梦里的撮镇吹醒,黎明的曙光披挂在撮镇的大街小巷,薄雾中,那些树叶、花瓣、小草,那些建筑、广场,还有走过的人群,灿烂了这里的故事。季节,让感慨演绎成隐者的梦;岁月,引领了撮镇不断进取的时尚和光荣。

千年沧桑,记录着撮镇这片沃土的繁衍;千年积淀,传承着撮镇文化的血脉,那些文化在岁月中驰骋,迷离了所有的视线。

与一个地方不曾相识,是因为不曾相遇过,尽管,不管你来与不来,它一直都在那里,等你。与撮镇的邂逅,那些风景、那些乡村开始渐渐映入眼帘,那些故事在撮镇人娓娓诉说的章节里悄悄袭上心头。风吹过,站在撮街上,有丝丝的感慨,仿佛一下子就让所有的语言都湿润了,目光尽头,那些乡愁像雾、像雨、像风……

那些撮镇人走过的痕迹里,有一道道风景,风景里写满一个个故事,也丰富了这里的生命,刻在了所有来过这里的人的心里。

一次次举起手机和相机,把自己融进撮镇的那些人文风情。也许若干年后,在我们回想的某一瞬间,在那些有关撮镇的老照片里我们会重遇自己,也和历史重逢。

在撮镇,或许不是所有的人,都能感悟那些生活里的细节。穿行在撮街,从当地人口中了解这里的过往,深切感受那些叙说对撮镇记忆的重要性。那些建筑,承载着撮镇的历史文化,记录着撮镇的变迁与发展。从空间的角度看,它是撮镇的坐标,可以帮助人们按图索骥;从时间的角度说,它是历史长河翻卷的浪花,有着深层的文化意蕴。即使若干年后,我们只能在撮镇志上寻觅到它的文字;即使若干年后,年轻人只能在年长者的回忆里聆听乡愁。

岁月如歌,心情如花,总有一份情让人不能忘却。行走于撮街,不时有饭香和生活的味道随风吹拂在脸上。偶遇两三个游客,与他们站于路边短暂交谈的时候,一种在这里撮一顿的念头尤为强烈。撮街不大,那些错落有致的小院像被装点的画册,柔美起伏,仿佛在等待着你的驻足。如果说撮镇是一片叶子,那么,撮街则是这片叶子上的一根主叶脉。一叶知秋,一街识城。传说中的地方在变迁中让历史飘散了,那些崭新的地方也正在反映出了这个时代在撮镇留下的新的痕迹。

这些年,撮镇的变化不是可以用语言描绘出来的,那些变化在我们的眼里,也在我们的心上。在撮镇，那些记忆，或许就是最初的色彩，站在明处或者暗处之间，有那么一刹那，我就隐身在撮镇的那些故事里面了。在撮镇，谁把那些故事揉进了生活，我们却找不到合适的语句描绘我们的心情和这里的美丽。历史每天见证撮镇那些唯美的故事，可以扯下一片蓝天白云做纸，可以摘下一片色彩做笔，可以写下所有的心情，让撮镇的风做书童，让撮镇人的幸福做线装订。把那些光阴汇聚成一条宽阔的河，踏着撮镇四季的色彩，去品味撮镇的美，撮镇人就这样诗一样写意地生活着。目光里，蹁跹的思绪随风起伏，此刻，我们的脚步无论如何也丈量不出青石板上的历史，风景绵延着，撮镇在午后的阳光中柔情似水。

在撮镇，每个人每个日子都可以遇到美丽故事里的魅力风景，每个人每个日子都可以遇到撮镇文化里最丰富、灿烂的那部分。撮镇是个好地方，多少游客慕名而来，然后带走别样的温暖的自然享受。在2000多年的历史长河中，撮镇这片神奇的土地孕育出灿烂的文化，来过撮镇，你会忘记返程的时间，放慢脚步，可以迎合古朴的风姿，那些残缺的美遮挡不住大气宏伟，多少遗踪在走走停停的脚步里复原，多少用情至深的故事在风中成为追忆。

马桥下的水，就这样在光阴的故事里鲜活着。在撮镇，可以结伴，也可以一个人，随便找一家店铺，点几份素炒，如同感知一份淡雅和光阴。撮街上的那些饭店各有特色，对人充满了诱惑，想一想那些小吃名字，就已经让你再一次想起撮镇的美丽，想起这座小城的美好。如果您有机会去撮镇，这些小店一定不要错过。

在撮镇，我把自己想象成一缕风，在陶醉中慢慢地吹着，欣赏着，让撮镇的故事历历在目，清晰可见，缤纷多彩。至于那种美好，就是飘散在我们周围的精灵，然后让这样的方式温暖我们的旅途。

撮镇可以去的地方太多了，不是我的文字可以写得完的。很多人对撮镇的怀念，就像酒的芳香飘荡在记忆里。循着文字的气息，把思想沉浸在撮镇的风景里，让那些杂质随风飘散，静下心，能听得见远古盛开的声音，能听得见岁月飘落时的吟唱。

在撮镇的土地上，那些风景演绎历史的变迁，在季节之外，一缕淡淡的清幽寓示日子的芬芳，让故事成为风行千年的时尚。把那些品质刻在心里，把那些吟诵刻在心里，宁静的美丽在风中迂回成温馨和幸福。在目光的尽头，让那些温情的目光温柔地越过撮镇的肩，落在合肥的土地上，落在肥东的土地上……

撮镇的每一处风情都是满怀的壮阔，每一片撮镇的风景就是宇宙的辽阔，在撮镇的边缘,我们把自己站成一株树的姿势、一片水的姿势,然后举起杯,让那淡淡的思绪缥缈而来,漫远、深切。

撖镇,遗落了众多的梦想与奢华,盛开了多少美丽的景色。每一寸土地都涌动着一种意象,那些飘散的记忆宁静而安详。让委婉的唱腔微醺我们的心房,让俊秀的风光美丽我们的想象,在交汇的目光中凝结。是谁拉住了风的衣衫,让所有的暗香弥漫幸福的滋味,轻轻地触摸时光,心也会随之飘浮,在记载的文字里,错落成所有与撖镇有关的章节。

近年来,撖镇不断加快"产城一体示范区、市县融合先导区"建设,扎实推动经济高质量发展,着力统筹城乡建设,持续增进民生福祉,不断提升人民群众的获得感和幸福感。你看,一种芬芳在撖镇人的日子里盛开,在撖镇的地上,我们随时可以收集一片风景,收集一声惊叹,收集所有的笑脸。

(胡庆军,笔名北友,1969年生,主任记者职称。中国作协会员,中国民俗学会会员,曾出任多家刊物、网站编委、副总编、总编。作品被收入100余种文学选本,著有诗集、散文集多部。)